Andre Le Bierre

Sexuelle Begegnungen

BoD Readers Choice

IMPRESSUM

Sexuelle Begegnungen – BoD Readers Choice
von Andre Le Bierre

© 2017 Andre Le Bierre
Alle Rechte vorbehalten.

-

-

Herstellung und Verlag: BoD-Books on Demand, Norderstedt
Buchcover, Illustration: www.pixabay.com
Lektorat, Korrektorat: VEG Forum
weitere Mitwirkende: keine

ISBN: 9783744888837

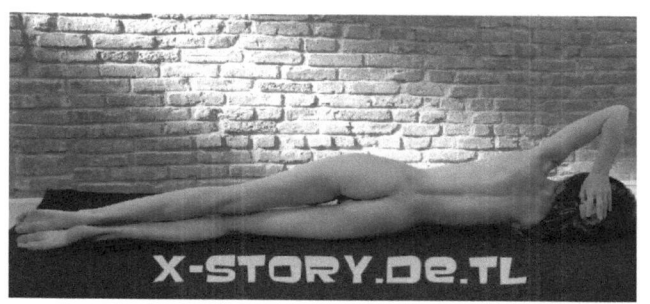

-

-

Vorwort

Manchmal führt ein einziges harmloses Spiel zu Steigerung der Lust. Oft sind es aber auch gezielte Sexspiele, die einen in seinen Bann ziehen und fesseln, um dann nur eines im Sinn haben ... Sex!

Es sind neue Ideen, neue Protagonisten und wer weiß, vielleicht werden daraus eines Tages neue Novellen ... Gemischt mit den besten Geschichten der Vergangenheit soll dieses Buch ein Dankeschön an meine Leser sein, die aufgrund ihrer Freude am Lesen einige dieser Geschichten so oft runter geladen haben, dass ich euch mit dem neuen Mix ein Best of Erotikgeschichten, in diesem Fall eine Readers Choice anhand meiner vorliegenden Zahlen bei Bod, präsentieren kann. Ich hoffe, die neuen Ideen kommen genauso gut bei euch an ...

Ich wünsche viel Spaß beim Lesen ...

Der Autor

Majas Urlaub

Endlich war es soweit. Unsere Eltern planten ihren nächsten Urlaub. Es ging nach Teneriffa. Die hatten tatsächlich vor, Andre und mich mit zu nehmen. Wir hatten uns riesig gefreut. Natürlich fing der ganze Stresse schon damit an, dass Andre seinen Ausweis erneuern lassen musste. Dieser Tölpel dachte an solche Kleinigkeiten natürlich nicht. Aber eine Woche vor dem Urlaub konnte er das neue Dokument abholen und tanzte damit in meinem Zimmer an: „Guck mal, was ich hier habe!", sagte er stolz. Ich sah ihn an und lachte: „Ach nee, ein Typ der sich über einen Ausweis freut!"

Andre verzog das Gesicht und motzte: „Jaa … 46 Mark! Scheiße!" Ich strich ihm übers Haar und sagte: „Is halt so, oder wolltest du nicht mit in den Urlaub? Und vielleicht schneidest du dir noch die Haare. Soll ziemlich warm dort sein!" Ich glaube, er dachte darüber nach. Dann hatte ich meine Problemchen, alles in einen Koffer zu bekommen. „Mäuschen!", sagte meine Stiefmutter. „Du brauchst auf jeden Fall keine Unmengen an langen Klamotten. Packe dir doch ein paar nette dünne Kleider ein und vielleicht zwei Jeans, kurze Hosen auf jeden Fall … Vergiss deinen Badeanzug nicht!" Ich rollte mit den Augen. „Mein Gott, ich habe mindestens 10 Bikinis! Badeanzüge trägt doch heute keiner mehr!" Sie sah mich mit großen Augen an. „Maja, ich trage Badeanzüge. Und dein Vater findet mich sehr sexy darin!" Ich nickte nur, denn den Kommentar, den ich auf der Zuge hatte, sparte ich mir. Der Tag der Abreise kam. Es ging erst mit dem Flughafenshuttle, dann mit dem Flugzeug nach Teneriffa.

Andre ließ es sich nicht nehmen, bei der ganzen Warterei schnell noch zwei Prossecco Piccolo aus dem Boardingshop zu holen. Papa gefiel das nicht wirklich, aber wir waren eben volljährig.

Hatte eigentlich jemand Flugangst? Ich nicht, aber Andre wurde immer nervöser. Im Flugzeug gab es Essen, das war nicht ganz verkehrt, aber wegen Turbulenzen schaffte Andre nicht mal das Fleisch. Ich hatte das mit viel Soße zuerst verhaftet. Etwas angesäuert sah er zu mir, ich saß natürlich neben ihm, Stiefmama und Papa saßen in gleicher Höhe auf der anderen Seite des Ganges. „Und gefällt es euch?", fragte Papa. Wir zeigten beide die Daumen hoch, um nicht quer durchs Flugzeug zu brüllen.

„Willst du Kaffee?", fragte Andre und pfiff die Stewardess heran. Diese schlanke Blondine mit dem überschminkten Gesicht schien ihm wohl zu gefallen, woraufhin ich ihm in die Seite boxte und ihn giftig ansah. Um abzulenken, fragte er mich, ob ich mich eigentlich von Pamela verabschiedet hatte.

„Ohh … jaaa … die ist total neidisch!", sagte ich leise. Ich merkte, dass es keinen Sinn hatte, über solch intime Sachen laut zu sprechen und nahm meinen Collegeblock aus der Tasche, um etwas aufzuschreiben. „Pamela denkt, dass wir beide dann die ganze Zeit …!", schrieb ich und reichte ihm den Block. Er schrieb zurück: „Und? Machen wir das denn nicht?" Meine Antwort: „Ha ha!" Dann ging es richtig los. Wir hatten zwar Handys, damals so die ersten, die auf jeden Fall SMS konnten, aber wir waren ja im Flugmodus! Dann gab es ein richtiges Hin und Her:

Was heißt Ha ha?

Wann wie und wo sollen wir das machen?

Hast du keine Fantasie?

Ich schon, aber wie stellst du dir das vor?

Nach dem Abendessen! Ich komme in dein Zimmer! Ich habe sogar einen Anzug mit …

Und dann? Was habe ich an?

Ein Oberteil mit dünnen Trägern, einen Slip und einen BH …

Und dann?

Sitzt du einem Stuhl und ich schleiche mich von hinten an. Ich küsse deine Stirn …

Ich beuge meinen Kopf zu dir hoch …

Ich küsse dich …

Und wenn ich mehr will?

Stehst du auf und drehst dich einfach um …

Und dann?

Ist da so ein uriger alter Tisch … da beugst du dich mit dem Oberkörper drauf … Ich komme von hinten und küsse seinen Po …

Oh ja, das könnte mir gefallen. Habe ich einen Slip an?

Ja, aber den ziehe ich dir aus.

Mittlerweile mussten wir umblättern und einen neuen Kugelschreiber nehmen. Papa rief herüber: „Was macht ihr da?" Ich sah zu ihm und lächelte:

„Stadt Land Fluss!" Dann widmete ich mich dem was Andre in der Zeit schrieb …

… um dann deine süße kleine … zu küssen. Ich sehe es vor mir, du streckst den Kopf nach oben und genießt es …

Ist das dein ernst?

Maja! Stadt Land Fluss? Ernsthaft? Pass auf, gleich will er mitspielen …

Anfrage von Papa: „Kann ich mitspielen?" Wegen der Turbulenzen konnte er natürlich nicht.

„Ich zocke ihn noch kurz ab, und wenn wir uns frei bewegen können, darfst du!", sagte ich.

Dann schreib doch noch ein paar Flüsse auf

Witzig! Wie geht es weiter?

Ich lecke dich, bis du es nicht mehr aushältst. Dann Komm ich zu dir aufs Bett. Du ziehst mich aus und …

… blase dir einen? Wie immer?

Zicke

Geiler Bock! Weiter?

Wir sind nackt. Du beugst dich nach vorne und genießt es, wie ich in dich eindringe …

Und das finde ich toll?

In meinen Gedanken schon. Wie würdest du es machen wollen?

Ich könnte mich doch auch den ganzen Urlaub selbst befriedigen, oder?

Und ich?

Frag doch die Stewardess!

Bist du eifersüchtig?

Nein!

Was soll ich denn mit der Stewardess?

Ficken!

Und du?

Selbstbefriedigung! Hab ich doch gesagt!

Und das willst du?

Wie wäre es mit Stadt Land Fluss?

Ernsthaft?

Jo! Papa will doch mitspielen!

Dann würde ich erst einmal die Zettel vernichten!

Ich riss die Zettel heraus und faltete sie zusammen, um sie in meine Tasche zu stecken. „Was willst du denn damit?", fragte Andre. „Wer weiß?", sagte ich. „Vielleicht schenke ich sie der Stewardess beim Auschecken oder Pamela beim Wiedersehen nach dem Urlaub. „Pamela?", fragte er. „Wieso?", meinte ich. „Die gefiel dir doch! Wusstest du, dass sie mit Tom anbändelt?" Andre sah mich erschrocken an. „Mit Tom? Ihrem Bruder?", fragte er. „Ganz genau genommen ist er ihr Stiefbruder und sie liebt ihn!", sagte ich. Ich ging noch mal auf die Toilette und zu dem nächsten Stadt Land Fluss Spiel kamen wir gar nicht mehr ... Teneriffa war in Sicht ...

Teneriffa ... heiß ... sonnig und wir hatten Jetlag ... Die Zimmer waren ein Traum. Stiefmama und Papa hatten eine große Suite mit Balkon.

Andre und ich hatten die beiden Zimmer daneben mit eigenem Pool. Wir konnten beide aus der jeweiligen Terrassentür heraus und in den Pool. Das ergab für uns doch ungeahnte Möglichkeiten. Das war natürlich nur möglich, wenn unsere Eltern noch im Bett oder mit anderen unterwegs waren. Natürlich sahen unsere Eltern sich die Zimmer an. „Schau nur!", sagte Papa. „Die können Tag und Nacht baden!" Da war denen wohl gar nicht aufgefallen, dass wir uns nachts auch gegenseitig besuchen konnten. Doch dazu kam es nicht, weil vor der Terrasse abends der Bewegungsmelder anging, wenn man noch in den Pool wollte.

Ich hatte es nicht gewagt heraus zu gehen. Obwohl der Pool eigentlich der Hammer war. An meiner Terrassentür stand eine geschwungene Holzliege mit dicken wasserfesten Polstern drauf. Der Pool sah aus, als würde er am Horizont enden. Von da an hatte man freie Sicht auf die wunderschöne Bucht. Das Ende von Pool war einfach nur auf den Horizont abgestimmt.

Dahinter war natürlich noch die Wasserablaufkante, die man nicht sehen konnte. Wir hatten Halbpension. Morgens und Abends Buffet war schon nicht schlecht. Kurz vor der Dämmerung hatte ich mich auf mein Bett gelegt. Ich hatte noch das schwarze langärmelige Oberteil an. Ich lag auf dem hellen Bett und hatte meinen Slip schon ausgezogen. Wie ich es Andre prophezeit hatte, würde ich mich selbst befriedigen. Und das tat ich auch an dem Abend. Es war eine fremde Umgebung, aber ich war allein. Ganz allein versuchte ich mich, zu entspannen. Der Slip war aus und ich lag auf dem dick gepolsterten Bett. Wenn Andre mich nur so sehen könnte.

Ich schob mein Oberteil hoch und sah nach unten. Irgendetwas in meinem Kopf sagte mir: „Maja, du bist scharf!" Ich testete meine intimste Stelle. Wie der nasse Pool schoss es aus meiner Scheide, als ich meine Schamlippen berührte. Ich wollte es nicht provozieren, aber ich war scharf wie eine Rasierklinge. Ich blickte zur Terrasse, weil ich mich weiterhin allein fühlen wollte. Insgeheim hoffte ich aber, dass Andre sofort auftauchen würde. Seine Idee mit dem, was er geschrieben hatte, war ja gar nicht so schlecht …

Ich schob mir einen Finger zwischen die Schamlippen und stöhnte auf. Ich legte meine Brust frei und massierte meine Brüste. Dann widmete ich mach wieder meiner intimsten Stelle. Ich war sowas von megaheiß. ch wichste mich und als ich die Augen schloss, spürte ich eine Hand auf meinem Oberschenkel …

„Maja!", flüsterte Andre, der sich tatsächlich im Anzug in mein Zimmer geschlichen hatte. Ich sah ihn an und sagte: „Andre, ich bin so heiß!" Er beugte sich über mich uns küsste mich. „Dann lass es uns tun!", zischte er. Doch ich sah ihn verlegen an und schickte ihn fort. Ziemlich geknickt ging er über die Terrasse wieder in sein Zimmer …

Am nächsten Morgen … ich war noch genauso heiß, wie am Abend zuvor. Vielleicht musste ich mein Vorhaben, nichts mit Andre zu machen doch über Bord werfen? Ich war so geil, ich wusste echt nicht wohin mit meinen Gefühlen. Die Hitze machte mich schier irre. Es war fünf Uhr am Morgen. Alle schliefen. Mit Hotpants und einem gestreiften Shirt an setzte ich mich auf das helle Kunstsofa und stellte die Beine vor mir auf die Sitzfläche.

Dann nahm ich mir die zettel aus dem Flugzeug und lies sie noch mal …

Es machte mich heiß. Wie schön er mich verwöhnen wollte. Ich wurde sofort nass, als ich es noch mal las. Und ehrlich? Die Stewardess? Die war voll überschminkt … Ich hätte ja einfach zu ihm rüber gehen können, aber ich traute mich nicht. Stattdessen stand ich auf und zog mir mein Shirt aus. Ich knetete meine Brüste und liebkoste meine Brustwarzen. Ich war wirklich scharf. Dann setzte ich mich und zog meine Hotpants aus. Ich streichelte mich und ich wusste genau, dass das nicht genügen würde.

Ich setzte mich auf und lies mich, nackt, wie Gott mich schuf, nach hinten auf das Sofa fallen. Ich stellte meine Beine auf und räkelte mich. Dann nahm ich meine Finger. Ich spielte an meinen Schamlippen. Dann spielte ich an meiner Scheide und ich fand gefallen daran. Ich musste das ja eine Weile nicht mehr machen, weil ich Andre hatte …

Doch nun erinnerte ich mich zurück und wusste, wie ich es machen musste. Ich brauchte nur meine Finger in meine nasse Pussy einführen und diesen gewissen Punkt finden. Ich tat es. Ich hatte fast vergessen, wo dieser Punkt war und so probierte ich herum, bis ich ihn fand. Dann stöhnte ich auf und ließ der Lust freien Lauf. Ich glaube, ich war nicht gerade leise … Aber ich wusste ach, dass Andre ziemlich fest schlafen konnte. Das war gut so, denn meine Terrassentür war auf. Ich schrie es heraus und dann war es vorüber. Aber ich wusste genau, dass ich mir für die anderen Tage etwas Besseres einfallen lassen musste …

Vielleicht sollte ich meine Äußerung Andre gegen über doch noch mal überdenken …

Es war wirklich nicht einfach ohne Andre seine Nähe auszukommen. Nun hatte ich ja Telefon im Zimmer und rief früh am Morgen einfach mal Pamela, meine beste Freundin an. Die wunderte sich zwar, freute sich aber, dass ich mich meldete. Sie wollte natürlich alles wissen. „Wie ist das Hotel? Wie läuft es es mit Andre? Haben eure Eltern schon etwas bemerkt?", wollte sie wissen. Fragen über Fragen. Ich schwärmte von dem Zimmer mit Panoramapool.

Schließlich lag ich ja auch auf der geschwungenen Liege auf der Terrasse. Es war kurz nach sieben Uhr. Alles schlief und ich hatte nur ein kurzes rotes Kleid an, natürlich ohne Slip und BH bei der Hitze. Ich hatte ein Bein aufgestellt und das Kleid rutschte hoch.

Ein leichter Wind kitzelte die Haut zwischen meinen Beinen. Ich seufzte …

„Wie läuft es mit Tom?", wollte ich wissen. Pammi war ganz aufgeregt und erzählte mir die ganze Geschichte …

Du weißt ja wie das ist, wenn man heiß ist. Ich war so in Unterhemd und Slip und tanzte durch mein Zimmer. Irgendwann hatte ich das lästige Unterhemd ausgezogen. Maja, ich sage dir meine Nippel waren total hart. Dann sank ich an der Wand auf den Po und streichelte mich überall. Das war so schön. Aber als ich meine Hand in den Slip schob, bemerkte ich, dass ich fast auslief vor Lust. Ich war so furchtbar nass. Irgendwann hatte ich dann auch den Slip aus und streckte meine Beine nach oben. Ich fasste um meinen Oberschenkel herum und tastete meine Pussy ab.

Mit jeder Berührung wurde sie noch nasser. Dann hatte ich meine Beine angewinkelt und weit gespreizt. Ich hatte es auf meinen Kitzler abgesehen. Ich nahm einen Finger und massierte ihn. Normalerweise war ich nicht so unvorsichtig, aber in dem Moment war es mir egal. Ich hatte nicht bemerkt, das Tom in meinem Zimmer stand und mich dabei beobachtete. Ich sprang auf, als ich es merkte und hielt mir die Hände vor die Titten.

Als könnte ich irgendetwas vor ihm verbergen, motzte ich ihn an: „Du Arsch, was machst du hier? Kannst du nicht klopfen?" Doch der Penner hatte eh nur Boxershorts an und zog die auch noch vor meinen Augen aus. Er legte sich auf mein frisch gemachtes Bett und sah mich an. „Hmmm, wenn du schon dabei bist …!" Dabei sah er auf seinen steifen Schwanz. Warum haben Jungs eigentlich immer eine Latte? Ich hatte mich erst zu ihm gelegt, so dass ich in der Höhe seiner Hüfte mich auf der Seite abstützen konnte. „Was ist?", fragte er. „hab ich dir die Stimmung versaut?"

Ich sah ihn an und rollte mit den Augen. Dann nahm ich sein Glied in die Hand und sagte: „Was ist das denn hier?" Er sah mich lächelnd an und meinte: „Ein Liebeshammer! Gefällt er dir nicht?" Ich massierte seine Latte kurz an in der Hand und hob mein rechtes Bein. Dann fasste ich um meinen Oberschenkel und legte meine Finger wieder auf meine Klit. „Du Arsch störst mich beim Wichsen!", sagte ich frech und massierte ganz lässig weiter meinen Kitzler. Der ging natürlich ab, wie ein Zäpfchen. Ich musste mehrmals aufstöhnen. Ich hatte ganz vergessen, dass ich seinen Harten noch in der Hand hatte. Er fragte leise nach: „Und ich?" Das klang so süß …

Ich musste fast lachen. Dann drehte ich den Kopf zu ihn und setzte meine Lippen um seinen Schaft, als würde ich ihn ab beißen wollen. „Hey! Nicht rein beißen, okay?", sagte er und als ich mit meiner Zunge seine Eichel ableckte, war er endlich still …

Ganz langsam schob ich mir seinen harten in den Mund. Ich wollte wissen, wie weit man einen Schwanz in den Mund nehmen konnte. Ich schob meinen Mund auf das harte Stück … immer weiter. Dann steckte er in meinem Rachen. Ich zog meinen Mund wieder ganz zurück und ließ ihn aus meinen Lippen ploppen. Er genoß es. „Meinst du nicht, dass der viel zu lang ist?", fragte ich lachend. Ein Stück länger und ich hätte in meinem Rachen einen Brechreiz bewirkt. Da verstand ich erst, wie tief der manchmal in mir stecken konnte …

„Das war ja dann ein Deep Throat!", unterbrach ich Pamela am Telefon. Doch sie erzählte weiter …

Ich setzte mich auf und wichste an ihm. Er war voll erregt. Dann leckte ich noch mal seine Eichel und setzte mich anschließend über seine Beine. Ich besorgte es ihm mit kräftiger Hand und ließ ihn auf seinen Bauch klatschen, als Tom anfing, so heftig zu atmen. Meine Hand hatte ihn noch mal am Schaft und dann konnte ich sehen, wie der an seinem Bauch liegende Schwanz seinen Samen quer über seinen Bauch und seine Brust schoss …

Eigentlich sieht das ja ganz witzig aus, aber warum keuchen Jungs denn immer so beim Kommen? „Pammi!", sagte ich. „Das ist doch geil, wenn er kommt, oder nicht? Zumindest hast du ja ein bisschen Spass!"

Sie wollte sofort wissen, was los war. Ich erzählte ihr, was ich zu Andre gesagt hatte. „Ist das dein Ernst?", fragte Pammi. „Du lässt ihn nicht ran? Warum nicht nicht, wenn du dich so quälst?", meinte sie. Ich verabschiedete mich am Telefon und legte es zur Seite. Plötzlich stand Andre neben mir und fragte mich, mit wem ich denn in solcher Herrgottsfrühe telefonieren würde. Er sah, dass ich unter dem Kleid nichts trug und gesellte sich an die Seite der Liege …

Ich kam hoch und sah ihn an. Er küsste mich und flüsterte: „Zieh dein Kleid aus, wir gehen nackt schwimmen!" Ich lächelte und sagte: „Nur wenn du dich auch ganz ausziehst!" Schwupps, hatte er mir das Kleid über den Kopf ausgezogen. Dann legte ich mich zurück. Er sah mich an: „Hast du keinen Bock, oder was?" Ich lachte: „Wenn du wüsstest, wie lange ich schon Bock habe!" Er beugte sich über mich und küsste mich zärtlich. Dann griff er zwischen meine Beine und holte sich sofort nasse Finger.

Er kam über mich und streichelte meinen nackten Körper in der Morgensonne. Dann machte er mich heiß mit seinen Küssen, so dass ich mit ihm auf der Liege tobte. Letztendlich saß ich nackt über seinen Beinen und musste nur noch seine Boxershorts aus bekommen. Ich wichste seinen Schwanz an, als er seine Hosen endlich aus hatte und fing an ihn einen zu blasen. Doch Andre bat mich, das nicht so lange zu tun. Ich setzte mich auf ihn und spürte diesen Harten nach langem wieder in mir ... Er wollte einen Stellungswechsel um Zeit hinaus zu schinden. Wir versuchten es doggy auf der Liege, aber das war ihm zu erregend.

16

Dann legte ich mich auf die Liege. Er kam in der Missionarsstellung zu mir und fickte mich. Ziemlich schnell kam ich zum Orgasmus und er zog ihn wieder heraus … aber ohne zu kommen. Ich fasste an meine intimste Stelle. Ich war gekommen und lächelte ihn an. Ich gab ihn einen Kuss und sagte: „Danke! Mein Schatz!" Dann stand ich auf und ließ mich rückwärts in den Pool fallen.

„Ist das dein Ernst?", rief Andre. Ich kam aus dem Wasser und warf meine Haare nach hinten. „Hast du Angst?", fragte ich. Darauf hin sprang er in den Pool, so wie Gott ihn schuf. Natürlich war das Wasser am Morgen noch etwas kühl, aber dafür war es angenehm. Andre stand an der Ablaufkante und ich schwamm zu ihm. Ich stellte mich zu ihm und küsste ihn. Ganz zärtlich griff ich mir unter Wasser seinen Dicken und massierte ihn. „Und was wird das jetzt?", fragte Andre. Ich sah ihm in die Augen. „Wenn du nicht willst, höre ich sofort auf!", sagte ich und massierte seinen Schwanz. Der war sofort wieder auf Touren. Ich lehnte meinen Kopf an seine Schulter und machte es ihm mit der Hand.

Und er hatte es genossen. „Maja, ich kann doch nicht in den Pool …!", sagte er schnellatmig. Ich zischte in sein Ohr: „Zu spät!" Er kam. Ich sah aufs Wasser und beobachtete, wie sein Sperma, dass au seiner Spitze kam sich wie Schlieren im Wasser verteilte. Das sah irgendwie cool aus. Ich gab ihn einen Kuss und schwamm zur Terrasse zurück. Ich stieg aus dem Wasser und sagte: „Wir sehen uns beim Frühstück!"

Dann verschwand ich im Zimmer …

Ich hatte ein etwas längeres Kleid an. Es war schwarz und der ganze Rücken war frei bis auf zwei Träger, die es auf dem Rücken von der Seite aus hielten. Ich bereitete das Frühstück auf unserer Terrasse. War nur der Nebeneffekt, dass ich unsere Eltern zu um Neun auch dahin bestellte. Ich hatte aus dem Hotel alles bringen lassen. Es waren Kaffee, Brötchen, Eier, Aufschnitt, Marmelade, Früchte … es war alles da. Plötzlich kam Tom mit freiem Oberkörper aus seinem Zimmer.

„Hast du keinen Anstand?", fragte ich. „Zieh dir mal was an!", ermahnte ich ihn. Doch da sah er mein Kleid und dass es nach hinten hin fast offen war. „Und du?", fragte er. „Deine Mutter hat gesagt, dass ich auch mal Kleider tragen soll!", konterte ich. Andre kam näher. Er küsste mich. „Bist du nicht ganz dicht?", fragte ich ihn. „Was ist, wenn die Alten gleich kommen?" Doch Andre beruhigte mich. „Es ist doch erst halb Neun!" Er hatte es echt drauf. Ich zerfloss fast in seinen Armen. Er schob die dünnen Träger beiseite und küsste meine Brust. „Es war schön heute morgen!", sagte er. Dann setzte ich mich breitbeinig vor ihm auf den gedeckten Frühstückstisch. Es war völlig klar, dass er mich fingerte. Ich war immer noch heiß vom Morgensex …

Ich muss so nass gewesen sein, dass es auf den Holztisch tropfte. „Es reicht! Du Nimmersatt!", schimpfte ich scherzhaft. Andre sah auf die Tropfen vor meinem Schoss auf dem Tisch. „Wischt du das noch ab?", fragte er.

„Wozu?", meinte ich. „Du hast deinen Platz doch schon, oder ist das meine Schuld, dass da jetzt etwas auf dem Tisch ist? Dann vergisst du mich wenigstens nicht …"

Das Brautkleid

In dieser Geschichte geht es um eine junge Frau, die heiraten will. Anstatt ihr Hochzeitskleid teuer anfertigen zu lassen, wendet sie sich an eine Schneiderin, die Freundin ihrer Mutter oder eher die Mutter ihrer besten Freundin, die ihr das Hochzeitskleid günstig schneidert. Angetan von der Hochzeitsgeschichte der Schneiderin merkt Melanie schnell, dass die Ehe mit ihrem zukünftigen Mann Dirk wohl doch zu voreilig war. Wie diese Geschichte wohl ausgeht ...

Es waren die letzten Hochzeitsvorbereitungen. Entgegen der Meinung meiner Mutter, dass Dirk, mein Zukünftiger, sich nach der Hochzeit als Flaute herausstellen wird, habe ich meinen Traum wahr gemacht und alles in Bewegung gesetzt. „Sandra! Das ist ein Schritt für die Ewigkeit!", höre ich meine Mutter noch sagen, als ich die steile Steintreppe der Jugendstilvilla hinauf stolpere, um die Mutter meiner Freundin, eine Schneiderin zu besuchen.

Bine Stendahl, die Frau mit dunkelblonden Locken öffnet mir die Tür in einem schwarzen Kleid mit weißen Blümchenornamenten. „Sandra!", sagt sie. „Komm herein! Mama sagte schon, dass du kommst!" Natürlich hatte sich Bine im Laufe der zeit durch die lange Freundschaft von Katja und mir mit meiner Mutter angefreundet. Sie empfing mich herzlich mit Küsschen auf die linke und auf die rechte Wange. Ihre Wohnung/Haus war urig, schick eingerichtet. Es war etwas abstrakt und altbacken für mich, aber dafür war ihre Atelier beeindruckend.

Nach ein bisschen Smalltalk und einer Cola, leitete sie mich wieder ins Atelier. „So so, du willst also heiraten!", sagte sie und blinzelte mir zu. „Ist er hübsch?", fragte sie. Ich hauchte ein lang anhaltendes „Ja". „Papperlapapp!", sagte sie. „Männer sind nicht hübsch, allenfalls gut aussehend!", meinte sie ernsthaft. „Frauen sind hübsch, die meisten wenigstens!", hörte ich sie sagen. Ich hatte schon mal mitbekommen, dass Bine Frauen wohl doch lieber mochte, als Männer. Das hatte mir aber nie zu denken gegeben. Nach unserer letzten intimen Begegnung, die echt schon fast zwei Jahre zurück lag, war ja nichts mehr passiert.

Sie führte mich an eine spanische Wand und sagte: „Hopp! Hopp! Möge sich das junge Frauenzimmer entkleiden!" Ich sah sie erschrocken an. „Was?", wollte ich wissen. „Na! Du willst doch nicht ein hand gefertigtes Kleid über Jeans und Oberteil anprobieren, oder?", sagte sie energisch. Etwas irritiert entledigte ich mich meiner Jeans und dem Oberteil. Als ich nur in Söckchen und Unterwäsche, die passend dazu natürlich weiß war, hinter der spanischen Wand wieder heraus kam, schüttelte Bine den Kopf.

„Mäuschen!", sagte sie. „Und dein Dekollté? Du musst deinen Sport-BH wohl ausziehen!", verlangte sie von mir. Das erinnerte mich stark an das letztes Mal …

Dann gab sie mir das Kleid und sah meinen fast nackten Körper von oben bis unten an. „Sandra, du wirst immer schöner! Ich weiß gar nicht, ob dein Dirk dich überhaupt verdient!" Ich lächelte verlegen und verschwand mit dem Kleid hinter der spanischen Wand. Dann zog ich es an. Es war schlicht mit freien Schultern und schönen Stickereien. Ich scherzte:

„Das mit der spanischen Wand finde ich toll! Auch wenn du mich schon nackt kennst!"

„Ja!", sagte sie. „Aber ich dachte, dir ist wohler dabei! Wo du ja jetzt fast vergeben bist! Liebst du ihn?" Ich seufzte: „Ja, sehr!" Dann kam ich in dem Kleid hinter der Wand hervor und sah Bine an. Ihr stockte der Atem. „Junges Fräulein! In diesem Kleid würde ich dich natürlich auch heiraten wollen!" Irgendwie war es seltsam, aber Katja war mal wieder nicht da, um mich so zu sehen. Schnell holte Sabine noch ein paar weiße Sandaletten mit hohen Absätzen aus dem Zimmer meiner besten Freundin, um zu sehen, ob ich mit dem Kleid in hohen Schuhen auch nicht den Boden wischen würde. „Hier, zieh die mal an!", sagte sie und sah mich anschließend an.

„Passt fast wie angegossen!", sagte sie, zuckte ein paar Stecknadeln und huschte um mich herum. Dann steckte sie die Stellen, die um genäht werden mussten ab und bat mich auf den Stuhl vor ihrer Schminkanrichte. Ich setzte mich und sah in den großen Spiegel. Dann stand sie hinter mir und legte ihre Hand auf meine Schulter.

Ihre Hand rutschte von meiner nackten Schulter sanft aufs Dekollté. Ich sah nach oben zu ihr und wollte fragen, was das sollte. Aber sie drehte meinen Kopf zum Spiegel und sagte: „Vor dir findest du alles, was du brauchst! Schminke dich!"

Ich glaube, ich benutzte fast alles an Schminksachen, was da war. Besonders angetan hatte es mir der Lippenstift, der ziemlich rot war, aber auch leicht ins Lilafarbene ging.

Mit Mascara, Lidschatten, Eyeliner, Rouge und diversen anderen Dingen hübschte ich mich auf. Als ich mich von dem Stuhl erhob, stand ich plötzlich vor ihr und sie sah mich mit glasigen Augen an. „Darf ich die Braut jetzt küssen?", fragte Sabine direkt. Ich scherzte: „Aber nur, wenn du mir den Lippenstift nicht verwischt!" Sabina nahm für bare Münze und setzte mir einen Kuss auf meine Lippen.

„Keine Angst!", zischte sie. „Der ist kussecht!" Da hatte sie mich schon in den Armen gehalten. „Du würdest mich also in dem Kleid heiraten? Ich weiß nicht, was Katja davon halten würde!", lachte ich. Schnell drückte sie mir noch einen Kuss auf und legte die Hand vorsichtig auf meinen Po. Dann fingen wir an, zu knutschen. Irgendwann nach dem innigen Zungenkuss löste ich mich von ihren Lippen und sah sie fragend an. „Was willst du eigentlich für das Kleid haben?", fragte ich beiläufig und setzte mich auf das große Bett. Ich hob meinen Po und rutschte etwas weiter rauf. „Ist das dein Ernst?", fragte Bine.

„Nimm es als Hochzeitsgeschenk!"

„Das kann ich nicht annehmen!", konterte ich sofort. „Das kommt gar nicht in die Tüte!", sagte Bine. „Du nimmst das natürlich an!" Sie sah mich ernst an und meinte, das habe sie mit meiner Mutter schon besprochen. Sie zog mir behutsam die Schuhe aus und sah mich an. „Die Schuhe bringe ich wieder zurück nachher! Wenn dir das wirklich so unangenehm ist, lade mich doch einfach zu deinem Junggesellinnenabschied ein!", sagte sie. Ich war geschockt.

„Den wollte ich eigentlich gar nicht machen!", sagte ich selbstsicher. „Ernsthaft?!", meinte sie. „Keine Party, keine Stripper?", wollte sie wissen. „Ich weiß nicht, ob etwas passieren wird!", versicherte ich, weil ich wusste, dass es vielleicht wirklich keinen Polterabend oder so geben würde. Die Hochzeit war schließlich teuer genug.

„Dann ziehen wir den jetzt vor!", sagte Sabine und streichelte meine Beine. Sie schob das Kleid etwas hoch und lächelte mich an. „Und das heißt?", wollte ich wissen. „Na ja!", sagte sie   . Keine Stripper, kein Techtelmechtel … Vielleicht magst du Männer ja doch nicht nur ausschließlich?!"

Dann ging es schnell. Sie leckte an meinem nackten Bein hoch und schob meine Beine auseinander. Dann saß ich breitbeinig vor ihr und sah sie an. Ihre Hände auf meinem Oberschenkel, sah sie mich an und lächelte. Sie schob meinen Slip zur Seite und spreizte meine Schamlippen. Ich wurde etwas unruhig, aber ließ es mir gefallen. „Und diese kleine Liebesmuschel soll ich einem Schwanz überlassen? Dann werde ich sie wohl wenigstens noch küssen dürfen!", zischte sie und zog ihre Zunge durch meine Schamlippen. Dann warf ich meinen Kopf nach hinten und spürte., wie sie ihren Mund über meinen Kitzler setzte. Sie nuckelte daran und leckte anschließend meine Klit, woraufhin ich meine Beine aufstellte.

Dann führte sie einen Finger genau zwischen meine Schamlippen und leckte weiter. Ich zuckte zusammen und ließ mich nach hinten fallen. „Ich hätte nie gedacht, dass eine Kleideranprobe so intensiv sein könnte!", japste ich nach Luft und legte mich zurück.

Ich legte meine Füße auf ihren Rücken und ließ mich an meiner intimsten Stelle küssen, knutschen und liebkosen. Ich genoss es. Als sie anfing zu lecken, griff ich die Hände, die auf meinem Bauch lagen und sagte leise: „Junggesellinnenabschied? Interessant!"

Sie ließ von mir ab und streifte sich das Kleid vom Körper. Dann sah ich sie in einem atemberaubenden schwarzen Spitzenbustier und passendem Slip. Sie küsste mich, denn ich war gerade wieder mit dem Oberkörper hoch gekommen. Ich zog ihr das Bustier aus und als sie anschließend vor mir kniete, küsste ich ihre nackte Brust. Ich fummelte zwischen ihren Beinen, was ihr wohl gefiel. Dann zog sie mir das Kleid vom Körper und hängte es wieder auf den Bügel. Ich lehnte mich an die Kopflehne des Bettes und ließ mir den Slip ausziehen. Sie kniete vor mir und legte ihren Kopf zu meiner Rechten ab, so dass ich auch ihren Spitzenslip ausziehen konnte. Ich packte an ihren Po und zog die Pobacken auseinander, bis ich meine Zunge über ihr enges Poloch bis zu ihrer nassen Spalte gleiten lassen konnte. Sie brauchte nur noch einen Buckel machen und Schnurren, dann hätte ich gewusst, dass ich die wilde Katze vor mir hatte. Ihre Muschel schmeckte so intensiv, das mochte ich.

Sie ließ sich auf den Rücken rollen, so dass ich sie küssen konnte. Dann lag die nackte Mutter meiner besten Freundin vor mir und bot sich mir an. Natürlich leckte ich sie ausgiebig, was ihr wohl gefiel. Ich hörte es an dem sanften Stöhnen. Dann kam sie, als ich ihren Kitzler bearbeitet hatte. Sie kam völlig geschafft hoch und zog mir den BH aus, um meine Brustwarzen zu lecken.

Sie saugte förmlich daran, bis ich irgendwann meinen BH auszog und sie aufs Bett drückte. Dann küsste ich sie noch mal ausgiebig. Zungenküsse … Nicht endende Zungenküsse … Ich kam hoch und sah sie an. „Komm, gib mir deine bald nicht mehr vorhandene Liebesmuschel. Bereitwillig setzte ich mich über ihren Hals und schob ihr meine pochende Schnecke an den Mund. Sie leckte mich aus und ließ mich kommen … wirklich laut kommen … Ich weiß nicht, ob ich in der Hochzeitsnacht so intensiv kommen würde.

Wir lagen uns lange in den Armen und redeten. Natürlich war eine Frau von ihrem Format interessant, aber meine Wahl war gefallen. Ich heiratete. Bine war eingeladen und Dirk war neu verliebt, durch mein Outfit. Dennoch war es nicht einfach für mich, denn einen Junggesellinnenabschied gab es nicht, nur von Bine.

Katja war Trauzeugin und ich wusste nicht wirklich, ob ich vielleicht nicht doch einen Fehler begonnen hatte …

Freundin auf Zeit

Ich kam an einem Mittwoch um die Mittagszeit von der Pause zurück in unser Büro für technische Zeichner, als mich mein Chef zu sich rief: „Frau Lehmann, sie kommen mal bitte in mein Büro!" Ich legte meine Zigaretten auf meinen Schreibtisch und band mir meine blonden Haare mit einem Haargummi nach hinten. Ich schloss hinter mir die Tür und stand mit einem Bein entlastet in meinem knielangen Sommerkleid und den Stoffschuhen vor meinem in Anzug und leicht geöffnetem Hemd telefonierenden Chef. Er legte auf und sagte: „Frau Lehmann, sie haben vor einem halben Jahr die Ausbildung abgeschlossen und werden in Nürnberg gebraucht. Ich würde sie gerne heute auf die Reise schicken!"

Ich sah ihn völlig überfallen an. „Aber Herr Schmidt, das ..." Er unterbrach mich. „Ich weiß, das kommt wahrscheinlich völlig ungelegen und absolut kurzfristig, aber ich muss sie darum bitten. Ich habe keinen anderen Mitarbeiter mit so viel Talent. Nur zwei Tage, okay? Zum Wochenende sind sie wieder hier. Das Bahn-Ticket können sie sich gleich im Sekretariat abholen und sie machen dann jetzt Feierabend!" Ich war geplättet, aber ich konnte ihm den Wunsch nicht abschlagen. Ich hatte keinen Freund und niemanden, um den ich mich kümmern musste, nicht einmal Hund oder Katze. Ich drehte mich um und verabschiedete mich. Da rief er noch einmal hinter her:

„Und Frau Lehmann?"
„Ja, Herr Schmidt?"

„Sie sehen umwerfend aus, aber bitte keine noch ausgefallenere Kleidung, okay? Die sind in Nürnberg etwas katholischer als hier in Neumünster und sie wollen doch nicht die Kollegen aus der Fassung bringen, oder?"

„Nein, Herr Schmidt, natürlich nicht!"

Mit einem Lächeln drehte ich mich um, nachdem er mir noch ein Zwinkern zuwarf. Er dachte mit seinen fast 50 Jahren immer noch, dass in Bayern die Uhren anders ticken. Keine knappere Kleidung war bei über 40 Grad in der Sonne schon echt anstrengend. Zu Hause packte ich meine Sachen und zog mir ein kleines helles Mini-Kleid an. Dazu trug ich wieder Stoffschuhe, es war in Socken und langen Röcken kaum auszuhalten. Es war ein Wunder, dass ich bei meiner festen Brust überhaupt einen BH trug. Dieser war natürlich schon am Bahnhof nass geschwitzt. Und was meinte er mit „Kollegen aus der Fassung bringen"? Ich brachte nur einen aus der Fassung, das war mein Kollege Tim aus der Schlosserwerkstatt. Er war mit Anfang zwanzig ungefähr so alt wie ich und neckte mich bei jeder Gelegenheit. Ich hätte mich nie mit ihm eingelassen, obwohl er eigentlich ganz süß war. Ich kannte ihn ja überwiegend im Arbeitsanzug. Aber auch der stand ihm sehr gut. Wenn er mich sah, grinste er mich an, und sobald ich vorbei war, riss er einen schrägen Spruch.

Er war halt ein witziger Kerl. Ich stand an Gleis 4 und wartete auf den Zug nach Hamburg-Altona. Mein Fahrplan war alles andere als entspannend. Sieben Stunden bis Nürnberg, ab Hamburg hatte ich vor mir.

Die Fahrt brachte jetzt schon keinen Spaß. Als ich mir noch einen Liebesroman am Bahnhof holte und in meinen Zug stieg, kam der Schock. Der ganze Zug war voll. Aber ich hatte glücklicherweise einen Platz im Schlafabteil und so hielt ich mich noch über eine Stunde im Bistro auf. Ich bestellte mir eine fettige Mitropapizza und nahm eine Piccoloflasche Rotwein mit ins Schlafabteil. Leider durfte man dort nicht rauchen, sodass ich zum Rauchen auf dem Gang stehen musste. Ich warf die aufgerauchte Kippe in den Aschenbecher und öffnete die Tür des verdunkelten Abteils.

Als ich meine Tasche auf die Ablage warf, ging die Nachtlampe vom unteren Bett an. Vorsichtig blickte ich mich um und erschrak. Ich sah erst nur die leicht behaarten Beine eines jungen Mannes, der in kurzer Hose und T-Shirt auf dem Bett lag und sich von der Metalmusik seines MP3-Players berieseln ließ. Als ich in seine Augen sah, erkannte ich ihn. Es war Tim, der mich anlächelte und dann freundlich sagte: „Guten Abend, Tanja!" Ich war geschockt. Ich konnte mir doch nicht ein Abteil mit meinem Kollegen teilen. Das muss ein Versehen gewesen sein. Ich setzte mich erst einmal auf seine Bettkante und zog meine Stoffschuhe aus. Er machte gleich Platz und sagte frech: „Dann zeig mal, was du zu bieten hast!"
Ich sah ihn entsetzt an und schüttelte den Kopf. Dann zog er ein Sixpack Bockbier aus seinem Rucksack und fuhr fort: "Ich meinte, was du an Schlafbeschleunigern zu bieten hast!" Er grinste und ich fing an zu lachen. Beschämt zog ich den Piccolo aus meiner Tasche und gab ihm die Flasche. Er lachte. „Na, als Aperitif ist das doch ein Wort!"

Dann öffnete er die Flasche und trank die Hälfte. Danach gab er mir die Flasche und prostete. Er benahm sich, wie ein Kumpel. Ich nickte und trank. Danach öffnete er zwei Flaschen Bier und gab mir eine. „Auf Nürnberg!", sagte er. Wir tranken und unterhielten uns ein bisschen. Er erzählte mir von seinem Auftrag, auch in Nürnberg zu arbeiten. Letztendlich köpften wir Flasche zwei und saßen dicht nebeneinander. Er war wirklich nett und wir lachten ein bisschen. Dann alberten wir herum und er bot mir die dritte Flasche an. Ich schüttelte den Kopf und verneinte damit. „Du willst mich nur betrunken machen und ich weiß morgen früh nicht mehr, was passiert ist!"

„Ach Tanja, sei doch kein Frosch, hältst du mich für so oberflächlich?", fragte er. Ich schüttelte wieder den Kopf und nahm die Flasche. Meine Laune war herrlich. Ich war zwar etwas berieselt, aber nicht betrunken. Ich ließ die Flaschen mit den Böden gegeneinander fallen. Darauf hin sagte er: „Bier und ..." Ich kannte den Spruch schließlich und vervollständigte: „... und Frauen stößt man von unten. Prost!" Tim lachte. Nachdem das Bier leer war, nickte ich kurz ein und lag wohl auf seiner Brust.

Ich schreckte durch die Ansage auf und sagte: „Entschuldige, ich bin wohl weg gedöst!" Er lächelte mich an und sagte, „Keine Ursache, ich hab es überlebt!" Ich kam langsam von ihm hoch und setzte mich auf. Dann sagte ich: „Ich glaube, wir sollten schlafen!" und stand auf. Ich hatte gab ihm noch einen kleinen Traum mit in seinen Schlaf, als ich mich streckte und mein Kleid vor ihm auszog. „Soll ich die Augen zu machen?", fragte er neckisch und sah mich an.

Ich drehte mich um und grinste frech. „Wieso? Hast du noch nie eine halb nackte Frau gesehen?" Er seufzte. „Schon, meine Mutter, meine Schwester und meine Freundin, aber die war auch nicht so der Bringer!"

Ich wuschelte ihm über den Kopf und sagte: „Spinner! Schlaf gut!" Er drehte sich in die hinterste Ecke von seinem Bett und strich über das Laken. „Ich weiß ja nicht, wie viel Platz eine Frau, wie Du so nachts braucht!" Ich schüttelte den Kopf. „Tim, vergiss es. Ich bin überzeugter Single und werde bestimmt nicht mit dir in einem Bett pennen!" Dann schwang ich mich auf das obere Bett und legte mich hin. Nach zehn Minuten klopfte der Schaffner und überprüfte meine Karte, bei Tim war er wohl schon. „Herr Schaffner. Ich möchte in ein anderes Abteil, wenn es geht!", sagte ich frech, um Tim zu ärgern. Der Schaffner sah draußen auf die Namenschilder und meinte: „Frau Lehmann. Leider ist der Zug voll. Alles belegt. Wenn sie nicht mit ihrem Mann in einem Abteil schlafen möchten, bleibt Ihnen nur das Bistro zum Sitzen!"

Dann war die Tür zu. „Sag mal Tim, spinnt der? Seit wann sind wir verheiratet? Du heißt Lennart mit Nachnamen!" Tim lachte und meinte: „Das würde mir auch niemals einfallen, Dich zu heiraten!" Die Bemerkung hätte er sich auch echt sparen können. Ich war sauer und versuchte zu schlafen. Auch Tim machte seine Lampe aus und nur noch das spärlich blau schimmernde Nachtlicht warf ein düsteres Umrissbild des Abteils. „Tim, mir ist warm!", nervte ich ihn plötzlich und zog meinen BH aus. Ich warf ihn auf meine Tasche und ließ einen Arm aus dem Bett hängen.

Tim reagierte nicht, obwohl er seinen MP3-Player schon aus hatte. „Tim, ich kann nicht schlafen!", nervte ich ihn weiter und hing meinen Kopf übers Bett. „Sag mal, hast du eigentlich eine Freundin?", brachte ich ihn endlich zum Sprechen. "Tanja, wenn ich mir vorstelle, dass ich eine Freundin hätte, die mir erst das Bier weg säuft und dann mich durch ihr Gequatsche am schlafen hindert, weiß ich echt nicht, ob ich überhaupt eine Freundin haben will!"

Das war frech. Ich sprang aus dem Bett und stellte mich ans Fenster. Ich konnte genau seine Blicke auf meinem Körper spüren. Er sah nur Umrisse, meinte aber dann. „Na ja, mal abgesehen von deiner zickigen Art, hast du eigentlich einen ganz süßen Arsch!" Das machte mich rasend. Ich ging ihm an die Gurgel und setzte mich mit meinem Becken über ihn. Ich landete mit meinem Slip genau auf seiner Unterhose und damit auf seinem harten Schwanz, den ich genau fühlte.

Dann drückte ich in seinen Hals. „Hör mal zu, du Arschloch! Ich hab mir das Abteil nicht ausgesucht!", fauchte ich und gab ihm wieder Luft. „Ich auch nicht!", sagte er und setzte einen treudoofen Blick auf. Ich wollte ausrasten, wusste aber ehrlich nicht, ob ich ihn jetzt küssen oder anzicken sollte. Ich spürte, dass mein ganzer Slip nass war und sein Schwanz drückte sich auf meine Schamlippen. Tim hatte sein T-Shirt wegen der Hitze schon nicht mehr an und ich sah die Schweißtropfen auf seiner Stirn. „Wird dir warm? Oder warum liegst du mit einer chronischen Dauererektion im Bett?", fragte ich grinsend. Da war es schon zu spät und seine Hände fuhren hinten in meinen Slip.

Seine Fingerspitzen fuhren an meiner Wirbelsäule zwischen meine Pobacken, sodass ich mehr wollte und meinen Oberkörper über ihn beugte. Ich war total scharf auf ihn. Das war mir noch nie passiert. Als ich mein Becken leicht anhob, nutze er die Chance und schob meinen Slip etwas herunter. „Du bist verrückt! Ich mach doch bei der Hitze mit dir keinen Sex!", lachte er und ließ sich seinen harten Penis von mir aus der Unterhose befreien. Dann setzte ich mich vorsichtig auf ihn und ließ ihn in mich eindringen. Sanft schob sich sein Liebeshammer zwischen meine Schamlippen und ich lockerte meine Hand an seinem Hals, um ihn sanft zu küssen. Er schmeckte leicht nach Bier und sein Körper war schwitzig, als er mit einem Stoß ganz in mir war.

Ich stöhnte leise auf und ließ mein Becken auf ihm kreisen. Heißer feuchter Atem lag zwischen unseren Lippen, als ich ihn sanft zu einem Berg aus Lust ritt. Er packte meine feste Brust an und ich setzte mich, als er schnell atmend seine Lust in mich schoss. Fast hätte er es geschafft, mir einen Lustschrei zu entlocken. Leider erschlaffte sein Glied und ich senkte meinen Oberkörper wieder. Wir küssten uns und ich legte mich nieder, um mich ausgiebig von ihm streicheln zu lassen. So zarte Finger hatte ich selten gespürt. Ich war noch nicht befriedigt und nahm mir vor, den Rest auf der Zugtoilette zu erledigen.

Wortlos stand ich auf und zündete mir eine Zigarette an, von der ich den Rauch zum kleinen Fensterspalt nach draußen hauchte. „Ich fasse es nicht! Ich bin Nichtraucher!", fluchte er und stand auf. Er stand dicht hinter mir und fasste meine Hüften an.

Ich konnte sein rechtes Bein an meinem Oberschenkel spüren. Mit einer Hand zog er mir die Zigarette aus den Lippen und warf sie aus dem Fenster. Dann bäumte sich sein schlaffer Freund zwischen meinen Beinen wieder auf und er kam näher. Bereitwillig hob ich meinen rechten Fuß auf die Sitzbank des Abteils und streckte ihm meinen Arsch entgegen, in der Hoffnung doch ganz beglückt zu werden. Was dann kam, ging ziemlich schnell. Er drehte seine linke Hand in meine langen Haare und packte in meine Seite. Wie von selbst drang er wieder in mich ein.

Mit der Hand in meinen Haaren drückte er meinen Kopf gegen die Fensterscheibe und stieß zu. Dann fickte er mich mit kurzen schnellen Stößen. Meine Lippen lagen auf der Glasscheibe, die schon nass von meinem Atem war. Mir lief der Speichel aus dem Mundwinkel und Tim hämmerte gnadenlos gegen mein Becken. Ich zerlief vor Lust und quiekte wie wild. Dann überkam es mich und er schnaufte: „Du blöde Zicke, ich werde dir schon zeigen, wo der Hammer hängt. Das hatte ich bereits begriffen und schrie laut auf, als mich die Orgasmuswellen überkamen. Dann setzte er einen nassen Kuss auf meinen Hals und sagte: „Ich hatte schon Angst, dass du vor der zweiten Runde schlappmachst!"

Ich grinste, als er mich frei ließ und stieg auf mein Bett. Dann zog ich ihn zu mir hoch. Er krabbelte über mich und wir schliefen Arm in Arm ein. Als ich morgens aufwachte, lag er immer noch auf meiner Brust. Unsere Sachen lagen im ganzen Abteil verteilt. Ich weckte ihn sanft und meinte:

„Wir sind gleich da!" Er grinste und strich mir durchs Haar. „Ich dachte du bist überzeugter Single und wolltest nicht mit mir in einem Bett schlafen!" Ich lächelte und dachte mir, na warte mein Freund, dir zeig ich schon, was eine Harke ist. Ich stand auf und zog mich an. Dann packte ich meine Sachen zusammen und wollte aus dem Abteil zur Tür. Er hielt mich an meinem Handgelenk fest. „Wo willst du hin?", fragte er. Grinsend schob ich meinen Body noch einmal gegen seinen und legte meine Hände in seinen Nacken.

Einen zärtlichen innigen Kuss holte ich mir noch und verabschiedete mich. „2 Tage, Tim, danach will ich mein Singleleben wieder haben!" Mit Herzklopfen stieg ich aus dem Zug und lief vor ihm weg, ins Hotel. Bis über beide Ohren verknallt checkte ich in meinem Hotel ein. Ich wusste nicht einmal, ob er das gleiche Hotel hatte. Ich musste erst mal duschen und zog mir wie vom Chef verlangt, ein knielanges Kleid an, um nicht zu aufreizend herumzulaufen. Danach besuchte ich das reichhaltige Frühstücksbuffet und stärkte mich für die Arbeit. In der Firma wurde ich freundlich empfangen und sollte mit einem Kollegen an einer großen Zeichnung arbeiten. Ich schaute mich den ganzen Tag über um, aber leider sah ich Tim nirgendwo.

Irgendwie vermisste ich ihn schon nach dieser Nacht, obwohl ich mir sicher war, dass eine Beziehung zu ihm keinen Sinn hatte. Gefrustet machte ich Feierabend und schlenderte ins Hotel. Es war eine brühend heiße Hitze draußen und ich wollte nur noch duschen. In der Lobby ergriff mich von hinten eine Hand und zog mich hinter sich her. Es war Tim, der ganz eilig sagte:

„Komm, ich zeig dir was!" Bevor ich etwas sagen konnte, standen wir im Keller des Hotels an einem kleinen Schwimmbecken und er sah mich grinsend an. „Abkühlung gefällig?", fragte er und gab mir einen Schubs. Ich landete samt Klamotten im Pool und wischte mir die nassen Haare aus dem Gesicht. „Du blödes Arschloch! Das ist mein Lieblingskleid!", brüllte ich und sah, wie auch er mit seinen Sachen in das Wasser sprang. Er kam auf mich zu und ich war stinksauer. „Rühre mich bloß nicht an, du Spinner!", schimpfte ich.

Doch er war mächtig unbeeindruckt und kam mir ganz Nahe. „Los zieh dich aus!", befahl er mir und ich zeigte ihm einen Vogel. „Du spinnst wohl, glaub ja nicht, dass ich dich noch mal an mich heran lasse!" Er zog seine Sachen aus und warf sie auf den Beckenrand. Dann stand er nackt im Wasser vor mir und sah mich geil an. „Vergiss es!", fluchte ich und zog mein Kleid aus. Ich warf es auf seine Sachen und wollte mich gerade umdrehen, da hatte er schon meine Hüften gepackt und schob mich rückwärts gegen den Beckenrand. Er war schon mit seinen Beinen zwischen meinen und ich wollte ihn spüren. Vorsichtig wickelte ich meine Beine um seine Hüften und ließ ihn in mich. Es war aufregend.

Seine Küsse schmeckten nach mehr, als er seinen Phallus in mich schob. Ich war sofort ausgefüllt und verfiel ihm ein drittes Mal. Mit heftigen Stößen schob er mich Gegend den Beckenrand. Das Wasser schwappte über meine Brust, die er mit einer Hand fest massierte, während sich sein Liebesstab sich tief in mich bohrte und mir Lust verschaffte.

Hechelnd lüstern beobachtete er mich beim Liebesspiel und sagte schnaufend: „Abgemacht! Zwei Tage, und ich schwöre dir, dass ich dich so durch ficke, dass du morgen Abend breitbeinig aus dem Zug steigst!" Frech war er, aber ich befürchtete, dass er das schaffen könnte. Ich wollte Sex, sehr viel Sex. Ich holte mir das, was ich so lange nicht gespürt hatte. In einem Lustwahn brachte er uns zum Orgasmus und stieg aus dem Wasser.

Dann gab er mir einen Hotelbademantel und zog sich selbst einen an. Mit den nassen Klamotten auf der Schulter spazierten wir Hand in Hand den Flur hoch, als uns ein Hotelbediensteter fragte, ob alles in Ordnung sei. Tim fuhr ihm gleich ins Wort: „Na hören sie mal, das Planschbecken ist so glatt, dass meine Freundin ausgerutscht ist und ins Wasser fiel!" Ich musste mir das Lachen verkneifen, als sich der Angestellte zwanzig Mal hintereinander bei mir entschuldigte. An meiner Zimmertür gab ich ihm noch einen Kuss. „Für einen Freund bist du echt cool!", sagte ich und verschwand in meinem Zimmer. Wie wollte er mich denn schaffen, wenn er sich verpieselt. Aber ich hatte wenigstens Zeit, mich ausgiebig zu duschen. Ich sah Tim weder beim Essen, noch meldete er sich bei mir. So beschloss ich fern zusehen gucken und legte mich leicht bekleidet aufs Bett. Ich war wohl eingenickt, als es an der Hotelzimmertür klopfte. Ich zog mir einen Bademantel über und öffnete die Tür, weil ich dachte, dass Tim bei mir geklopft hatte. Doch draußen war nichts zu sehen. Die Fahrstuhltür stand offen und es lag eine Jacke auf dem Fußboden. Ich nahm den Zimmerschlüssel und schloss dir Tür hinter mir. Als ich zum Fahrstuhl ging, hob ich die Jacke auf und sah mich im Fahrstuhl um.

Plötzlich schloss sich die Tür und das Ding fuhr nach oben. Stockwerk für Stockwerk stutzte ich, bis ich ganz oben angekommen war. Als die Fahrstuhltür aufging, zog mich eine Hand aus dem Lift und ich erkannte Tim. Er flüsterte: „Hattest du Angst, mein Schatz?" Ich schüttelte den Kopf und tippelte barfuß hinter ihm her. Er schleppte mich mit aufs Dach und meinte, ich müsse unbedingt die Aussicht sehen. Ich war nicht so schwindelfrei, wie er dachte. So schlenderte ich nur zögerlich mit ihm bis zu einem Sims, wo er mich drauf setzte. Ich saß glücklicherweise weiter auf dem Dach und war noch fünf Meter von der Kante entfernt. „Genieße die Aussicht, mein Herzblatt!", sagte er und zog den Gürtel aus dem Bademantel. Mit sanften Küssen fuhr er meinen Bauch herunter und zog mir den Slip aus. Ich zitterte, obwohl es warm war. Im lauen Sommerabendwind tanzte seine Zunge über meine Haut in schwindelerregender Höhe auf dem Hoteldach. Ich spürte, wie der Liebessaft in meine Muschel schoss und ich meine Beine ganz bereitwillig öffnete, bevor er mit seiner Zunge über meinen Venushügel rutschte, um mich ausgiebig zu lecken. Es war herrlich und ich streichelte seine kurzen Haare, während er mit seiner Zunge tief in mich stieß, um mir heftige Gefühle zu verschaffen. Mit einem Finger massierte er auf meiner Liebesperle dabei, die dick anschwoll und mir noch mehr Lustgefühle in den Unterleib jagte. Mein ganzer Unterleib zuckte bereits und ich war heftig am Stöhnen, als er sagte: „Los, schreie, wenn du kommst! Zeig der Welt, dass du geil bist!"

Ich wollte mich zusammen nehmen, aber er bearbeitete mich so intensiv, dass mein Mund weit aufging und ein lauter Schrei in die Luft entwich.

Dann brachte er mich dazu, laut zu stöhnen, während er meinen Kitzler zwischen den Lippen hatte und mit der Zunge daran spielte. Seine Finger bohrten sich derweil in meine Liebesmuschel und holten den letzten Saft aus mir. Es lief mir an den Innenseiten meiner Oberschenkel herunter und meine Beine waren klatschnass. Dann beruhigte sich mein Körper und Tim fuhr mit seinen Lippen meinen Bauch wieder hoch. Sanft setzte er mir einen Kuss auf meine Lippen und spielte mit seiner Zunge in meinem Mund. Ich konnte meine eigene Geilheit schmecken.

Nachdem wir anschließend Arm in Arm auf dem Dach standen, ging langsam die Sonne unter und wir verzogen uns wieder ins Hotel. Ich lächelte Tim an und knurrte: „Muss ich jetzt immer damit rechnen, dass du mich irgendwie flach legst?" Er grinste und nahm mich mit in sein Hotelzimmer. Als wären wir ein richtiges Paar, schlenderten wir zum Bett und er zog sich aus. Nackt legte er sich auf sein Bett und lockte mich mit seinem Finger. Ich zeigte ihm einen Vogel. „Du willst mich noch mal ficken? Du spinnst wohl!", lachte ich und setzte mich auf die Bettkante. Irgendwie war es Sünde für ihn. Er hatte eine dicke Erektion und ich spielte ein wenig mit meinen Fingern an seinen Hoden. „Du hast recht. Vielleicht sollten wir schlafen!", murmelte er und schloss die Augen.
Ich spielte sanft an seinem Hoden weiter und wartete, bis er eingeschlafen war. Dann widmete ich mich ganz leise seinem Schwanz und leckte vorsichtig über seine Eichel. Er war im Halbschlaf und seufzte leise, doch er machte seine Augen nicht auf.

Dann schob ich meinen Mund über seinen Schaft und ließ seinen Schwanz vorsichtig in meinen Mund wandern. Erst war ich ganz sanft, aber sein Penis wurde härter und steifer. Ich griff ihn mit einer Hand und gab ihm eine kräftige Fellatio, während er dabei erwachte und schnaufte. „Was ... Was ... Was machst du da?", stotterte er und verdrehte gleich die Augen. Dann schoss ein warmer kurzer Strahl in meinen Mund und ich hatte ihn geschafft. Sein Schwanz war nicht übel.

Ich hatte noch nie Sperma im Mund, aber bei ihm gefiel mir das. Ich schluckte es herunter und gab ihm einen Kuss. Dann drehte ich mich auf die andere Seite und klaute ihm die Decke. „Schlaf gut, mein Schatz!", war das Letzte, was er in der Nacht von mir hörte. Ich war verknallt bis über beide Ohren. Tim machte mich wirklich an, und was das Schlimmste war, er gefiel mir auch vom Charakter her. Als ich am Morgen aufwachte und seinen halb bedeckten nackten Body neben mir liegen sah, war ich glücklich. Vorsichtig strich ich mit meinen Fingerspitzen über seinen Nacken und dann über seinen glatten Rücken. Er schlief noch und ich nutzte die Chance, ihn mir noch einmal in Ruhe anzusehen. Vorsichtig zog ich die Decke von seinem knackigen Arsch und streichelte seinen Po. Er war wirklich süß.
Ganz im siebten Himmel versunken, klingelte plötzlich neben mir der Wecker meines Handys. Tim wachte auf und lächelte mich an. „Guten Morgen, mein Schatz!", sagte er. Mein Schatz klang wie ein richtiges Paar. Vielleicht meinte er es sogar ernst? Wir standen auf und machten uns fertig.

Als ich an der Tür stand, gab er mir einen kräftigen Klapps auf meinen Arsch, der von meinem Rock bedeckt war. „Unser letzter Tag!", grinste er und schob mich auf den Flur, um mit mir Hand in Hand zum Frühstücksbuffet zu schlendern. Wir genossen das reichliche Essen und frühstückten ausgiebig. Tim war ein richtiger Gentleman. Er holte mir Kaffee und brachte mir einen Teller mit allem, was ich mochte. Er las mir jeden Wunsch von den Augen ab. Fast schon Sünde, dass in der Nacht alles vorbei sein sollte. Wir machten uns auf zur Arbeit und brachten den letzten Tag in Nürnberg hinter uns. Immer wieder musste ich an Tim denken, aber leider sah ich ihn den ganzen Tag nicht.

Erst beim Auschecken im Hotel trafen wir uns an der Rezeption und beschlossen, die Zugfahrt gleich zusammen anzutreten. Ich war überglücklich, als er mir das vorschlug. Es fast, als wäre es der letzte Tag, den ich zu leben vor mir hatte. Wir hatten den Himmel auf Erden. Ich hatte den Himmel auf Erden. Ich erlebte in den letzten zwei Tagen Dinge, die andere in ihrer ganzen Beziehung erleben. Am Bahnhof holte ich mir neue Batterien für meinen MP3-Player und ein Rätselheft.
Der Zug fuhr ein und wir suchten uns ein ruhiges Abteil. Diesmal hatten wir keine Reservierung. In dem Intercity gab es ein Bistro und wir hatten Glück mit dem Raucherabteil. Normalerweise waren die immer sofort besetzt. Wir setzten uns und klappten den kleinen Tisch aus. Erst rätselte ich die ganze Zeit und war genervt von Tims Metalmusik, die aus seinen Kopfhörern schepperte. Nach fast drei Stunden dämmerte es draußen schon und ich legte mein Rätselheft zur Seite.

Dann zog ich meine Stoffschuhe aus und setzte mich auf mein angewinkeltes Bein. Im Zug war es wieder tierisch warm. Ich zog mein T-Shirt aus und saß im Bustier neben Tim. Dieser starrte mir natürlich gleich auf meine Titten. „Typisch Mann!", knurrte ich und sah ihn an. Tim nahm die Stöpsel aus den Ohren und fragte nach. „Was hast du gesagt?" Ich rollte mit den Augen und lachte. "Ach nichts! Sag mal, war es das jetzt mit uns oder wie?" Tim sah mich mit treu doofem Blick an und wusste nicht, was ich damit sagen wollte. Er hatte mir den Platz am Fenster überlassen. So konnte ich mich gegen die Fensterwand lehnen und hob meine Beine auf seinen Schoß, in der Hoffnung vielleicht doch noch gestreichelt zu werden. Wie von selbst lagen seine warmen Finger plötzlich auf meinen Beinen und zogen sanfte kribbelnde Spuren über meine Beine. Das war schon mal richtig schön, und so lächelte ich ihn an und setzte mir meine Kopfhörer auf. Tim hatte zwischenzeitlich meine ganzen Unterschenkel mit seinen Streicheleinheiten verwöhnt.

Ganz leicht spreizte ich die Beine, damit er meine Knie und auch meine Kniekehlen streicheln konnten. Dabei sah ich ihn mit lustvollem Blick an. Ich verspürte ein Kribbeln an meinem ganzen Körper. Tim war so sanft und streichelte, dass ich leise seufzte. Plötzlich zog er mir die Kopfhörer vom Kopf und sagte: „Weißt du eigentlich, dass total schöne Beine hast?" Ich lachte. „Versuch gar nicht erst, mich anzubaggern, mein Hase!" Er lächelte und gab sich alle Mühe, dass ich mich rundum wohlfühlte. Er massierte sanft meine Füße und glitt mit seinen Fingern über meine Oberschenkel. Ich schloss die Augen und lehnte mich zurück.

Ich spürte seine Finger an den Innenseiten meiner Oberschenkel und in den Leisten, was mich leise aufatmen ließ. „Tim! Wenn jemand kommt!", ermahnte ich ihn und sah ihn an. Er machte sich an meinem Slip zu schaffen und schob seine Finger hinein. Dann sah er zu den kleinen Gardinen, welche die Scheiben zum Mittelgang verdeckten und lachte. Er beugte sich zu mir rüber und gab mir einen Kuss. „Ist doch egal!", grinste er. „Entspann dich und mache die Augen zu!", forderte er mich auf und setzte mir die Kopfhörer auf die Ohren. Ich ließ mir von ihm meinen Slip über die Beine ziehen und gab mich seinen Streicheleinheiten hin. Er massierte meine kleine Perle und machte mich richtig nass. Eine ganze Zeit lang kribbelte es in mir und ich wurde fast wahnsinnig.

Er war wirklich toll und wusste genau, wo ich es am liebsten mochte. Ich war ganz nass zwischen den Beinen und spreizte meine Schenkel immer weiter. Leicht angewinkelt lagen meine Beine auf ihm und er hatte freie Bahn auf meine glühende Muschel, die nach seinen warmen Fingern schrie. Dann legte er richtig los und schob zwei Finger in mich. Mit dem Daumen massierte er dabei meine Klitoris, die ganz dick war und zuckte, als würde sie zerspringen wollen. In mir stieg ein Gefühl hoch, dass ich so noch nicht kannte. Ein schleichender intensiver Lustrausch, der mich leise aufstöhnen ließ. Dann packte mich der Wahnsinn und meine Gefühle gingen mit mir durch. Meine Stimme wurde lauter, sodass ich mich selbst hörte. Ich zog mir mit den Fingern die Kopfhörer von den Ohren und sah Tim schnaufend an.

„Du bist verrückt!", fauchte ich ihm zu und lag anschließend ganz breitbeinig auf seinem Schoß. Ich hielt mich an Kopflehne und Sitzpolster fest, als er mir den Rest gab und mich kommen ließ. Mit lauten Schreien kam ich zum Orgasmus. Dann zog er mich auf sich drauf und küsste mich wild. Arm in Arm lagen wir auf den Sitzen und kuschelten uns aneinander. Wir sprachen kein Wort mehr und fuhren dem Ende entgegen. In Neumünster am späten Abend kamen wir an und verabschiedeten uns mit einem innigen Kuss. „Es war schön mir dir!", sagte ich noch, bevor ich mich umdrehte und er in der Menge verschwand. Dicke Tränen liefen über mein Gesicht, als ich nach Hause kam.

Ich vermisste ihn jetzt schon. Am Wochenende heulte ich mir die Augen aus und war fix und fertig, als ich am Montagmorgen in der Firma stand. „Super Arbeit!", lobte mich mein Chef und ich schlenderte zu meinem Zeichenbrett. Meine Kollegin Sabrina stellte mir einen mittelgroßen Geschenk-Karton auf den Tisch und sagte: „Das wurde vorhin für dich abgegeben!" Völlig neugierig sah sie mir über die Schulter, als ich das Paket öffnete. Ich holte ein knappes kleines Kleid aus dem Paket. Es hatte die gleiche Farbe, wie das welches ich im Hotelpool anhatte. Drei Flaschen Bier und einen Rotwein-Piccolo sah ich in dem Paket liegen. Darauf lagen eine Rose und ein Brief. Er war von Tim.

Liebe Tanja,

Ich danke dir für die schöne Zeit und möchte dir etwas zurückgeben.

Ich denke mit den Dingen kannst du genauso viel anfangen wie ich. Leider blieb es mir verwehrt, mit dir zusammenzubleiben. Du warst und bist das Beste, was mir je passiert ist. Eine schönere und liebere Freundin werde ich nie haben, das weiß ich jetzt. Ich liebe Dich. Bitte vergiss mich nicht.

Dein Tim

Sabrina fragte, von wem das Paket sei und meinte spöttisch: „Ich dachte, du wärst Single!" Ich drehte mich mit verheulten Augen zu ihr um. „Es ist von meinem Ex-Freund!"

Völlig irritiert sah sie mich an und sagte: „Seit wann bekommt man ein Geschenk, wenn man mit seinem Freund auseinandergeht?" Ich zog ahnungslos die Schultern hoch und schniefte. „Weißt du? Es gibt Dinge auf der Welt, die muss man nicht verstehen!", sagte ich und flüsterte für mich selbst. „Ich liebe dich auch!" Tim hatte zwei Tage Urlaub und kehrte erst am Mittwoch in die Firma zurück. Mir ging es beschissen. Aber ich hatte ja auch selbst Schuld, denn wie konnte ich nur so doof sein und meinen Freund einfach so ziehen lassen. Ich war allein und ärgerte mich, als plötzlich der Werkstattmeister neben mir stand und meinen zerbrochenen Bleistift auffing. „Frau Lehmann haben sie einen Augenblick Zeit? Auf ihrer Bauzeichnung ist ein Winkel eingetragen, den weder mein Geselle noch ich richtig verstehen!" Ich nickte und kam mit zur Schlosserhalle. Als er den Namen „Tim" erwähnte, bekam ich schweißnasse Hände und entschuldigte mich kurz, um einen Kaffee zu holen.

Ich zog einen Kaffee mit Milch und Zucker, nahm ihn mit in die Halle und schlenderte zittrig auf Tim zu. Dieser empfing mich freundlich mit „Guten Morgen, Frau Lehmann. Ich habe hier ein Problem mit der Zeichnung. Sie haben hier einen Winkel eingetragen, den ich nicht deuten kann! Vielleicht können sie mir den erklären, damit ich weiter arbeiten kann?" Das Telefon des Meisters klingelte und er verzog sich mit den Worten: „Ihr beiden macht das schon!" Dann war er weg und ich stand mit Tim alleine da.

Ich gab ihm den Kaffee und sagte: „Für dich!" Er nippte und grinste. „So wie ich ihn mag?" Ich beugte mich über die Zeichnung und er sah mir über die Schulter. „Na, Fehler gefunden?", hauchte er in mein Ohr. Ich grinste mit dem Gesicht zu ihm. „Meinst du, ich kenne meine eigene Zeichnung nicht? Dummkopf! Hier ist doch der Winkel!" Er sah mich an und rollte mit den Augen. Wir standen plötzlich dicht voreinander. Der Blick in seine Augen verursachte starkes Herzklopfen bei mir. Ich nahm mir etwas Mut zusammen und wollte etwas sagen. „Tim ... Ich ...!"

Er lächelte und meinte, „Ich weiß, Tanja! Ich habe nachgedacht. Zwei Wochen, okay?" Mir fiel die Kinnlade herunter. "Was?", fragte ich geschockt. „Zwei Wochen und keinen Tag länger. Ich weiß doch, wie sehr du an deinem Single-Leben hängst!" Dann grinste er. Ich fasste es nicht. Er besaß doch wirklich die Frechheit, mir eine Beziehung auf Zeit anzubieten. Ich verzog das Gesicht und war sichtlich enttäuscht. „Was ist?", fragte er. „Ja oder nein? Ich erwarte eine Antwort bis Feierabend!" Dazu fiel mir nichts mehr ein.

Der Meister war zurück und wollte wissen, ob wir das Problem geklärt haben. „Alle Klarheiten beseitigt?", schmunzelte er und sah uns fragend an. „Dummerchen!", sagte ich zu Tim. „Mit dem Winkel habe ich eine Fehlangabe des Architekten zurück berechnet! Wenn man nicht alles alleine macht!" Ich sah Tim strafend an. „Wenn sie noch mal Probleme haben? Ich bin bis um 16:00 Uhr im Hause, Herr Lennart!", sagte ich und drehte mich um.

Als ich mich von den beiden entfernte, zischte der Meister zu Tim: „Haben sie sie geärgert?" Tim sagte nichts. Als ich mich umdrehte, grinste er. Hatte er doch selbst Schuld. Was sollte ich denn nun machen? Zwei Wochen waren doch besser als gar keine Nähe. Ich wartete bis zum Feierabend, und als ich gehen wollte, klingelte mein Telefon. „Und Tanja? Wie lautet deine Antwort?" Es war Tim. Motzig knurrte ich ins Telefon. "Zwei Wochen, abgemacht! Ich werde dir eine so liebe Freundin sein. Ich schwöre dir, dass du mich nicht mehr gehen lassen wirst! Und du hast heute Abend ein Essen. Ich erwarte dich um 19 Uhr. Steinstraße 45!"

Dann legte ich auf und verließ das Büro. Das hatte wohl gesessen. Zu Hause bereitete ich alles vor. Ich plante sein Lieblingsessen und wollte ihn damit überraschen. „Leberknödelsuppe nach Omas Rezept", ein Gericht, welches mich schon beim Kochen rasend machte. Ich hatte sogar frische Kräuter verwendet. Woher ich das wusste? Durch einen blöden Tratsch mit einem seiner Kumpels aus der Firma. Irgendeiner erwähnte das Mal in der Kantine. Dazu gab es natürlich ein kühles Bier.

Ich dachte, dass er ein Bitburger wohl nicht ablehnen würde. Ich musste sogar extra zwei Biergläser kaufen. Tim war sogar pünktlich. Ich hatte natürlich das Kleid an, welches er mir geschenkt hatte. Drunter trug ich nichts und ich war barfuß. Ich trug nur das Kleid. Ich sah seinen ausziehenden Blick schon, als ich die Tür aufmachte.

Zuerst sah er mir in die Augen und dann ging sein Blick an mir herunter. Meine Beine gefielen ihm sowieso, das wusste ich. Vorsichtig-schüchtern nahm er mich in den Arm und küsste mich sanft auf meine geschlossenen Lippen. „Komm rein!", sagte ich und machte einen bezaubernden Blick. Er sah die Kerzen auf dem Tisch und er roch schon, was ich gekocht hatte. Sein Gesicht war ganz rosig angelaufen. „Was soll das werden?", fragte er überrascht. Ich schob meine Hand auf seinen Bauch und grinste ihn an. „Na, schon Hunger?" Ich gab ihn einen Schubs, sodass er auf dem Stuhl landete, und servierte das Essen. Der Kniff an der Suppe war der frische Thymian, der sein Aroma beim Öffnen des Topfes entfaltete. Ich füllte auf und schenkte uns das Bier in die Gläser.

Dann lächelte ich ihn an. „Lass es dir schmecken!", sagte ich. „Tanja, womit habe ich das jetzt verdient?" Ich flirtete mit seinen Augen. „Iss, sonst wird es kalt!" Das Essen war schon mal gelungen. Tim schlug sich den Bauch voll und immer wieder trafen sich unsere Blicke. Doch gab er sich schüchtern und machte keine Anstalten, mich anzufassen. Es war irgendwie seltsam, aber er war sehr zurückhaltend. Ich flirtete heftig mit ihm und wir unterhielten uns sehr lange.

Es war schon spät geworden und er nippte bereits an dem dritten Bier. Nach einem kurzen Blick auf seine Uhr sagte er plötzlich: „Du, es ist spät. Wir müssen beide morgen früh raus. Ich werde nun nach Hause fahren!" Ich dachte, ich höre nicht recht. Ich dachte eigentlich, dass er bei mir bleibt und eventuell bei mir übernachten würde. Das war doch wohl nicht zu viel verlangt. Nein, er zog seine Jacke an und ich brachte ihn zur Tür. Obwohl seine Hose ziemlich ausgebeult war und ich mir sicher war, dass etwas passieren würde, ging er. Ich lief barfuß die erste Treppe mit herunter in das dunkle Treppenhaus. Am Fenster blieb ich stehen und fragte noch mal nach. „Und du willst wirklich schon gehen?" Er drehte sich um und sagte, „Tanja, wir sind gerade mal zusammen, da können wir doch nicht gleich ins Bett springen!" Er lächelte. Natürlich hätten wir das können, warum auch nicht? Ich war sowieso scharf auf ihn. Aber nach der Abfuhr drehte ich mich zum Fenster und schmollte. Tim kam nah an mich heran und küsste mir von hinten auf die Wange.

„Pöh, du willst mich ja nicht!", knurrte ich und blickte starr zum Fenster hinaus. Dann spürte ich seine Jeans ganz dicht an meiner Haut und die dicke Beule an meinem Po. Das machte mich total an. „Was soll das heißen?", fragte er und schob sein Becken gegen mich. Er drückte mich sanft gegen das Fenster und drehte seine Hand in meine langen Haare. „Jaaa!", hauchte ich, während er meinen Kopf gegen die Scheibe drückte und seine Finger unter mein kurzes Kleid fuhren, um von hinten in meinem Slip zu verschwinden. Bereitwillig spreizte ich meine Schenkel und schob ihn meinen Po entgegen.

Ich öffnete meine Lippen, die an der Scheibe klebten, und drehte meinen Kopf etwas zur Seite. Ein tiefes Schnaufen blies meinen heißen Atem gegen die Scheibe und ließ ihn kondensieren. Seine Finger hatten meine nasse Lustgrotte schon entdeckt und fingerten wild an mir herum. Dann hörte ich seinen Reißverschluss, den er öffnete, um seinen prallen harten Lustmacher zu befreien. Dann spürte ich ihn zwischen meinen Beinen. Meine schweißnassen Hände stützte ich auf die benebelte Scheibe und ließ ihn in mich eindringen. Seine Hand war noch in meine Haare verknotet und presste mein Gesicht gegen das Fenster. Dann spürte ich seinen Harten tief in mir, als ich meinen Po gegen sein Becken schob. Mein Mund ging weit auf und er konnte lautstark meinen Atem hören. Mit wilden Stößen versuchte er, das Feuer zwischen meinen Beinen zu löschen. Ich war willig und ich wollte gebumst werden.

Wild wie ein Tier rammte er seinen Phallus in mich und rammelte die Lust aus mir, bis er nach einiger Zeit heftig in mir kam. Mich überrollte eine kurze aber heftige Lustwelle und ließ mich mit einem Orgasmus ganz gegen die Wand fallen. Erschöpft stützte ich mich an der Wand ab und schnaufte befriedigt, als er mir ins Ohr flüsterte. „Schlaf gut mein Schatz!" Ich bekam noch einen innigen Gutenachtkuss und dann war er im dunklen Hausflur verschwunden. Leise hörte ich noch seine Schritte und dann die Haustür, die ins Schloss fiel. Ich hielt einige Minuten inne und genoss die Ruhe. Dann ging ich zurück in meine Wohnung. Mein Kleid war hoch geschoben und der Slip saß auf halb acht. Sein Samen tropfte aus meiner Scheide in das bereits nasse Höschen.

So einen Gutenachtfick hatte ich mir nicht träumen lassen. Die Nacht war ziemlich wüst. Noch immer tropfte mir der Samen von meinem Freund aus der Scheide und mein Höschen war ganz nass davon. Irgendwann nachts riss ich es mir vom Leib und schlief nackt. Morgens, als ich aufwachte, hatte ich mein ganzes Bett zerwühlt und die Bettwäsche war schwitzig. Ich hatte wohl einen ziemlich wilden Traum gehabt, an den ich mich nicht mehr erinnerte. Eines wusste ich allerdings, ich war komplett verknallt und freute mich auf Tim, auf die Arbeit und auf den Feierabend. Ich hatte mir eine ganz besondere Überraschung für ihn ausgedacht und packte eine Reisetasche. Dann fuhr ich zur Arbeit und hielt Ausschau nach meinem Liebsten. Er war natürlich schon in der Werkshalle und arbeitete mit meiner Zeichnung. Der Tag verlief verhältnismäßig gut. Ich rannte sechs Mal in die Halle und stellte Tim einen Kaffee hin, dann verschwand ich wieder. Er wunderte sich die ganze Zeit, wo der Kaffee herkam und rief mich an. „Sag mal, hast du mir den Kaffee hingestellt?"

„Natürlich mein Schatz, dir soll es an nichts fehlen!" Dann legte er auf. Er wusste noch nicht, dass er von mir Besuch bekommen würde.

Ganz normal verschwanden wir nach Arbeitsende in den Feierabend und ich nutzte die firmeneigenen Duschen, um mir den Weg nach Hause zu sparen. Zeit versetzt kam ich bei Tim an der Wohnung an, mit der Reisetasche auf der Schulter. Ihm fiel alles aus dem Gesicht, als er die Tür öffnete. Die Überraschung war offensichtlich gelungen.

Er bat mich hinein und ich folgte ihm in seine kleine unaufgeräumte Zweizimmerwohnung. Es war lediglich ein bisschen unordentlich, aber relativ sauber. Ich knallte meine Tasche auf das Sofa und gab ihm ganz ungezwungen einen Kuss auf den Mund. Dann fragte er nach.

„Was wird das?“
„Ach, weißt du? Jetzt, wo wir fest zusammen sind, dachte ich, dass ich ein paar Tage bei dir wohne!“
„Du willst was?“
„Ich ziehe bei dir ein, solange wir zusammen sind!“
„Das geht nicht!“
„Warum nicht?“
„Du kannst nicht bei mir einziehen!“
„Warum kann ich das nicht? Du wirst doch Platz für ein paar meiner Sachen haben, oder?“

Tim glaubte nicht, dass ich Ernst machte. Ich wusste nicht, ob ich das ernst meinte, spielte aber weiter entschlossen seine feste Freundin. Knurrend zeigte er mir das Bad, wo er noch extra ein kleines Plätzchen im Regal für meine Hygieneartikel freimachte und anschließend das Schlafzimmer, wo er auch Platz in seinem Schrank für mich machte. Mit einem Blick aufs Bett fragte er: „Und wo willst du schlafen?“

„Na, bei dir im Bett. Was für eine blöde Frage!“, antwortete ich keck. Ich sah Tim zum ersten Mal sprachlos. Nachdem er sich beruhigt hatte, nervte ich ihn mit Abendessen und seinen Plänen für den Abend. Mit einem Blick in seinen Kühlschrank war alles klar. TK-Pizzen. Na ja, besser als gar kein Abendessen.

Ich zog meine Schuhe aus und knallte uns zwei Ristorante Diavolo in den Backofen. Dann holte ich frech eine Flasche Bier aus dem Kühlschrank und trank sie auf Ex aus. Tim saß auf dem Sofa und beobachtete mich. Mit angewinkeltem Bein an den Ofen lehnend im kurzen Rock und Sport-BH sah ich zu ihm und grinste. „Was ist?", fragte ich. Er schüttelte den Kopf. „Du bist unmöglich! Erst ziehst du hier ein und jetzt säufst du mir doch mein Bier weg!" Ich war natürlich lammfromm und brachte auch ihm eine Flasche Bier. Die Pizza war mittlerweile fertig und ich deckte den Tisch, während Tim sich noch an den Anblick einer Frau in seinem Haushalt gewöhnen musste. Das Essen war dann wieder etwas romantischer. Wir flirteten heftig miteinander und er streichelte meine Hand. Es war schön. Seine Pläne für den Abend waren kurz und einleuchtend.

Ein gemütlicher Abend vor dem Fernseher. Nur hatte er natürlich jetzt eine Frau dabei. Ich bestimmte das Fernsehprogramm und schaltete alles, was er sehen wollte, weg. Am Schluss musste er sich mit mir einen Liebesfilm ansehen. Das musste wirklich schlimm für ihn sein, denn das traurige Ende von Titanic rührte auch ihn zu Tränen. Glücklicherweise war es dunkel, sodass er meinte, ich hätte es nicht gesehen. Doch als ich halb auf ihm liegend eine Träne aus seinem Gesicht wischte, war wohl klar, dass er doch ziemlich romantisch war. Er streichelte meinen Rücken und ich kuschelte mich in an seine Brust. Tim hatte sich noch im Bad frisch gemacht und lag nun nur in Boxershorts und T-Shirt neben mir. Plötzlich sagte er:

„War eine tolle Überraschung mit dem Einzug, aber jetzt können wir deine Sachen auch wieder einpacken. Du weißt genauso gut wie ich, dass das nicht gut geht!" Ich war fest entschlossen und wollte bei ihm übernachten. Bei der Frage, was er denn dagegen einzuwenden hätte, meinte er, dass er diese Nähe nicht gewohnt sei. Er könne sich nicht einmal einen runter holen, wenn er es wollte, weil ich ständig bei ihm sein würde. Das war natürlich eines meiner leichtesten Übungen. Vorsichtig schob ich meine Hand unter sein T-Shirt und fuhr mit den Fingern in seine Boxershorts, wo ich seinen sich gerade aufrichtenden Penis fühlte.

Sanft küsste ich ihn auf den Mund und spielte mit seinen Lippen, während meine Hand sich langsam um seinen Schaft schloss und den Phallus in meiner Hand wachsen ließ. Erst schnappte er mit den Lippen nach mir und dann versuchte er meine Hand still zuhalten. Leise flüsterte er: „Hey, was soll das?" Mit einem Grinsen auf den Lippen massierte ich den harten Schwanz und küsste ihn wieder. Es dauerte nicht lange, da hatte er eine richtig steife Latte und ich gab mir Mühe, sie so schnell und intensiv wie möglich wieder klein zu bekommen. Ich massierte mit festem Griff an ihm, als er wieder meine Hand fest hielt und schnaufte: „Hey, was machst du da?"

„Dir einen runter holen! Das war doch das, was du wolltest, oder?" Ich lachte und machte weiter. Er wollte erst gegen an gehen, schloss aber dann seine Augen und atmete tief ein und wieder aus. Ein leises Zittern hörte ich in seinem Atem, als sein hartes Glied in meiner Hand wie wild pochte.

„Du bist unmöglich!", stöhnte er plötzlich und hielt sich mit seinen Händen an meinen Schultern fest. Da griff ich mit der anderen Hand unter sein Kinn und drehte seinen Kopf in meine Richtung. „Los, sieh mich an, wenn du kommst! Ich will sehen, wie es dir gefällt!" Er schnaufte und stöhnte. Sein Schwanz vibrierte wie wild in m einer Hand. Es wurde Zeit etwas langsamer zu machen. Mit viel Gefühl und festem Griff zog ich meine Hand in Richtung Schwanzwurzel, sodass seine Eichel prall glänzte. Er wäre fast wahnsinnig geworden und stammelte: „Ich … ich … k …!"

Dann spritzte es aus seiner Eichel über meine Hand und dann auf seinen Bauch. Ich war zufrieden mit dem Ergebnis und wichste noch ein paar Mal hin und her, bis er den ganzen Samen verteilte. Etwas erschöpft, aber doch erleichtert sah er mich an und schüttelte den Kopf. „Warum tust du das?", wollte er wissen. Ich lachte und legte meinen Kopf auf seine Brust. Ich spielte mit der Hand an seinem nassen Glied. „Ach weißt du? Wo du doch jetzt eine feste Freundin hast, musst du es dir nicht mehr selbst machen oder?", war meine Antwort auf seine Frage. Natürlich war er mit meiner frechen Art etwas überfordert.

Aber warum sollte ich ihm auch keinen runter holen? Ich meine, ich liebte ihn schließlich so, wie er war. Er war halt ein Mann. Und Männer haben, genauso wie Frauen, manchmal das Bedürfnis befriedigt zu werden. Außerdem versuche ich mich ja auch, von meiner besten Seite zu zeigen. „Also, mein Schatz? Gehen wir ins Bett oder wolltest du hier vor dem Fernseher versauern?"

Passt auf, jetzt kommt es. Ich hörte aufmerksam zu, was Timo mir erzählen wollte. „Ach weißt du? Da kommt noch so ein Film. Den wollte ich unbedingt sehen. Du kannst ja schlafen gehen, wenn du willst! Ich bekomme dich ja eh nicht dazu überredet, wieder zu verschwinden!" Und dann noch dieses breite Grinsen. Na, mein Lieber! Du wirst schon sehen, was du davon hast. Kaum zog ich bei ihm ein, wollte der mich auch schon wieder loswerden. Ich wollte erst mal duschen gehen.

„Wie du meinst!", sagte ich und fügte noch hinzu: „Wir sehen uns dann später ... im Bett!" Er registrierte das gar nicht und murmelte nur: „Ja, ja! Bis später!" Da hatte ich ja freie Bahn und nahm meine Sachen aus der Kulturtasche. Ich duschte ausgiebig und war mittlerweile dermaßen geil, dass ich hätte, es mir direkt schon unter der Dusche machen können.

Ich ging ja auch davon aus, dass er mir folgen würde. Aber nein, er schaute wirklich noch fern. Na ja, vielleicht brauchte man(n) ja auch eine kleine Verschnaufpause. Meine Duscheinlage dauerte schon eine halbe Stunde. Dann hatte ich meine Beine nach rasiert und mir die Haare eingeflochten. Meine Zähne hatte ich auch schon geputzt und natürlich habe ich alle meine Sachen überall herumliegen lassen, damit er gleich Bescheid wusste, dass eine Frau in seinem Haushalt war. Es war wirklich eine sehr schöne Erfahrung, mein Pfirsichduschgel neben seinem sportlichen Duschbad auf der Duschablage zu deponieren. Je mehr Klamotten ich von mir in seiner Wohnung verteilte, desto besser ging es mir.

So landete mein BH auf dem Badewannenrand und meine Jeans lag auf seiner auf dem kleinen Hocker im Bad. Meine Söckchen lagen zusammengeknüllt mit meinem Slip unter dem Hocker. Ich war nackt. Und so nackt wollte ich mich auch mit einem Kuss von ihm ins Bett verabschieden. Es war mittlerweile weit nach elf Uhr und durch den Türspalt sah ich, wie er sich doch tatsächlich einen Erotikfilm rein zog. Na warte, dachte ich und schlich mich in sein Bett. Erst hatte ich mit den Augen gerollt und wollte ihn anschnauzen, wie er sich nur so einen Dreck rein ziehen konnte. Aber das Recht stand mir natürlich nicht zu und so legte ich mich nackt auf seine Decke. Das Kribbeln zwischen meinen Beinen war derweil so unerträglich, dass ich kurz meine Finger über die Schamlippen zog. Aber das machte alles nur noch schlimmer. Ich schlich mich noch einmal an die Wohnzimmertür und beobachtete meinen Hausherren, wie er sich diesen doch sehr heftigen Erotikfilm rein zog.

Immer wieder wanderte seine Hand auf seinen völlig steifen Schwanz. „Mist, ich könnt ´schon wieder!", murmelte er so vor sich selbst dahin. Dabei war die Lösung so einfach. In einer kleinen Unachtsamkeit ließ ich die Tür knarren und verschwand in Windeseile wieder auf seinem Bett, sodass er mich gar nicht erst sah. Er hätte mich doch nur zu nehmen brauchen, aber nein! Er sah sich stattdessen einen Erotikfilm an. Sicherlich hatte er mich bemerkt. Das blaue Flimmern war nämlich im Flur zu sehen. Ich schloss die Augen und hörte seine Schritte vor dem Schlafzimmer. Er starrte mich an, ich spürte es genau. Aber er kam nicht. Stattdessen ging er ins Bad.

Es dauerte eine Ewigkeit und ich war weg gedöst. Plötzlich spürte ich ein sanftes Kribbeln im recht Fuß und zog diesen etwas weiter ran, sodass meine Beine weiter gespreizt waren. Im Halbschlaf merkte ich, wie er meine Wade streichelte. Ich lockerte meinen rechten Fuß und seufzte. Dann spürte ich sanfte Lippen auf meinem Knöchel und seine andere Hand an meinem linken Fußgelenk. Ich wurde allmählich wach und ließ meine Augen noch geschlossen. Alleine das Gefühl zu haben, dass er mich berührte, war total schön. Ich blinzelte durch meine Augenlider und sah, dass Timo völlig nackt vor dem Bett kniete. Dann fühlte ich seine Finger an meinen Beinen. Er sagte leise: „Schade, dass du schon schläfst. Du weißt gar nicht, wie sexy du aussiehst!" Ich freute mich innerlich und ließ mir die Streicheleinheiten an meinen Beinen gefallen.

Seine Finger glitten immer höher, bis er meine Oberschenkel erreicht hatte. Bereitwillig spreizte ich meine Beine etwas, damit er sehen konnte, was auf seinen harten Schwanz wartete. Ich leckte mir über die Lippen und schlug meinen Kopf absichtlich von links nach rechts. Mit leisem Seufzen hauchte ich immer wieder „Jaaa", je höher er seine Finger an meinen Schoß schob. Er war wahnsinnig zärtlich und ich wollte einfach nur mehr. Jetzt kniete er mit aufrechtem Rücken vor dem Bett, sodass sein harter Penis steil nach vorne stand. Ich wünschte mir, dass er mich einfach nur an ... Da packte er mein Becken und zog mich über die Bettdecke an sich heran. Ich hatte machte absichtlich einen leicht schläfrigen Blick und japste leise: „Oh Timo!" Dann hatte ich ihn. Ich ließ ihn machen und legte meine Beine um seine Hüften.

Vorsichtig schob er seinen Liebesstab an meine Schamlippen und strich mit seiner Eichel von oben durch meine längst nasse Spalte. Ich war so geil auf ihn, dass ich mich eigentlich an ihn pressen wollte. Aber es ging schon von alleine, dass er in mich eindrang, dass ich einfach nur meine Hände ausstrecken musste und ihn im Nacken an mich zog. Dann war drinnen. Ich hatte ihn sofort in mir aufgenommen und lag mit offenem Mund unter ihm. Langsam schob er uns aufs Bett und legte sich zwischen meine Beine. Erst wälzten wir uns wild küssend hin und her, aber Timo bekam nicht genug davon und wurde immer schärfer.

Er packte mit beiden Händen in meine Kniekehlen und schob mir so die Knie auf meine Brust, dass er hemmungslos zu rammen konnte. Mit einem geilen Blick sah ich ihn an und schmachtete nur so nach seinen Stößen. „Du bist selbst schuld, mein Schatz! Wenn du dich einfach so nackt in mein Bett legst!" Oh ja, und wie schuldig ich war. Ich wollte es ja auch. Ich wollte von ihm genommen werden und quiekte wie ein erschöpftes Meerschweinchen, als er mich und sich selbst in einen Himmel aus Orgasmen schoss. Dann landete sein Samen endlich in mir und Timo sank erschöpft auf meinen Oberkörper. Ich legte meine Beine um seine Hüften und zog ihn fest an mich. Jetzt war es wirklich Zeit zum Schlafen gehen. Ich zog nur noch die Decke über uns beide und schloss meine Augen wieder. Ich wachte auf von dem seltsamen Klingeln, welches aus Timos Handy kam. Ich zog die Decke zurück und sah, wie wir beide nackt halb aufeinander lagen. Mein Bein war eingeschlafen, weil Timo die ganze Nacht darauf lag. Es roch etwas nach Schweiß, nach unserem Schweiß.

Ein leicht süßlicher Nachtgeruch von uns beiden, der sich in meiner Nase breitmachte. Ich strich ihm durch sein kurzes Haar. Er schlug verschlafen seine Augen auf und lächelte. „Sag mal, hast du gestern Abend `Schatz` zu mir gesagt?", fragte ich ganz überrascht. Er gähnte und sah mich an. Dann spielte er mit seinen Fingern auf meiner Brust. „Ja, wieso? Bist du denn nicht mein Schatz?" Ich lächelte und schloss meine Augen wieder.

So wollte ich jeden Morgen aufwachen. Dann raffte sich mein Schatz auf Zeit auf und schlug die Decke ganz zurück. Entsetzt sah er mich an, während ich meine Arme über den Kopf legte und mich genüsslich streckte. „Was?", fragte ich völlig ungeniert und wusste gar nicht, was er plötzlich hatte. „Sag, dass das nicht wahr ist!", brummte er wütend. Was hatte ich denn nun schon wieder angerichtet? Ein Blick auf meinen Schoss ließ mich komplett erröten. Das Bettlaken und meine Schenkel waren voller Blut. Mit einem unschuldigen Dackelblick sah ich ihn an und seufzte leise: „Entschuldige, ich habe das gar nicht gemerkt! Ich hoffe, du bist jetzt nicht sauer?" Da stampfte er wütend in Richtung Bad und schimpfte: „Ich fasse es nicht. Das darf doch nicht wahr sein!" Oh Gott, ich hatte sein Bett eingesaut. Sorry, das hatte ich ja nun wirklich nicht gemerkt. Aber nachdem ich so geil auf ihn war, war es klar, dass meine Regel im Anmarsch war. Blitzschnell verwandelte sich mein so großes Verliebtheitsgefühl in Scham und Traurigkeit. Mir liefen sofort die Tränen über meine Wangen und ich stieg aus dem Bett. Ich wollte gerade das Bett abziehen und wartete sehnsüchtig darauf, dass Timo das Bad verließ, damit ich mich mit einem Tampon besetzen konnte.

Mein Gott, was war ich für eine Heulsuse. Flenne los, wenn er mal sauer war. Ich war doch sonst so knallhart. Da hörte ich schon wieder ein Fluchen aus dem Bad. „Ich bekomme eine Krise. Frauen in der Wohnung. Ich fasse es nicht!" Nun hatte ich ihn wohl wirklich sehr verärgert. Dabei wollte ich ihn doch einfach nur so lieben, wie es wollte, mit allem ohne Wenn und Aber. Und nun? Nun war ich gerade einmal eingezogen und nervte ihn schon. Mit der Bettwäsche in der Hand und Tränen auf den Wangen stand ich in der Tür zum Bad und sah ihm zu, wie er die Zahnpastaflecken auf dem Waschbeckenrand wegmachte und meine Haare aus dem Waschbecken spülte. Er drehte sich um und wollte gerade etwas sagen. Da unterbrach ich ihn und entschuldigte mich. „Okay, höre zu! Ich bringe das wieder in Ordnung und verschwinde. Dann hast du deine Ruhe und deine Wohnung wieder für dich!" Er sah mich an und ging auf mich zu. Da wischte er mir mit dem Finger die Tränen von meiner Wange und sagte:

„Spinnst du? Du bleibst schön hier. Erst einziehen und dann kneifen, sobald es zu einer Meinungsverschiedenheit kommt? Es tut mir leid, ich bin nicht sauer auf dich. Es ist nur so ungewohnt, weißt du?" Natürlich war es ungewohnt. Er hatte alles für sich und jetzt hatte er noch eine Alte an der Seite, die sein Bett mit Blut besudelte, die Wohnung versiffte und alle ihre Klamotten liegen ließ. Das sollte er sich mal bei mir in der Wohnung erlauben, ich wäre ausgeflippt. Nein, ich hätte es geil gefunden. Wahrscheinlich wäre ich mit seinem T-Shirt schlafen gegangen und hätte sein Deo benutzt. Scheiße, was war ich verknallt.

Was sollte ich denn tun? Was macht man denn als Frau in so einer Situation? Ich ließ die Bettwäsche fallen und legte meine Hände in seinen Nacken. Meine Augen mussten völlig glasig sein. Ich zog ihn an mich und küsste seinen Hals. „Weißt du?", flüsterte ich in sein Ohr. „Ich ... ich ... „ So ein Scheiß´! Ich konnte „Ich liebe dich" nicht aussprechen. Ich zitterte am ganzen Körper. Das war mir noch nie passiert. Ich konnte es einfach nicht sagen. Ich hatte Angst. Und dabei liebte ich ihn über alles. „Ich weiß!", half er mir aus meinem verhaspelten Satz und setzte mir einen Kuss auf meinen Mund. Mein Mund war total ausgetrocknet. Ich war fix und fertig. Zunehmend fing es wieder an zu Kribbeln im Bauch. Er drängelte sich neben mir durch die Tür und lächelte mich an. Seine Hände lagen noch an meinen Lenden. Ich konnte mich nicht bewegen.

Dann gab er die Tür frei und ich musste mich beeilen. Das Blut lief mir schon an den Schenkeln herunter und ich brauchte dringend einen „Korken" für meine menstruationsverseuchte Schnecke. Ich war ja so schlau und hatte noch zwei in der Jeansgesäßtasche. Da beobachtete er mich doch tatsächlich, als ich mich auf die Toilette setzte. „Hey!", rief ich. „Das ist mir peinlich!" Timo lachte. „Schatz, dir soll nie wieder etwas peinlich sein!" Dann schloss er die Tür vom Bad und ließ mich meinen OB einführen, nachdem ich mich mit seinem Waschlappen reinigte. Jetzt hatte ich auch noch seinen Waschlappen benutzt. Tanja, du bist echt ein Schwein. Timo bekam die volle Ladung Frau in nur ein paar Tagen. Das musste ein Kulturschock für ihn sein.

Aber dafür wollte ich mich revanchieren und ihm einen schönen Abend bereiten. Ich plante schon alles durch und fuhr mit ihm zusammen zur Arbeit. Timo war so frei und fuhr mit seinem Auto. Wir gaben ein perfektes Paar ab. Wir brauchten uns nur noch verloben. Aber genau das war es, was ich nie wollte. Ein perfektes Paar sein, meinen Partner über alles lieben und zusammenleben, das war immer ein Horror für mich. Und seit dem Morgen wusste ich auch warum. Timo hatte einen totalen Knall und brachte mich persönlich an meinen Arbeitsplatz. Als er mich dann ganz öffentlich küsste und leise sagte, „Bis später! Ich liebe dich!", fiel mir alles aus dem Gesicht.

Mit offenem Mund stand ich vor meinen Kollegen und setzte mich erst mal. Ich hatte einfach keine Ruhe und rief ihn schon nach zehn Minuten über das Schnurlose von seinem Meister an.

„Du liebst mich?"
„Natürlich liebe ich dich! Ich dachte, das wüsstest du?"
„Ja schon, aber das war so ..."
„Ungewohnt? Du bist bei mir eingezogen und du wolltest das doch so, oder?"
„Ja schon, aber ..."
„Tanja, aber was? Was läuft verkehrt? Sag es mir, dann ändern wir das!"
„Ach Timo, wenn ich das wüsste ... Ich glaube, ich habe mich ..."
„Ich weiß´, mein Schatz. Und das von heute Morgen tut mir wirklich leid! Es kommt nie wieder vor!"
„Ja, aber ich kann es nicht sagen, weißt du?"

„Du ich muss etwas tun. Wir sprechen heute Abend noch mal drüber, ja?" Dann war er weg. Mir blutete schon das Herz, das ich in ein paar Tagen schon wieder bei ihm ausziehen musste …

Der Tag verging wie ein ganzes Jahr. Ich wollte einfach nur Feierabend haben und wartete bereits 30 Sekunden nach Arbeitsende am Auto von Timo. Ich konnte es kaum erwarten, ihn zu sehen. Auch freute ich mich riesig auf den Abend mit ihm. Frisch geduscht kam Timo nach fast zwanzig Minuten zum Auto.
Seine Haare waren noch nass und er roch nach Moschus. Dann gab er mir mit seinen kalten Lippen einen Kuss auf meinen Mund und schloss das Auto auf.

Ich stieg ein und sah noch einmal zum Parkplatz, wo die Leute damit beschäftigt waren, uns anzuglotzen und zu tuscheln. Aber das war mir egal. Ich hatte schließlich den süßesten Typen an meiner Seite.

Mädelsabend

Eigentlich war es der letzte Mädelsabend, der mich in diese prikäre Situation brachte. Meine beste Freundin und auch Sexpartnerin Natalie, die dunkelhaarige Schönheit hatte zum Mädelsabend geladen. Im Grunde waren solche Abende mit Mädels nicht wirklich unser Ding. Meist ging es da doch sowieso nur um Jungs und ihre Macken. Gesa, warum hast du das bloß zugelassen, dachte ich. Ich sah an mir herunter und anschließend sah ich mich im Raum um. Es war die alte Waschküche von Natalie. Ich saß auf einer alten Matratze und konnte meine Arme nicht bewegen …

Dabei fing es so schön an. Natalie und ich waren seit Jahren befreundet. Anfangs hatten wir uns aufgeführt, wie pubertierende Mädels. Dann entdeckten wir die weibliche Sexualität für uns und betrieben Selbstbefriedigung nur noch zusammen. So kam es, dass wir beste Freundinnen wurden und nebenbei auch Sexpartnerinnen waren. Wir tasteten uns ganz langsam an die Fülle von Sexspielen heran, die man so miteinander betreiben konnte.

Wir hatten das Wichsen und das Lecken für uns neu entdeckt. Später probierten wir jede erdenkliche Art von Dildos aus. Natalie stand total auf diese schön geschwungenen Glasdildos. Ich hingegen bevorzugte den G-Punktdildo. Dieser dünne, am Kopf gebogene Supermann hatte es mir angetan. Natalie schaffte es, mich damit drei mal hintereinander zum Höhepunkt zu bringen. Zugegeben, es war ein bisschen ungewohnt, so einen langen Dünnen im Po zu haben, aber es lohnte sich.

Auch leichte Analdehnungen mit Dildos verschiedener Größen und das Reizen von Kitzler und Scheide bis zum doppelten oder dreifachen Orgasmus waren unsere Spezialitäten geworden. Eines Tages hatte eine Freundin von uns vorgeschlagen, einen Mädelsabend zu machen. Ich versuchte Rebecca, so hieß sie, diese Schnapsidee auszureden. Aber wie soll man auf die Frage „Wieso denn nicht? Warum? Habt ihr keine Lust auf ein einfaches Treffen?" reagieren? „Einfaches Treffen?", fragte Natalie. „Ja!", meinte Becky, wie wir sie nannten. „Treffen, Quatschen, Trinken und Spaß haben, oder nicht?", betonte sie. „Pass auf Becky! Bei uns sind Treffen eben nicht einfach so!", versuchte ich es dabei zu belassen. Dass weder Natalie, noch ich das wirklich wollten, war spürbar. Doch Becky ließ nicht locker. „Wieso? Was passiert denn bei einem einfachen Treffen bei euch, dass ihr es nicht wollt?", wollte sie wissen.

Ich sah Natalie fragend an. „Los, sag es ihr!", forderte Natalie mich auf. „Nun gut!", sagte ich. „Wir treffen uns oft, aber dann geht es auch zur Sache!" Becky sah mich mit großen Augen an. „Zur Sache?", fragte sie. „Herrgott, wir wichsen zusammen!", haute Natalie plötzlich raus. Becky sah sie an. „Seid ihr sowas, wie ein lesbisches Paar oder so?", wollte sie wissen. „Nein! Wir treiben es miteinander!", sagte ich. Becky überlegte. „Okay!", sagte sie.

„Ich hab nichts gegen Sexspiele!", fuhr sie fort und war ganz angetan von der Tatsache, dass wir so offen darüber sprachen. „Becky, das willst du nicht!", versuchte Natalie noch mal auf sie einzureden. „Oh doch! Warum nicht. Ich mag euch wirklich gerne und wenn ihr daraus einen erotischen Abend machen wollt.

Gerne. Ich hab schon mal ein Mädchen geküsst und angefasst, falls ihr Bedenken habt!" Natalie nahm mich an die Hand und ging mit mir an den Tresen des Cafés. „Du entschuldigst uns?", sagte sie zu Becky und bestellte noch drei Latte Macchiato für uns. „Ich werde sie fesseln, Gesa! Sie wird sehen, was sie davon hat!" Ich meinte: „Okay, aber dann lecke ich ihr die Muschel so nass aus, dass sie denkt, sie sei ein Schwimmbad!" Natalie grinste und schob hinterher: „Und dann lassen wir sie kommen! Das wird ihr heftigster Orgasmus!" Wir schlugen die Hände aufeinander. Als wir mit Latte Macchiato an den Tisch zurück kehrten, sagte Natalie mit zuckersüßem Blick. „Hast du Mittwochabend Zeit?" Becky freute sich und wir hatten sie für den Abend an der Backe …

Der Abend fing auch wirklich gut an. Natalie hatte zwei Flaschen Prossecco kalt gestellt. Am Anfang quatschten wir nur und lümmelten uns auf dem Sofa. Irgendwann war es mir zu langweilig. Ich zog meine Freizeithose aus und saß in Slip und heller Strickjacke vor dem Sofa auf dem Boden. Becky sah mich an. Unbeholfen sagte sie: „Du hast recht, es ist ganz schön warm!" Dann zog sie ihr Oberteil aus.

Sie nahm ihr Glas und setzte sich zu mir. „Und? Zeigst du uns deinen Freund? Du hast doch bestimmt Fotos auf dem Handy, oder?" Mit dem Glas in der einen Hand und dem Handy in der anderen lehnte sie sich an meine rechte Schulter und zeigte mir ein paar Fotos. „Der ist echt süß!", sagte ich und roch an ihrem Haar. Der leichte Duft von Pfirsichshampoo stieg mir in die Nase. Ich stieß mit ihr an und wir prosteten Natalie zu, die uns beide interessiert beobachtete.

Ich spreizte meine Beine und sagte: „Komm her! Mach es dir gemütlich!" Erst zögerte sie, aber dann setzte sich sich zwischen meine Beine und lehnte sich mit dem Rücken an mich. Natalie war erstaunt. Wir leerten eine ganze Flasche Prosecco und Becky zeigte mir weitere Bilder. Darunter natürlich halb bekleidete Bilder von sich. Ich sah gespannt aufs Handy. „Hast echt `ne tolle Figur!", machte ich ihr ein Kompliment.

Ich legte meine Hand auf ihre Schulter und gab ihr Nähe. Natalie sprang auf und sagte, dass sie noch eine Flasche Prosecco holen würde. „Macht mir keinen Scheiß!", sagte sie und schob hinterher: „Becky, pass auf! Gesa hat ihre Finger so schnell in deiner Hose, so schnell kannst du nicht mal gucken!" Dann ging sie in die Küche. Sie wollte sich sowieso etwas bequemeres anziehen. Ich nutzte die Chance und küsste Becky am Hals. Sie legte leicht den Kopf zurück und seufzte. „Ist dir auch so warm?", fragte sie. „Und wie!", antwortete ich.

„Bist du wirklich so schlimm? Grapscht du anderen Mädels gerne in die Hose!", wollte Becky wissen. Ich gab ihr noch ein paar Küsse und flüsterte in ihr Ohr: „Ja, aber nur, wenn ich vorher gefragt habe!" Ich versuchte es mit einem Trick. „Wieso fasst du nicht selbst in deine Hose und sagst mir einfach, was du spürst!" Becky schob sich die Finger in ihre Hausanzughose aus Nicki und seufzte: „Es fühlt sich schon an … warm … etwas feucht!" Ich küsste ihr Ohrläppchen und zischte: „Darauf stehe ich total!" Becky drehte den Kopf zu mir und sagte: „Willst du auch mal fühlen?" Ich ließ mir dass nicht zweimal sagen und schob meine Finger in ihre Hose.

„Und wie ist das?", fragte ich, als meine Hand ganz in ihrem Slip verschwunden war. Beckys Mund stand offen und ich hörte nur ein leises „Aaaahh". „Willst du die Hose nicht lieber ausziehen?", fragte ich sie ganz ungeniert. Sie zog sich die Hose aus, woraufhin auch der Slip verschwunden war. Der lag in ihrer Nickihose. Erst stellte sie die Beine auf, aber ich sagte ihr, sie soll sich entspannen. Dann spreizte sie die Beine und legte sich ganz zurück in meinen Arm. „Zeig mir, wie du dich selbst anfasst!", flüsterte ich in ihr Ohr.

Ich zog ihr Spitzenbustier hoch, damit ich ihre Brüste sehen konnte. „Und was ist, wenn Natalie jetzt wieder kommt?", fragte Becky. Ich grinste und sagte: „Dann bekommt sie eine wunderschöne nackte Frau zu sehen, die sich selbst befriedigt!", beruhigte ich sie.

Und streichelte ihren flachen Bauch mit meinen Fingerspitzen. Ganz langsam schob Becky ihre Finger über ihre Nackte Haut direkt zwischen ihre Beine. Ich beobachtete, wie sie ihren Finger ganz langsam zwischen ihre Schamlippen schob und seufzte. Dann berührte sie ihre Klitoris. Sie streichelte sich und ich flüsterte: „Stell dir vor, es ist ein Dildo!" Becky atmete schnell. „Treibst du es mit Dildos?", wollte ich wissen. „Jaaa … ähm … nein … Es ist ein Vibrator!", hauchte Becky und erregte sich weiter mit dem Finger. Ich streichelte ihre Brüste und sagte: „Außerdem! Wenn Natalie wieder kommt, wird sie fast genauso viel anhaben, wie du!" Dann streichelte ich ihre Brüste. Ich küsste ihre Brustwarzen und genoss das leise Stöhnen von Becky.

Derweil war Natalie wieder zurück nur in rosafarbenem Top und Slip mit dem Prossecco in der einen Hand und unserem analen G-Punkt-Dildo in der anderen. Sie sah Becky an und lächelte. Becky schlug die Augen auf und sah mit einem Schlafzimmerblick zu Natalie. „Nein! Nicht aufhören, Süße!", sagte Natalie und setzte Prossecco und Dildo auf auf dem Tisch ab. „Sieh her!", meinte Natalie und zog sich ihr Top aus. Dann schob sie ihre Finger in den Slip und zog die Hand wieder raus. Natalie setzte sich gegenüber von uns aufs Sofa. Beckys Stöhnen wurde lauter. Dann lag Natalie an die Sofalehne gelehnt und fing selbst an, sich zu befummeln. Ziemlich erregt warf Becky immer wieder einen Blick zu Natalie und beobachtete, wie sie erst an sich spielte und dann den Slip aus zog und zu uns warf.

Sie griff sich den G-Punktdildo und leckte ihn an. „Kennst du sowas?" fragte Natalie. Becky schüttelte den Kopf und sah gespannt zu, wie sich Natalie mit dem Spielzeug erst streichelte, es dann an ihre Scheide legte, die Schamlippen spreizte und ihn ganz langsam in ihre nasse Pussy schob.

Becky zog die Hand aus ihrer Muschel und setzte sich auf. Sie beobachtete Natalie. „Das ist ein G-Punktdildo! Man braucht etwas Zeit,, bis man heraus gefunden hat, wie er am besten zu benutzen ist. Normalerweise wird der hinten eingeführt mit dem Kopf nach vorne. Dann soll er durch den Po den G-Punkt massieren. Wie gesagt, man braucht ein bisschen. Der funktioniert aber auch vorne drinnen ganz gut, wenn man ihn richtig herum hält. Auf einem Mal war auch Natalie Feuer und Flamme für das Ding.

Sie massierte sich damit in Stimmung. „Becky!? Willst du nicht Gesa beim Ausziehen behilflich sein? Ich will sehen, wie du sie anmachst!" Becky drehte sich zu mir und öffnete meine Strickjacke. Dann fasste sie meine Brüste an. Letztendlich machte sie nichts, was ich bei ihr nicht schon getan hatte. Sie küsste meine Brustwarzen, die sich natürlich sofort aufstellten und dann zog sie meinen Slip aus. Ich hatte noch diese dämlichen Wollsocken an und saß mit angewinkelten Beinen am Sofa. „Fass sie an und sag mir, ob sie feucht ist!", dirigierte Natalie Becky. Dann saß sie neben mir und tastete sich vor zwischen meine Beine. Ich schloss die Augen.

Dann spürte ich ihre Finger an meiner Scheide. Becky war mit dem Gesicht genau vor mir und sah mich an. „Sie ist furchtbar nass!", sagte Becky und sah mir in die Augen. „Na los! Küss mich!", forderte ich Becky auf. Dann saßen ihre Lippen auf meinen und ihre Finger in meiner Spalte. Es war bestimmt das erste mal, dass sie sich bei einer Frau so richtig nasse Finger holte. Es schien ihr nichts auszumachen. Ganz im Gegenteil. Becky küsste mich, dann mein Kinn und leckte an meinem Hals runter. Das war geil. „Jaaa … Leck sie ganz ab!", stammelte Natalie, die es sich gerade mit dem G-Punkt-Zauber machte. Dann lag Becky zwischen meinen Beinen und fing an, mich zu lecken. Ich war sofort heiß. Ich legte den Kopf zurück und musste auch stöhnen, als ich Plötzlich hörte, wie Natalie mit einem lauten Schrei kam. Becky drehte sich um und sah, wie Natalie das Spielzeug aus ihrer Muschel zog und zu uns kam. Sie drückte Becky das Ding in die Hand und sagte: „Willst du mal lecken?" Dann forderte Natalie uns auf:

„Kommt! Wir gehen ins Bett! Im Bad liegen ein paar heiße Klamotten für euch!" Becky und ich waren ins Bad gegangen. Ich zog mir meinen pinkfarbenen Slip und den gleichfarbigen Body dazu an. Becky sah auf den Mieder und den Slip und sah mich fragend an. „Probier es an! Sieht bestimmt toll an dir aus!", sagte ich und drückte ihr den weißen Dildo in die Hand. „Und vergiss den nicht! Vielleicht brauchen wir den noch!" Dann ging ich zu Natalie ins Schlafzimmer. Natalie räkelte sich auf dem Bett und kniete sich auf, als sie mich sah. „Und? Was sagst du?", fragte ich Natalie. Sie grinste. „Süß, die Kleine!" Ich krabbelte zu ihr aufs Bett und wir umarmten uns. Dann machte ich mich an ihrem BH zu schaffen. Auf dem Nachttisch lagen Handgelenkmanschetten mit langen Bändern. „Du willst sie also wirklich fesseln?", fragte ich. „Nein!", lächelte Natalie. „Ich dachte, ihr fesselt mich! Ihr seid ganz süß zusammen!"

Dann stand Becky im Zimmer. Die hatte sich doch tatsächlich Boxershorts über den tollen Slip angezogen. In der Hand hielt sie den Dildo. „Haben dir Mieder und Slip nicht gefallen?", fragte Natalie. „Doch schon aber ich wusste ja nicht ...", sagte Becky und kam ans Bett. „Und dann verdeckst du diese schöne Brust noch mit deinem Oberteil?", sagte ich. „Komm doch zu uns aufs Bett!", forderte ich Becky auf.

Die hielt den Dildo in die Mitte zwischen uns sagte: „Und der ist dann wohl für mich?" Natalie sah sie an und meinte: „Nein! Den müssen wir uns schwesterlich teilen! Aber wenn du Angst hast, dass du den kürzeren ziehst, könnt ihr mich ja fesseln!" Ich sah Becky an und sagte:

„Das ist eine sehr gute Idee! Ich meine, wenn du das alberne Top ausgezogen hast!" Becky zog das Top aus und ich gab ihr eine Handgelenkmanschette. Wir legten Natalie die Dinger an und ich neigte mich zu Becky, um noch mal ihre harten Knospen zu küssen. Sie war gerade mal warm geworden beim Sex mit sich und mit mir. Dann fesselten wir Natalie ans Bett und machten uns über sie her. Ich kniete seitlich neben ihr.

Becky kniete zwischen ihren Beinen und übersäte Natalies nackten Oberkörper mit Küssen. Ich küsste Natalies Lippen, den Hals und die Ohrläppchen, als Becky mit ihrer Zunge eine feuchte Spur durchs Natalies Bauchnabel zog und sich ihrem Schambein näherte. Von so viel Liebkopsungen war selbst Natalie positiv überrascht und schloss die Augen um uns mit Lauten wie „Hmmm" und „Aaaah" zu signalisieren, dass es ihr gefiel.

Becky zog den Slip zur Seite und fing an, Natalie zu lecken. Die atmete heftig. Ich knutschte mit Natalie und ehe ich mich versah, hatte Becky ihre Finger schon in Natalies Scheide. Finger und Zunge zwischen den Beinen war doch etwas Herrliches. Derweil machte ich mich über Natalies Brüste her. Ihre Nippel waren so hart. Plötzlich spürte ich, wie mein Body aufsprang. Becky hatte ihn zwischen meinen Beinen gelöst und während ihre Finger noch in Natalie steckten, küsste Becky meinen Po und zog meinen Slip runter. Ich zog ihn aus und sah mich um. „Du willst es aber wissen, was?", fragte ich. Becky grinste mich an. Ich stand auf und stellte mich über Natalies Gesicht.

„Pass auf! Jetzt lernst du was!", sagte ich und setzte mich ganz vorsichtig , so dass Natalie mit ihrem Mund an meine Muschel kam. Sie fing an mich zu lecken. Dann fing auch Becky wieder an Natalie zu lecken und es war absolut schön. Als Becky kurzzeitig von Natalie ab liess, um sich den Dildo zu schnappen grätschte ich über Natalies weit gespreizte Beine und beugte mich zu ihr runter. Kurz vor ihrem Mund stoppte ich und zischte: „Hast du dir das in etwa so vorgestellt? Du bist ja völlig machtlos! Ich schätze, sie wird dir jetzt unseren kleinen Freund in deine Fotze schieben!" Natalie sah mich an und grinste.

Ich küsste Natalie, spürte ab er dann Beckys Finger an meiner Pussy. Ich hatte mich getäuscht. Becky fing an, mich zu lecken. „Aaahhh!", stöhnte ich auf. „Oh? Hat sie doch dich auf dem Kieker gehabt?", fragte Natalie schadenfroh und stöhnte anschließend auf. „Ich weiß ja nicht, was du spürst, aber ich habe eine Zunge in meiner Muschel!" Ich behielt recht. „Diese fiese kleine Schlange!", keuchte Natalie, die gerade mit einem Dildo zu kämpfen hatte.

Natalies Atem beruhigte sich. Doch dann spürte ich etwas Hartes, was sich zwischen meine Schamlippen schob. Ich sank auf Natalies Body und stöhnte. „Fühlt sich geil an, oder?", zischte Natalie. Dann meldete sich Becky zu Wort: „Na Mädels? Teilen war doch angesagt, oder?" Ich schnaufte heftig: „Du hast recht! Sie ist eine fiese kleine Schlange!" Ich streckte meinen Oberkörper und hielt mich hinter Natalies Kopf an der Bettlehne fest. „Oaaah … ist das heftig!", rief ich und spürte, wie sich der Dildo erst ganz tief in meine Spalte schob und dann wieder zurück gezogen wurde.

Im langsamen Tempo beglückte mich Becky mit dem Spielzeug so, dass ich meine nackte Brust Natalies Kopf entgegen schob und die meine Brust lecken konnte.

Dann verschwand der Dildo. Ich machte Natalie los und und wir schnappten uns Becky. Und legten sie auf den Rücken. Natalie zog ihr die Boxershorts und den Slip aus. Ich hielt ihre Hände neben ihrem Kopf auf das Bett und sagte: „Teilen? Gute Idee!" Becky sah uns fast ängstlich an. „Hey Mädels!", sagte sie. „Ihr werdet doch wohl nicht ...", fuhr sie fort. Ich ließ ihre Hände los und sagte: „Sei ganz unbesorgt! Wir sind total zärtlich!" Ich fing an, Becky zu küssen und machte mich dann über ihre Brüste her, während Natalie mit den Fingern direkt zwischen Beckys Beine verschwand.

Natalie lag auf Beckys Seite und spielte ihre Pussy nass. Ich lag mit dem Dildo auf der anderen Seite und grinste sie an. Dann verschwanden Natalies Finger in Beckys Pussy. Die atmete tief ein und öffnete den Mund. Dnn war ich an der Reihe. Ich schob meinen Kopf zwischen Beckys Beine und fing an sie zu lecken. Becky stöhnte auf und Natalie streichelte ihre Haare. Sie Zog Beckys Kopf zu sich und küsste ihre Wange. „Ist schön, oder?", zischte Natalie. Becky seufzte vor sich hin. Dann nahm ich zwei Finger und ließ sie in Beckys Unterleib verschwinden. Nach einer Weile kam ich wieder hoch und legte mich an Beckys linke Seite. Ich nahm den Dildo und ließ ihn über Beckys Schambein gleiten. Natalie spreizte mit ihren Fingern Beckys Schamlippen. Ich drückte ganz vorsichtig den Dildo zwischen Beckys Schamlippen. Die rief laut auf: „Aahhh … ahhhh!" Es ging leichter, als ich erwartet hatte.

Es war nur das Stück durch ihren Scheidenmuskel, dann flutschte er wie von selbst in ihre Pussy. Becky lag inzwischen mit dem Rücken zwischen Natalies Beinen, Natalie nahm sie zärtlich in den Arm und ich gab Vollgas. Ich fickte Becky mit dem Dildo und Becky ging ab, wie ein Zäpfchen. Natalie wollte ihre Hand streicheln, die auf der Brust lag, da holte Becky aus und krallte sich mit den Fingern in Natalies Hand. Natalie hielt sie fest und Beckys Mund war weit aufgerissen. Sie stammelte: „Dä … dä .. der ist größer, als der von meinem Freund!"

Das freute uns und ich machte munter weiter in der Hoffnung, Becky komplett zu erledigen. Becky drehte ihren Kopf noch mal herum zu Natalie und ließ sich durch die Haare streichen. Dann riss die den Mund noch mal weit auf und kam. Sie war verdammt laut. Alles an ihrem Body zuckte. Ich ließ den Dildo los und der steckte tief in ihr. Beckys Orgasmus war für uns alle ziemlich heftig. Ich beobachtete Becky. Sie brauchte lange, um sich von dem Lustschwall zu erholen.

Natalie streichelte sie und nachdem Beckys Atem langsamer wurde, zog ich ganz langsam den Dildo mit den schönen Rillen im Profil aus ihrer nassen Spalte. Der landete zwischen ihren Beinen. Becky sah uns geschafft an. „Das meint ihr also mit bis zum Äußersten!", sagte sie und schmiegte sich in Natalies Arm. Es war spät geworden. Becky verabschiedete sich mit gemischten Gefühlen. Aber wir waren sicher, dass sie es nicht bereute. Natalie sah mich an. „Hab ich am Anfang so gequiekt?", fragte sie. Ich lachte und sagte: „Schlimmer noch!" Wir gingen wieder ins Bett. Diesmal waren wir nackt.

Als ich in Natalies Arm lag, nackt wie Gott mich schuff, strich Natalie mir durchs Haar und sagte etwas eifersüchtig: „Dir ist ja wohl klar, dass das nach Revanche schreit, du durchtriebenes Luder!" Ich grinste Natalie an und meinte. „Meinetwegen! Aber nicht mehr heute!" Natürlich hatte sie schon einen Plan …

Ein neuer Film

Es war am Set des nächsten Pornofilms mit dem Titel „Bedroom Stories Volume 5". Ich war erst seit ca. einem Jahr dabei und drehte mit meinem Kollegen Ralf eine Szene über eine Hochzeitsnacht. Ich war durch Ralf an diese Art von Film geraten. Er machte das schon ein paar Jahre. Es war eine seltsame Situation. Ich lernte Ralf in der Disco kennen, als ich mit ein paar Mädels aus war.

Er flirtete heftig mit mir und als es eigentlich zur Sache gehen sollte, fing er plötzlich mit diesen Pornofilmen an. Er erzählte mir davon und als er mich mitten in der Nacht nach Hause brachte, bot ich ihm natürlich den obligatorischen Kaffee an. Aber es kam gar nicht erst zur Sache. Stattdessen quatschten wir über seine Arbeit und die Filme. Nun fand ich Ralf ziemlich nett und nach der Knutscherei in der Disco wollte ich ihn auf jeden Fall wieder sehen. Ich weiß auch gar nicht, warum es zwischen uns nur funkte und nichts passierte. Wahrscheinlich lag es daran, dass er am nächsten Tag einen Dreh hatte. Wahrscheinlich dachte ich, dass er gar nicht wollte. Aber wir telefonierten oft danach und irgendwann holte ich ihm von den Studios ab, weil wir verabredet waren. Ich meine, er sah ja wirklich gut aus mit seinen dunklen braunen Haaren und dem tollen Body. Als ich ihn abholte war es ein seltsames Gefühl, weil ein paar junge Frauen in ganz normalen Klamotten den Dreh verließen und ich dachte, dass es es mit all den Damen getan hatte. Dann kam die Regisseurin aus der Tür und sprach mit ihm noch kurz über den nächsten Dreh. Als sie mich da so stehen sah, meinte sie plötzlich:

„Ah, du bist die Neue? Was stehst du hier noch. Husch, Husch … rein mit dir. Zieh dich um, wir haben noch zu tun!" Geschockt sah ich sie an und brachte keinen Ton heraus. Ralf lachte und sagte: „Ivana! Das ist nicht die Neue. Das ist meine Verabredung! Die wartet nur hier auf mich!" Ivana musterte ich von oben nach unten und sagte: „Schade! Du bist hübsch, junge Frau. Wie heißt du?" Ich war völlig irritiert und stammelte: „Ca … Ca… Carina!" Ivana überlegte und meinte: „Ah … ist auch besser. Freund und Freundin beim Dreh ist nicht so gut! Aber vielleicht schaust du mal rein! Dann siehst du, dass es ein Job ist, wie jeder andere!" Ich nickte verlegen und Ivana verschwand wieder. Ralf sah mich an und sagte: „Das tut mir so leid. Wahrscheinlich dachte sie, wir sind zusammen!" Ich sah in seine hübschen braunen Augen und sagte: „Macht nichts! Da kannst du ja nichts für. Aber ist das so, dass man zusehen kann?" Ralf sah nach unten. „Nun ja, sie macht für die Partner der Darsteller manchmal eine Ausnahme. Die gehören irgendwie dazu!" Ralf und ich waren etwas trinken. Mir ging das Angebot von Ivana nicht wirklich aus dem Kopf und irgendwann nahm Ralf mich mit zu einem Drehtag. Ich durfte bei Ivana hinter der Kamera bleiben und hörte, wie sie ständig irgendwelche Verbesserungen in den Raum warf und die Darsteller aufforderte dieses oder jenes anders zu machen.

Es war eine lockere Atmosphäre. Fast nackte Frauen und Männer liefen an mir vorbei und sahen mich an. Zum Schluss sagte Ivana: „Wenn du willst darfst du dich auch mal in die Kulisse legen. Wir können ja ein paar Fotos von dir machen!" So ein Angebot bekam man ja nicht alle Tage.

Ralf hatte sich gerade wieder eine Unterhose angezogen und kam auf mich zu. Er sagte: „Carina, das musst du nicht tun, wenn du nicht willst!" Doch ich fand die Kulisse mit dem Himmelbett relativ romantisch und so legte ich mich auf das weiße Bett. Ich räkelte mich und der Kameramann knipste Bilder von mir. Ich ließ meinen Spaghettiträger von der Schulter rutschen und wälzte mich in der weichen Decke. Ralf stand mit seiner Unterhose an neben dem Bett und sah mich an. Ivana zischte zum Kameramann: „Die ist echt hübsch!" Ralf sah mich an und sagte: Na ja, für einen Dreh hast du noch zu viel an, aber das sind bestimmt tolle Bilder. Freiwillig zog ich mein Oberteil aus und warf es ihm zu. Ich hatte noch einen BH unter. Meine enge Jeans hatte es dem Kameramann angetan. Er kam näher und knipste in Nahaufnahme.

Irgendwie fand ich gefallen daran. „Tja, Hermann!", sagte er zum Kameramann. „Ist auch neu für dich, nicht sehen zu können, was unter den Klamotten ist, was?", scherzte er. „Wahnsinn!", sagte Kameramann Hermann. Ich setzte noch einen drauf und zog meine Chucks und die Socken aus. Die warf ich in den Raum. Dann knöpfte ich meine Jeans auf und öffnete den Reißverschluss. Das war für Hermann genug Zündstoff, um eine Bilderserie vom Öffnen und Ausziehen der Jeans zu knipsen. Ivana schaute sich das ganze amüsiert an und sagte beiläufig: „Carina, jetzt fehlt dir nur noch ein Partner!" Ralf sah mich an und lachte. „Schon gut!", sagte er und fragte mich, ob er sich nur in Unterhose zu mir gesellen darf. Ich nickte mit dem Kopf und holte ihn zu mir aufs Bett. Dann lag er seitlich zu mir gedreht. Er sah mir in die Augen und meinte:

„Ivana hat recht. Du bist wirklich hübsch mit deinen braunen langen Haaren und dem tollen Body.!" Ich strich mit meinen Fingern über Ralfs Brust und seufzte: „Das Bett ist schön, das will ich haben. Wofür wurde die Kulisse aufgebaut?" Ralf sah mich an und meinte: „Die wollen einen Film mit einer Hochzeitsnacht machen!" Ich schloss die Augen und seufzte: „Wie romantisch. So richtig mit Schleier und Kleid?" Dann sah ich Ralf an. „Mit allem drum und dran!", sagte Ivana plötzlich und stand neben uns.

Ralf sah sie an und fragte: „Wirklich? Coole Idee! Sind die Rollen schon vergeben?" Ivana schüttelte den Kopf und sagte: „Ist noch alles in Planung. Aber dafür dürfen sie die Braut jetzt küssen!" Ich sah sie an und fragte: „Was?" Ivana lachte und sagte: „Das ist mein Lieblingssatz! Der kommt auf jeden Fall darin vor! Und die Kulisse auch. Die sieht mit euch toll aus!" Ich sah Ralf an: „Hast du gehört? Wir können hier im Film heiraten, oder nicht?" Hermann gab noch den Kommentar ab: „Küsst ihr euch nun oder drehe ich hier umsonst?" Ralf und ich lachten. Dann küsste er mich wild uns stürmisch. Das Küssen hatte er echt drauf. Wir schmusten und rollten durch das Bett, bis ich auf ihm saß und seine Arme festhielt. Ich presste seine Arme ins Bett und sah ihn an. „Was?", fragte Ralf erschrocken. „Du hast einen Steifen!", sagte ich leise. Ralf lachte. „Entschuldige! Aber wir liegen in der Kulisse eines Pornofilms und ich habe einen Steifen! Was ist daran verwerflich?" Ich stieg von ihm und grinste. „Nichts!", sagte ich und zog meine Klamotten wieder an.

Hermann hatte die Kamera bereits mit dem PC verbunden und schaute sich das Material an. „Kommt her ihr beiden!", rief er und zeigte uns die Bilder und das Kussvideo. Im Grunde sah es wirklich nicht schlecht aus. Mit ein paar Schattierungen Bildeffekten wollte er daraus schon mal ein paar Szenen für den Vorspann bauen. Wir könnten uns das in ein paar Tagen ansehen, meinte er. Dann verließen wir das Studio, nachdem ich mich bei Ivana für den Tag bedankt hatte …

Natürlich blieb es nicht bei dem einen mal im Studio. Der Film mit der Hochzeitsszene hatte mich wirklich interessiert. Ralf fand das keine so gute Idee, dass ich für die Introszenen die Bilder und das Video freigeben wollte. Doch ich setzte mich durch und so kam es, dass ich wegen der Urheberrechte und dem Vertrag ins Studio musste. Ivana sagte zu mir:

„Carina, du willst doch nicht, dass wir deinen richtigen Namen am Set verwenden, oder?" Ich schüttelte den Kopf und sie schlug vor, meinen Namen für die Filmszenen in Carry Boxx umzubenennen. Damit war ich einverstanden. Im Hintergrund war gerade der Aufbau für einen neuen Dreh. Es gab einen Schreibtisch und einen gutaussehenden Typen mit weißem Hemd und Jeans. Der Darsteller hieß James und regte sich tierisch darüber auf, dass eine seiner Filmpartnerinnen nicht zum Dreh gekommen war. „Reg dich nicht auf. Dann verschieben wir den Dreh der ersten Szene!", sagte Ivana und ging weg. James sah mich an und sagte: „Diese blöde Kuh. Sowas von unzuverlässig!" Ich sagte: „Sorry, war das denn so schlimm?" James sah mich genervt an und meinte, dass sie lediglich eine Blasszene für das Intro drehen sollte.

„Ich glaube kaum, dass du mir helfen kannst, oder willst du als Darstellerin drehen?" Ich überlegte und sagte: „was müsste ich denn machen?" James ah mich an und meinte: „Im Grunde müsstest du mir einen blasen. Das ist so eine Sekretärinnenszene als Einleitung!"

„Dann müsste ich ja deinen Steifen in den Mund nehmen!", kommentierte ich. James lachte. „Ja, das müsstest du denn wohl!" Ivana huschte an uns vorbei und versuchte immer noch die fehlende Darstellerin auf dem Handy zu erreichen. „Außerdem glaube ich kaum, dass ich das in dem Aufzug spielen kann. Welche Sekretärin trägt schon Chucks, Jeans und pinkfarbenes Shirt?", gab ich zu bedenken.
James nahm meine Hand und sagte: „Komm mit!" Hinter einem riesigen Raumtrenner standen vier Regale mit heißen Klamotten. Ivana stand plötzlich hinter mir und sagte: „Was macht ihr beiden hier?" James sah sie an. „Wir suchen Klamotten für die Introszene. Mit drei Griffen hatte Ivana die Sachen in der Hand. „Stellt euch doch nicht so blöd an!", sagte sie und sah mich an. „Was?", fragte ich. „Carry, worauf wartest du noch? Zieh die Sachen an. Wir drehen den Aufhänger mit dir!" James sah mich an und sagte: „Ja, so ist sie halt! Spontan und einfallsreich … Carry, richtig?" Ich sah ihn entgeistert mit den Klamotten auf dem Arm. „Was?", fragte ich. James zeigte mir die Umkleidekabinen und sagte: „Und wenn du fertig bist, findest du mich da hinten am Schreibtisch. Hab keine Angst, so schlimm wird das nicht!" Völlig ahnungslos zog ich die schwarzen halterlosen Strümpfe, die schwarzen High Heels, den roten Mini und ein schwarzes Sacko an.

Dann wischte ich mir durch meine leicht gelockten Haare und spazierte zur Kulisse. Ivana drückte mir eine blaue Mappe in die Hand und sagte: „Versuche es einfach!" Ich wollte gerade los laufen, da hob Ivana meinen Rock. „Mäuschen!", sagte sie. „Du musst den Slip schon ausziehen!" Bereitwillig zog ich den Slip aus und stolzierte zum Schreibtisch. Ich gab James die Mappe und hörte auf die Anweisungen.

Ich beugte mich über den Schreibtisch und stützte mich vor James auf der Schreibtischplatte ab. Das eine Bein winkelte ich leicht an. Man konnte fast meinen Po sehen. Ich sah James an und sagte: „Ihr seid verrückt. Ich habe keinen Slip an!" James lachte und sagte: „Ich weiß! Das steht ja auch so im Drehbuch!" Ich war völlig überfordert. Hinter mir hörte ich die Stimme von Hermann, dem Kameramann. „Sie sieht wirklich heiß aus!", sagte er zu Ivana. „Du musst dich umdrehen und schüchtern tun!", sagte James. Ich drehte mich um und setzte mich mit meinem Po auf die Schreibtischkante. James fasste mir an die Hüften und half mir bei der Szene. „So ist es gut! Jetzt musst du das Sacko aufknöpfen und es ganz langsam ausziehen.

Glücklicherweise hatte ich keinen BH angehabt. Ich versuchte ein bisschen mit der Kamera zu flirten. James stand auf und sagte: „So, Carry! Ich werde jetzt meine Hose öffnen und meinen Steifen heraus holen. Dann drehst du dich um und beugst dich über den Schreibtisch und setzt einen Kuss auf meine Eichel. Ich ließ das Sacko fallen und tat, was er sagte. „Und jetzt legst du die Zunge unter meinen Schaft und nimmst meine Eichel in den Mund!"

James hatte einen ziemlich großen Schwanz. Ich umschloss seine Eichel mit den Lippen und entließ ihn wieder. Ich sah zu ihm auf und fragte: „war das gut so?" James lächelte und nickte. „Ich komme jetzt zu dir herum. Du kniest dich hin und nimmst meinen Penis in die Hand!" Er kam um den Tisch herum und ich nahm seinen Dicken in meine Hand. Dann setzte ich meine Lippen auf seine Eichel und ließ sie in meinem Mund verschwinden. James sagte: „Wenn du meinst, es ist genug, dann entlässt du mich ganz vorsichtig aus deinem Mund und hältst meinen Steifen nah oben. Dann leckst du an meinen Hoden und ich übernehme, indem ich meinen Schwanz wieder in deinen Mund stecke. Sei ganz gelassen!" Ich entließ ihn aus meinem Mund und leckte, wie er es sagte, seinen Hoden. Ganz behutsam nahm er seinen Steifen und führte seine Eichel wieder zwischen meine Lippen, die ich sanft um seinen Schaft schloss und drückte mir seinen harten ein ganzes Stück in den Mund. Dann drehte er mein Gesicht seitlich an seinen Oberschenkel und machte ein paar kurze langsame Stöße, so dass sein Schwanz meinen Mund ausfüllte und seine Eichel von innen gegen Meine Wange drückte.

„Ich setzte mich jetzt mit herunter gelassener Hose auf den weißen Sessel dort und du kommst zu mir rüber. Breitbeinig stehst du vor mir und beugst dich zu meinem Schoss. Du kannst dich auf meinen Oberschenkeln abstützen. Dann nimmst du ihn wieder in den Mund und bläst, wie eben. Ich tat es und spürte, wie man mich von hinten beobachtete. Dann hörte ich: „Cut!!!" Ich hatte mich erschrocken und kam hoch. „Was ist los?", wollte ich wissen.

James stand auf und verstaute seinen Steifen wieder in seiner Hose. „Das war die Szene!", sagte er und bedankte sich, dass ich eingesprungen war. Ralf hatte ich an dem Tag gar nicht gesehen. Ivana sah sich gezwungen mir doch einen Vertrag anzubieten. Alleine die Tatsache, dass ich eine Blasszene gedreht hatte, war schon schlimm genug. Sie verlangte einen HIV-Test und eine ärztliche Untersuchung von mir, falls ich mir überlegen würde, weitere Szenen bei ihr zu drehen. Ich hatte aufgrund einer jährlichen Untersuchung beides schon parat. Irgendwann kam von ihr ein Anruf. Sie schlug mir vor, noch eine Blasszene zu drehen, um das Ganze zu vertiefen. Ich hatte in der Zeit meine Haare Kupferrot gefärbt, um mich nicht selbst jedes Mal als blasende Brunette vor Augen zu haben. Die Umstellung von Sex auf Sex für die Arbeit war nicht so einfach. Ich hatte ja noch einen Job halbtags als Laborantin. Ich hatte mir eine Dauerwelle in die kupferroten Haare gezaubert und ging zum Studio. Was mich diesmal erwartete, war ungewöhnlich.

Mein Partner für den Tag war ein schwarzer kräftiger Mann, der lässig in Jogginghose, Muscleshirt und Basketballschuhen an mir vorbei huschte und sagte: „Hi! Ich bin Mike! Wir sehen uns ja gleich!" Ich wollte mich umziehen und stand vor dem Regal mit den Klamotten. Ivana kam zu mir und lachte: „Kannst dich nicht entscheiden? Carry, heute bist du nackt!" Sie gab mir ein Haarband und führte mich zu einer völlig anderen Kulisse. Es war eine Dusche mit gefüllter Duschwanne. Darin stand Mike und grinste mich an. Als ich sein bestes Stück sah, wurde mir etwas mulmig. „Der ist ja nackt!", sagte ich planlos und sah ihn an.

Mike lächelte und sagte: „Hab keine Angst. Das Wasser ist warm!" Ich vertraute dem Kollegen und stieg zu ihm in die Wanne. „Und jetzt?", wollte ich wissen. Mikes Schwanz war komplett steif und er bat mich, mich hinzuknien. Ich kniete mich vor den kräftigen Darsteller und sah mir den großen Penis an. „Klein ist der nicht gerade!", sagte ich. Mike empfand das als Kompliment und sagte: „Aber meine Filme sind beliebt. Ich denke, das liegt an der Größe, meinst du nicht?" Ich sah zu ihm auf. „Fang am besten damit an, was du letztes Mal auch gemacht hast. Lecke die Hoden und die Schaftunterseite. Dann kannst du dich ja meiner Eichel widmen!" Ich nickte und machte, was er verlangte. Ivana warf noch rein: „Und Carry … Mit der Eichel ganz langsam … Wir wollen sehen, wie sich deine Lippen darum schließen!"

Dann war Ruhe am Set und ich startete mit dem dicken Schwanz. Beim Ablecken seufzte Mike: „Jaaaa … genau so!" Ich musste meine Hand zur Hilfe nehmen, um diese ziemlich dicke Eichel zwischen meine Lippen zu schieben. Ich hatte nur seine Eichel im Mund und es fühlte sich an, als hätte ich einen ganzen Penis tief im Mund. So ein großes Genital hatte ich noch nie berührt. Ich schob ihn mir weiter in den Mund. Nach der Hälfte steckte er schon tief in meinem Hals. Ich zog meinen Mund wieder zurück. Mike stöhnte. Ich dachte, er würde kommen, doch das Stöhnen gehörte wohl zur Szene.

Mein Unterleib badete im Warmen Wasser, während ich den dicken Schwanz im Mund hatte. „Und nun nimm deine Hand weg und schiebe sie zwischen deine Schenkel. Berühre deine Scheide!", rief Ivana. Ich tat es.

„Mike übernimmt jetzt! Lass dich einfach treiben!", sagte sie anschließend. Zu meiner Verwunderung, bekam ich Gefühle zwischen meinen Beinen. Ich schloss die Augen und schob meinen Mund vor und zurück. Dann übernahm Mike und schob mich mit seinem Schwanz in meinem Mund vorsichtig gegen die wand neben mir. „Lass deine Lippen ganz locker!", sagte er und stieß mir seinen Prügel immer wieder in meinen Mund. Ich saß derweil im warmen Wasser mit dem Kopf an die Wand gelehnt. Er fickte meinen Mund und ich ließ es mir mit geschlossenen Augen gefallen. Für den Stellungswechsel legte sich Mike in die längliche Duschwanne, so dass sein Oberkörper auf der einen Seite heraus guckte.

Ich kam von der Seite und beugte mich über seinen Schoss. Dann wiederholte ich die Blasszene. Mike hob mich über seinen Oberkörper mit seinen starken Armen und setzte meinen Body über sein Gesicht, während ich seinen dicken Lümmel im Mund hatte. Dann spürte ich seine Zunge an meinen Schamlippen. Da fing bei mir das Kribbeln an. Mike fing an mich zu lecken. Das rief ein kribbelndes Gefühl in mir hervor und ich konnte nichts sagen, weil mein Mund ausgefüllt war. Lediglich ein dumpfes „Mmmmhhh" war von mir zu hören. Plötzlich zuckte sein Schwanz.

Mit einem Arm stützte ich ja schon auf seinem Oberschenkel. Mit der anderen Hand umfasste ich seinen Schaft und zog meinen Mund von seinem besten Stück. Ich stöhnte und hatte immer noch seine Zunge in meiner Pussy stecken. Ich zog die Haut an seinem Schaft ganz runter und dann lief es mir über die Hand.

Mike zog seine Zunge aus meinen Schamlippen und seufzte. „Na ja, ein bisschen schnell, aber total heiß!" Dann war Ruhe eingekehrt. Ich stieg von Mike und holte mir ein Handtuch. Nackt durch das Studio zu laufen war für mich kein Problem mehr. Ivana und Hermann tuschelten über die Szene, aber ich konnte nichts verstehen. Mike stand derweil an meiner Umkleide und sagte: „Alles in Ordnung? Das war gut!"

Ich schob den Vorhang bei Seite und sah ihn etwas verlegen an. „Wirklich?", fragte ich. Mike nickte, schob meinen Kopf hoch und sagte: „Du hattest Gefühle! Das ist gut! Das kann man nicht wirklich nachspielen! Es ist authentisch, du wirst sehen!" dann zog er sich um und ich zog mich an. Ivana kam zu mir und fragte, wie es mir geht. Ich lächelte verlegen und meinte: „Tut mir Leid, wenn ich den Dreh vermasselt habe!" Doch Ivana war positiv begeistert und fragte, ob ich später noch eine Handjobszene drehen könnte. Dann hatte ich zwei Stunden Pause. Ich ging etwas essen und wahr pünktlich zurück im Studio.

Es war später Nachmittag. Mein Outfit war eindeutig, ein heller Mädchenschlüpfer mit pinkfarbenem Rand, ein pinkfarbener BH, geringelte Helly Kitty Kniestrümpfe und zwei Zöpfe. Ich durfte mein Handy mit nehmen und lag auf dem Bett. Dann kam ein anderer Darsteller namens Rico zu mir. Er hatte ein graues T-Shirt an und hellblaue Jeans. Rico war schon mindestens Mitte vierzig. Da war ich mit meinen 24 Jahren echt noch ein junges Küken. Rico hatte ein markantes Gesicht und Dreitagebart. Seine fast schwarzen Haare kräuselten sich etwas.

Er setzte sich zu mir auf das Bett vor der pinkfarbenen Wand und verwickelte mich in ein Gespräch. Er fragte, ob es mir gefallen würde und was ich gerne so mochte. Dann sagte er: „Ich habe gehört, du willst mir einen wichsen!" Mit meinen dunklen Augen sah ich ihn an und bemerkte, wie er meine Hand nahm und auf seine Jeans legte. „Spürst du? Ich habe noch keinen Steifen, aber das bekommst du schon hin!"

Ich pellte seinen schlappen Penis aus der Hose und versuchte es mit dem, was ich schon gemacht hatte, Ablecken und Blasen. Doch sein Schwanz war immer noch relativ schlaff. Als ich so auf dem Bauch lag und mein Kopf über seinem Penis beugte, hatte Rico meinen BH geöffnet und als ich hochkam, zog ich ihn aus. Er packte mir an die Brust, als ich neben ihm so kniete. Er sah mich an und sagte: „Komm schon, Baby! Pack mal richtig zu!" ich schloss meine Finger um seinen Schaft und fing an zu wichsen.

Dann fing sein Schwanz an zu wachsen. Der war glücklicherweise kleiner, als der von James und Mike. Dann widmete ich mich ganz seinem Schwanz und wichste ihn mit festem Griff. Als er ganz steif war, beugte ich mich wieder über seinen Steifen und nahm ihn ganz in den Mund. Ich zog meinen Mund zurück und schob ihn wieder drauf, bis Rico anfing zu stöhnen.

Ich lag derweil zwischen seinen Beinen und zog meinen Mund ganz zurück, bis nur noch seine Eichel zwischen meinen Lippen war. Der war in dem Moment etwas schlaffer geworden. Ich griff mir seinen Schwanz und ließ seine Eichel aus meinen Lippen gleiten, während Rico kam und seinen Samen auf meine Oberlippe spritzte.

„Sorry! Aber du hast es so gemacht, wie du wolltest!",
sagte Rico. Und im Grunde war es gar nicht mal
schlecht. Bloß sein Schwanz war nicht so, wie die
anderen. Ich wischte mir das Sperma von den Lippen
und fragte Rico, wie viele Drehs er an dem Tag schon
hatte. Unser war der vierte und er meinte, das
irgendwann auch die Luft raus war. Ich ging duschen
und wollte mich anschließend von Ivana verabschieden.

In dem Moment kam Ralf zur Tür rein. Er war
überrascht, mich zu sehen. Er gab mir einen Kuss und
fragte mich, ob ich mir das überlegt hätte mit dem Intro.
Als ich ihm erzählte, dass ich ein paar Dinge bereits
probiert hatte, fiel er aus allen Wolken und fragte, ob
das mein Ernst sei. Ich beruhigte ihn und sagte: „Viel
lieber würde ich natürlich mit dir diese Hochzeitsszene
drehen!"

Doch Ralf hatte seinen Dreh an dem Tag ja noch vor
sich …

Ralf und ich hatten wohl nicht dieselben Vorstellungen.
Wir telefonierten viel, trafen uns aber nicht. Vielleicht
war es auch ganz gut so. Er war nicht davon überzeugt,
mit mir zusammen einen Film zu drehen. Sicherlich
kam das dadurch, dass wir uns angefreundet hatten.
Mein Leben hatte sich grundlegend geändert, seit ich
das erste mal im Studio war.

Natürlich arbeitete ich als Laborantin weiter, aber ich
konnte jede freie Minute für das Studio nutzen.
Außerdem hatte ich keinen Freund und mit Ralf war ich
nur befreundet, aber nicht zusammen. Ein zufälliger
Anruf von Ivana lockte mich ins Studio. Ich wusste
vorher nicht, dass sie Ralf dazu geholt hatte.

Ich traf ihm im Studio. Er gab mir einen Kuss und wir wussten beide nicht worum es ging. Ich hatte eine Nacktszene. Es war auf einer Waschmaschine. Ich zog mich aus und setzte mich auf die Maschine. Ich saß breitbeinig über der Ecke. Meine Haare waren wieder braun, weil die Tönung heraus gewaschen war. Plötzlich stand Ralf vor mir, nackt. „Du?", fragte ich. Ralf nickte und sagte: „das war Ivanas Idee. Sie war von der Szene im Bett so beeindruckt, dass sie uns noch mal zusammen sehen wollte. Ralf sah mich von oben bis unten an und sagte: „Du siehst wirklich sexy aus!" Ich sah ihn verlegen an und sagte: „Danke! Du auch!" Dabei blickte ich auf sein Glied, das sich gerade aufrichtete. „Und? Was machen wir jetzt?", wollte ich wissen.

Ralf erklärte mir, dass ich wohl super vor der Kamera war, aber das „sich selbst anfassen und treiben lassen" brauchte etwas Übung. Zudem musste man ja die Kamera gedanklich ausblenden und natürlich die Regie und die Leute vom Licht. Ralf trat vor die Waschmaschine und legte den Arm um mich. Mit der anderen Hand fuhr er an meinem Bauch hinunter und sagte: „Lass dich einfach fallen und konzentriere dich auf mich. Schaue nicht zur Kamera, nur zu mir, okay?"

Ich nickte. Dann drückte er mich an sich und flüsterte in mein Ohr: „Jetzt hebe die Füße auf die Maschine und spiele mit der rechten Hand an deinem Kitzler!" Er trat von der Maschine weg und beobachtete mich. „Jetzt komm mit der anderen Hand unter deinem Bein durch und schiebe ganz vorsichtig einen Finger zwischen deine Schamlippen!", sagte er ganz ruhig.

„Führe ihn ein, wenn die Fingerspitze nass ist und nimm dann einen zweiten Finger dazu!" Ich sah ihn an und seufzte leise „Aaaahh". Dann kam er an die Maschine und legte seine Hand auf mein Bein. Dann nahm er mein rechtes Bein und hob es an. Er streckte es von sich und sagte: „Spürst du, wie du nass wirst?" Ich seufzte und zischte „Ohh jaaa!" Ralf beobachtete mich und sagte: „Jetzt nimm deine Hände weg!" ich zog meine Hände weg und Ralf beugte sich über mein Schambein. Mit seiner Zunge leckte er ganz langsam durch meine Schamlippen. Ich stöhnte auf. Dann kam er hoch und legte mein rechtes Bein an seine linke Schulter. Das andere stand noch auf der Maschine. Er nahm zwei Finger und spreizte meine Schamlippen. „Jaaa …", sagte er. „Du bist jetzt richtig schön feucht!" Hermann machte eine Nahaufnahme.

„Fühle selbst!", sagte Ralf. Als ich meine Finger auf die Klit legte, die komplett nass war, schob er einen Finger zwischen meine Schamlippen. Er wischte ihn hin und her, bis sein Finger nass war. „Das ist wichtig!", sagte er. Wir wollen ja nicht, dass ein Kollege dir weh tut!" ich schloss die Augen und ließ mich von ihm Fingern. Es war herrlich.

Dann plötzlich zog Ralf seinen Finger aus mir und sah mich an. „Und jetzt lass sich das Gefühl entfalten in dir!", sagte er. Dann setzte er seinen Steifen an meine Schamlippen. In dem Moment wollte ich mehr. „Und? Wie fühlt sich das an?", wollte er wissen. „Schöööön!", seufzte ich. Dann wischte er seine Eichel zwischen meinen Schamlippen hoch und runter. Er gab etwas Druck, so dass seine Eichel in meinem Scheideneingang saß. Er verweilte dort.

Mit verträumten Blick sah ich ihn an. Dann hörte ich plötzlich Ivana rufen: „Aus! Das reicht! Ihr wollt euer Feuer doch nicht schon in der ersten Szene verschießen!" Ralf zog seine Eichel aus meinem Scheideneingang und nahm mich in den Arm. „Alles okay?", fragte er. „Jaaa!", seufzte ich. „War das schon alles?", wollte ich wissen. Ralf meinte, er wisse nur, dass wir uns umziehen sollen. Also schlenderten wir an die Klamottenregale. Ich bekam ein pinkfarbenes Trägertop, eine ganz kurze hellblaue Trainingshose und weiße Kuschelsocken. Dazu sollte ich einen weißen fast durchsichtigen engmaschigen Netzslip anziehen. Der hatte lediglich unten zwischen den Beine eine zweite Lage, damit man nicht sofort alles sieht. Das war ein Nylonslip, ähnlich wie eine Strumpfhose.

Ralf hingegen kam barfuß mit Jeans und hellem Shirt. Die Waschmaschine war weg und stattdessen stand dort ein breites Sofa in hellem Beige. Es war so ein Ecksofa. Ralf lümmelte sich auf das Sofa. Ivana kam und sagte:

„Carry, du kommst von der Seite und legst deine Beine über seine, aber bitte weit auseinander, okay?" Den Rest überließen sie dem Zufall. Zwischen meinen zuckte es immer noch. Ich war noch völlig erregt und ich hatte Herzklopfen in Ralfs Nähe. Ich legte mein rechtes Bein an seine Brust und sagte: „Du glaubst nicht, was ich anhabe!" Ralf lachte und meinte: „Kommst gerade vom Sport, was?" Ich lachte und er ließ es sich nicht nehmen, meinen Sportpanty etwas runter zu ziehen. Er blickte auf den Netztslip und grinste. Dann strich er mit der Hand über den Stoff und sagte: „Da können wir jede Menge Schweinkram mit machen! Ich habe da schon eine Idee!"

Ivana rief von hinten: „Macht das Ding richtig nass!"
Ralf sah mich an und sagte: Dann lass uns mal deinen
Panty ausziehen!" Dann hob ich meine Beine und ließ
mir den Panty ausziehen. Ich legte mein rechtes Bein
auf seine Schulter. Ich hätte nie gedacht, dass ich mal so
gelenkig sein würde. Ralf sah mich an und fragte:
„Und? Hat sich deine Lust etwas gelegt?" Dann fasste er
an meinen Slip und wischte mit den Fingerspitzen
darüber. „Wenn du so weiter machst, dann legt sich das
auch nicht mehr und ich bin gleich wieder nass!", sagte
ich.

Er legte seinen Daumen auf meine intimste Stelle, das
heißt auf meinen Slip und massierte sanft. „Das ist ja
mal echt ein heißer Fummel. Man sieht eigentlich alles
und doch nichts!", hörte ich von ihm.

Ich hatte mein Bein von seiner Schulter genommen,
kam hoch und beugte mich zu ihm rüber, um ihn zu
küssen. Er knutschte mit mir und irgendwie hatte er es
geschafft, dass ich mich auf ihn einließ. Ich hatte das
Drumherum vergessen. Während wir uns küssten,
packte er an meinen Po. Ich hob ein Bein über seinen
Schoss und setzte meinen Fuß neben ihm aufs Sofa. Ralf
sah mich an und schob seine Hand zwischen meine
Beine. Dann massierte er weiter und sagte: „Ich
massiere dich so nass, dass der Slip nachher trieft!" Ich
lächelte und meinte: „Nur zu! Du hast es ja vorhin schon
fast geschafft!" Ein „Hmmm" kam aus meinem Mund
und ich ließ mich von seinen Fingern so massieren.
Währenddessen knutschten wir. Er gab mir einen tiefen
Zungenkuss und drückte seinen Finger samt Slip
zwischen meine Schamlippen.

Sein Finger und der Slip mussten auf jeden Fall an der Stelle schon durchtränkt gewesen sein von meinem Scheidensaft. Dann rutschte sein Finger seitlich vom Slip und landete zwischen meinen Schamlippen. Sanft drückte er ihn weiter rein. Dieser hatte nun den Slip aus meinem Spalt gedrückt. Ich entfernte mich ein wenig von ihm und hob das Bein zurück, so dass ich wieder auf seiner linken Seite kniete. Meine Beine waren ganz leicht auseinander. Ich zog mir das lästige Oberteil aus und ließ Ralf noch ein bisschen fummeln. Dann zog ich ein Shirt aus und warf es durch die Kulisse. Ich öffnete seine Hose und drückte ihn nach rechts ins Sofa. Als er so halb auf dem Sofa lag, griff ich mir seinen Steifen und nahm ihn in die Hand.

Ralf sagte überrascht: „Du nimmst meinen Schwanz in den Mund?" Ich konnte ja nicht antworten. Wenn der gewusst hätte, wie viele Schwänze ich in der letzten Zeit schon im Mund hatte …

Ralf zog sich die Jeans und die Unterhose aus. Ich setzte mich mit meinem Po auf die Sofalehne, gegen die er eben noch lehnte. Dann beugte er sich zu mir rüber und leckte über den Slip. Er zog ihn unten zusammen und ließ ihn wieder los. Der zusammen gedrückte nasse Slip legte sich zwischen meine Schamlippen. Dann leckte Ralf mit seiner Zunge über den Slip und gleichzeitig über meine äußeren Schamlippen. Jetzt war endgültig alles nass. Ich hob mein Bein über seinen Kopf hinweg und rutschte zu ihm aufs Sofa. Dann lag er schräg hinter mir. Ich hob mein rechtes Bein auf die Sofalehne hinter ihm und er schob seinen Dicken von hinten an meinem Oberschenkel entlang.

Dann schob er ihn seitlich in meinen Slip. In meinem Nacken hörte ich seine Stimme. „Der Stoff fühlt sich gar nicht mal so schlecht an!"

Ich hob den Bund vom Slip und er schob seinen Steifen unter durch. „Was meinst du, wie das piert, wenn ich den Bund jetzt los lasse!", lachte ich. Aber ich legte den Bund sanft zurück, so dass nur die Eichel oben heraus guckte. Ralf richtete sich auf und schob mich ganz auf seinen Schoss. Dann hob ich meine Füße aufs Sofa und stützte mich an der Lehne hinter mir ab. Ich drückte mit den Fingern seinen Schwanz gegen mein Schambein. Er fühlte sich so hart an.

Dann fasste er mich an den Hüften an und ich hob mein Becken. Sein harter Riemen rutschte aus dem Slip und ich setzte mich. Was für eine Spielerei. „Das war gekonnt!", sagte er und ließ sich wieder auf die Seite kippen. Ich stieg von ihm und setzte mich zu ihm gedreht wieder auf seinen Schoss. Als ich saß guckte sein Schwanz unter mir in seine Richtung. Ich saß mit meinem nassen Slip genau auf seinem Schaft. Ich beugte mich über ihn und holte mir noch einen dieser wilden Küsse. Ich spürte, wie sich sein Schaft gegen meinen Spalt presste. Als ich meinen Po kurz anhob, drückte er seinen Steifen unter mir hindurch. Ich setzte mich wieder und sein Harter rieb sich an meinem Po. Ich schaukelte ein bisschen mit meinem Becken. Ralf packte an meinen Po und hob den Slip seitlich. Dann war sein Steifer zwischen Slip und meinem Po. Genauer gesagt, schmiegte er sich in meine Pofalte. Ich hob mein Becken rhythmisch immer wieder an und ließ es wieder sinken. Sein Steifer rieb sich an meinem Po hin und her, bis er wieder genau in meiner Pofalte saß.

Seine Eichel war nicht mehr weit von meinem Hintereingang entfernt. Ich setzte mich auf und Ralf kam wieder hoch, so dass wir gerade auf dem Sofa saßen. Nun spürte ich, wie sich sein Dicker dicht an mein Poloch presste. Ich sah ihn ermahnend an und hob meinen Po an. Ich richtete meine Beine auf, so dass ich über ihm hockte. Dann hielt er mich am Po und mit der anderen Hand unter meinem Oberschenkel fest. Sein Steifer rutschte unter meinen Schoss und schmiegte sich zwischen meine Schamlippen.

Dann saß seine Eichel mal wieder in meinem Scheideneingang. Das fühlte sich schon mal gut an. Dann setzte ich mich ganz vorsichtig runter. Sein Steifer schob sich Stück für Stück in meine Scheide. Dann kam in mir ein geiles Gefühl hoch. Ich fing an zu stöhnen. Dann saß ich ganz auf ihm. Ich sah Ralf an und sagte: „Ooohhh Scheiße!" Ralf guckte verwirrt. „Ist alles in Ordnung?", fragte er. Ich spürte, dass die Lust mit mir durchgehen wollte. Ich hob mein Becken und setzte mich wieder, aber es wurde schlimmer. Ich hatte Orgasmusgefühle. „Warte!", sagte Ralf.

„Ich mache das schon!" Dann hob er mich an, stand auf und legte mich behutsam mit dem Rücken auf das Sofa. Ganz vorsichtig zog er seinen Steifen aus mir und sah mich an. „Ist gut!", sagte er.

„Genieße es! Wenn du kommst, dann kommst du eben!" Ralf gab uns etwas Abwechslung. Er presste seine Eichel wieder gegen den Slip und ich hob meine Beine an. Dann schob er seinen Steifen wieder unter dem Slip durch und ich hob den Bund an. „Und jetzt lass ihn drauf klatschen!" ich ließ den Slip los und sah ihn an. Das machte ihn sogar an.

Er zog seinen Steifen unter dem Slip wieder raus. Er sah mich schnaufend an. „Komm! Wir bringen es zu Ende!" Ich dachte schon, jaaaa … fick mich! Doch er schob seinen Dicken noch mal unter den Slip und rieb ihn hin und her. Dann kam Ralf angestrengt zu Schuss und spritzte sein Sperma unter den Slip. Ganz vorsichtig zog er seinen Schwanz wieder heraus und ich fasste den Slip an. Er war wirklich triefend nass und voller Sperma.

Plötzlich standen Ivana und Hermann neben uns und klatschten. Wir bekamen ein riesiges Lob für diese spielerische Einlage. Nur eines war noch nicht weg … Meine Lust ...

Nach ein paar Tagen bekam ich endlich meine erste kleine Rolle im Film selbst. Zu meinem Glück war es diesmal keine Animationsszene für den Vor- oder Abspann. Ivana hatte wohl gesehen, dass ich beim Dreh auch echte Gefühle bekommen konnte. Diesmal war es schön. Ich hatte ein total schönes Outfit, schwarze halterlose Strümpfe, schwarze High Heels und ein blaue-schwarzes Strechminikleid. Ralf hingegen hatte nur Blue Jeans und einen dünnen grauen Pullover an.

Er saß lässig mit einem Tablet auf einem weißen Ledersofa. Ich saß auf einem hellen Drehstuhl vor ihm. Ich sollte ihn dabei erwischt haben, wie er heimlich Pornos sah. Der Text war nur halb vorgegeben. Ich fühlte mich ziemlich wohl in den Klamotten und drehte mein Gesäß lässig hin und her in dem Stuhl. Ich hatte ein Bein über das andere geschlagen und und improvisierte: „Ich weiß überhaupt nicht, warum du das überhaupt nötig hast!", sagte ich zu Ralf, der in diesem Film wohl Patrick heißen sollte. „Nötig nicht!", stieg Ralf in das Gespräch ein und fuhr fort:

„Nur schaue ich es mir halt gerne an! Natürlich mache ich es lieber selbst!". Das war wohl das Stichwort aus dem vorgegebenen Text. Ich stand lächelnd auf und kam zu ihm rüber. Ich hob mein linkes Bein über seine lässig gespreizten Beine und legte meinen Unterschenkel auf dem Sofa neben ihm ab.

Dann stand ich mit dem anderen Bein zwischen seinen Beinen und beugte mich zu ihm. Meine rechte Hand lag auf seinem Oberkörper und ich sah ihm in die Augen. „Selbst? Oder brauchst du noch eine Partnerin dafür?", fragte ich keck. Da bei versuchte ich, nicht in die Kamera zu sehen. Ich setzte meine Lippen auf seine und rutschte mit meinem Mund etwas nach unten, damit meine Oberlippe zwischen seinen Lippen saß. Das sollte einen echten Filmkuss ausmachen. Ich war natürlich voll geschminkt mit Lipgloss und pinkfarbenem Nagellack. Wir küssten uns innig. Das hatten wir ja schon mal bewiesen, dass wir es gut konnten. Als sich unsere Lippen voneinander lösten, ließ ich meine Hand an seinen Hosenbund gleiten. „Partnerin?", fragte er. „Schon, wenn du genauso gut bläst, wie in dem Film!", sagte er und schaute auf das Tablet, welches nun neben ihm lag. Er hatte den Film angehalten.

Zu sehen war ein kussroter Mund, der sich fest um den Schaft eines Penis legte. Wenn die Dame den ganzen Schwanz im Mund hatte, wie es aussah, musste sie den Mund richtig voll gehabt haben. „Zweifelst du daran?", nahm ich nun den Mund richtig voll. Ich öffnete vorsichtig den Knopf seiner Jeans und anschließend den Reißverschluss. Dann zog ich die Jeans aus und legte sie beiseite. Es sollte wohl so sein, dass er keine Unterhose trug.

Ich fragte mich, was wohl passieren würde, wenn er sich beim Öffnen des Reißverschlusses mal versehentlich die Vorhaut einklemmen würde. Ich stellte mir vor, was los wäre, wenn mir ähnliches passieren würde. Gar nicht auszudenken. Dann stand sein bestes Stück kerzengerade nach oben. Ich kniete mich zwischen seine Beine und leckte mit meiner Zunge vom glatt rasierten Hosen an seinem Schaft nach oben, bis sich meine Lippen um seine Eichel schließen konnte. Ich nahm seinen Dicken in den Mund und schob meinen Mund ganz nach unten. Seine Eichel steckte tief in meinem Hals. Dann ließ ich meine Lippen wieder nach oben gleiten und seinen Schwanz aus meinem Mund ploppen. „Aaaahhh! Das ist geil!", sagte Ralf und forderte mich auf, ihm zu zeigen, dass ich richtig Bock auf ihn hatte.

Ich baute mich vor ihm auf und zog die Träger von meinen Schultern. Dann glotzte er auf meine Brüste. Nicht nur er, natürlich auch Hermann mit seiner Kamera machte Nahaufnahmen. Dann setzte ich mich zurück auf den hellen etwas höheren Drehstuhl. Es war sagenhaft, aber Ralf sein Schwanz stand wie eine Eins.

Mein Kleid war natürlich beim Bücken schon hochgerutscht. „Zeig mir, dass du geil bist!", sagte Ralf plötzlich. Natürlich hatten sie den Stuhl so positioniert, dass ich genau vor ihm saß und meine Beine auf seinen Oberschenkel abstellen konnte. Irgendetwas stand im Text von einem angedeuteten Footjob. Das war mir bis dahin völlig fremd. Aber ich versuchte es und nahm seinen Schaft zwischen meine in Nylons gehüllten Füße. Ich versuchte ihn so zu zu massieren und schob meine Hand in den fast durchsichtigen schwarzen Spitzenslip an meinen leicht gespreizten Beinen.

Ich spielte mit meinen Finger an meinen Schamlippen, die bereits nass wurden, als ich meine Hand in den Slip schob. Ich riss den Mund auf und stöhnte auf. Das verlangte der Text so von mir. Ralf konnte mir genau zwischen die Beine gucken und sagte: „Dreh dich um!" Da wusste ich natürlich, was gemeint war. Ich hob meine Beine von seinem Schoss und setzte sie auf den Boden. Dann stand ich mit der Hand im Slip auf und drehte mich um. Ralf zog mir das Kleid nach unten hin aus, als ich meine Hand wieder aus dem Slip zog. Dann kamen noch ein Floskeln, wie

„Uuuhhh! Jaaaa ..." und, „bin ich geil!" Ich weiß auch nicht, wer so etwas beim Sex sagte. Ich kniete mit dem Po zu ihm und einem Bein auf dem Drehstuhl.

Er zog an meinem Spitzenslip. Dann hob ich auch das andere Bein auf den Drehstuhl und ließ mir den Slip ausziehen. Beim Ausziehen küsste er meine Pobacke. Dann hob ich Bein für Bein, um mich von dem Slip befreien zu lassen. Als er den aus hatte, schob er sanft seine Finger von hinten in meine völlig nasse Scheide. Dabei leckte er an meinem Po. Er zog seine ganze Zunge durch meine Nasse Pospalte. Für einen kurzen Moment dachte ich, er würde eine anale Szene mit mir drehen. Zwischen dem ganzen Gestöhne verpasste ich fast meinen Einsatz. Man musste ja aufpassen, dass ja der Mund immer offen stand und ich ja Stöhnlaute von mir gab. Das konnte auf Dauer auch ganz schön nervig sein. Ich setzte mein linkes Bein wieder auf den Boden zurück und stützte mich an der Stuhllehne ab. Das musste so sein, damit man von der Seite drehen konnte, wie er in mich eindrang.

Er setzte seine Eichel an meine Schamlippen und schob seinen erigierten Liebeshammer ganz langsam in meine nasse Lusthöhle, die Hermann natürlich genau filmte. Dann stieß er zu. Ich schrie sogar auf. Das war gar nicht so vorgesehen, aber es machte mich an und so gab ich mich den Stößen hin. Wir wechselten von Stuhl auf das helle Sofa. Er zog mich einfach mit. So lagen wir erst auf der Seite. Diese ganze Akrobatik war für mich neu.

Dann packte er mir an die Brust und hämmerte sein Ding gnadenlos in mich rein. Dann fasste er unter mein Knie und hob mein Bein an. Das war ein breites Spektrum für Hermanns Kamera. Der nutzte das natürlich aus.

Ich legte die Finger auf meine Klitoris, die prompt reagierte. Dann drehte sich Ralf hinter mir heraus und kniete plötzlich zwischen meinen Beinen. Mein linkes Bein hatte er ganz auf meinen Oberkörper gepresst und fickte mich. Dann nahm er mein anderes Bein und hielt meine Beine angewinkelt nach oben, um mir einen richtigen Stoß zu versetzen. Da kam er mal richtig tief in mich rein. Ich ließ mich einfach nur treiben. An Ralfs angestrengtem Gesicht sah ich, dass er kurz vorm Schuss war. Er nickte mir nur ganz kurz zu und ich ließ meine Beine auseinander fallen. Dann zog er ihn aus mir und ich über nahm mit der Hand. Ich wischte mir seinen Schuss auf mein Schambein und sah ihn dabei an. Dann ließ ich ihn los und hörte nur von der Seite: „Cut!!" Ivana und die Kamera hatte ich komplett ausgeblendet. „Das war nicht schlecht!", sagte Ralf und stieg vom Sofa. Bevor ich etwas sagen konnte, hörte ich Ivanas Stimme: „So ihr beiden! Zwei Stunden Pause! Macht euch frisch!" Ich war natürlich duschen. Ralf wohl auch.

Danach war er schon wieder weg. Ivana kam zu mir und sagte: „Carry! Willkommen im Team! Ich weiß, du bist neu hier, aber dafür machst du dich wirklich gut! Du ist so natürlich. Komm, ich zeig dir ein paar andere Dinge und die anderen Darsteller!"

Ich hatte es geschafft. Ich war im Team aufgenommen. Dann führte Ivana mich durch das Studio. Ich wusste nicht, dass es fünf verschiedene Kulissen gab. An einer Kulisse mit einem grauen Sofa blieben wir stehen. „Das ist James! Aber den kennst du ja schon!", sagte Ivana. Ich hatte gewunken und er rief: „Hi, Carry! Haste Gefallen daran gefunden?" Ich nickte verlegen. Dann kam eine schlanke junge Frau auf ihn zu, als er da so in der Kulisse saß, wie Ralf kurz zuvor. „Das ist Sabrina Suck!", sagte Ivana stolz. „Suck?", fragte ich, Ivana grinste. „Carry, schau zu! Hier lernste was!"

Dann die obligatorischen „Fünf, vier, drei und dann zwei Finger, einen und los ging es …

Sabrina in grauen Leggins, blauen Chucks und blauem Oberteil mit V-Ausschnitt, Ärmel weiß abgesetzt mit jeweils zwei Streifen an Ärmeln und V-Ausschnitt. Die war doch höchsten 18 Jahre alt, dachte ich. „Kaum zu glauben, mit 24 auszusehen, wie eine 16jährige, oder?", sagte Ivana. Ich nickte und sah, wie Sabrina über das Sofa zu James krabbelte. Breit beinig neben ihm kniend, gab sie ihm einen wilden Zungenkuss, bevor sie sich mit der ihrer Hand vergewisserte, dass er wirklich einen Steifen hatte. „Du willst mich schon wieder ficken, du geiler Bock!", sagte sie und tastete seine Jeans nach der Beule ab, die sie nach draußen beförderte, nur durch den Hosenschlitz.

Die schlanke Sabrina mit ihren glatten langen braunen Haaren legte sich neben ihm auf den Bauch und blies ihm einen. Die Hoden guckten aus dem Hosenschlitz und der Schwanz, der mächtig steif war. Hatte sie den mit dem Hosenschlitz abgeschnürt? Es sah heftig aus. Ich konnte kaum glauben, dass Sabrina den lange Penis ganz in den Mund nehmen könnte. Dann sah ich, wie sie den Mund weit aufriss. Man sah ihre Zähne. Sie wird doch wohl nicht dachte ich. Aber sie ließ ihre Zähne nur sanft über seinen Schaft gleiten. James schnaufte wohlig. Dann hatte sie ihn tatsächlich im Mund, ganz! Bei mir hätte er wohl den Rachen berührt und ich hätte gewürgt. Dann kniete Sabrina zwischen seinen Beinen und zog ihr Oberteil aus. Darunter trug sie, wie erwartet, keinen BH. Sabrina fing an, diesen großen Schwanz zu blasen. Dabei zuckte sie ein Handy und machte ein Selfie dabei.

Das wurde mit gefilmt. Allein, wie sie ihn hoch hielt und langsam die Lippen über den Schaft glitten. Sie hatte das Handy mit dem Display zu ihm gedreht und sich weiter gefilmt mit der anderen Kamera. Dann stand James auf und zog sich aus.

Er nahm den Kopf der vor ihm knienden Sabrina und stopfte ihr das dicke Glied in den Mund. Dann fickte er ihren Mund. Sie riss die hübschen braunen Augen auf und gab sich dem Riesenschwanz hin. Beim Knien rutschte ihr die Leggins halb über den Arsch. Dann stand sie auf und der reichlich tätowierte James mit dem großen Steifen nahm sie an die Hand und führte sie zum Bett in der gleichen Kulisse. Sie starrte auf seinen Schwanz und zog bereitwillig ihre Leggins auf die Oberschenkel runter.

Darunter trug sie natürlich nichts. Man filmte sie, ihr hübsches unschuldiges Gesicht, ihren relativ flachen Busen und den Po. Dann kniete sie sich aufs Bett und streckte ihm den entblößten Po entgegen. Er kam von hinten und rammt seinen Riesenpenis in ihre enge Spalte. Sie sah nach hinten und riss den Mund auf. Die Haare hingen an ihrem Kopf hinunter und ich sah in ihr Gesicht. Er packte an ihren Arsch und rammte zu. Sie legte den Kopf auf das Sofa und streckte im den Allerwertesten noch entgegen. Dann rammte er ihn rein. Tiefe lange Stöße durchzogen diesen zierlichen Körper. Dann war sie sich auf den Rücken und riss die Beine hoch. Er legte seine Eichel auf ihre Schamlippen. Auf einem mal schrie sie: „Los! Fick mich! Fick mich!" Im Angesicht der zierlichen Frau und dem großen Glied, konnte man es kaum glauben, was sie schrie. Bei dem großen offenen Mund, hätte man glauben können, dass sie mit dem Mund auch über jede erdenkliche Anhängerkupplung passte. Und dann schob er ihn rein. Bis zum Anschlag. Was blitzte denn da so?

War sie nass geschwitzt? Nein … Sie war einfach nur nass … und wie nass! Man sah es, als sie die Hose aus hatte und auf ihm saß. Mit ihren Beckenbewegungen rammte sie sich diesen Steifen immer wieder bis zum Anschlag rein und schrie. Letztendlich stand er wieder vor ihr, während sie kniete und wichste ihr den Samen direkt in den Mund. Sie lutschte noch an seiner Eichel und ließ ihr voll gespritztes Gesicht filmen. Sie lächelte. Dann hörte ich: „Cut!!" Sabrina bedankte sich bei James für den geilen Dreh und sagte: „Bis gleich!" Ivana sah mich an. Ich fragte: „Wie? Ich muss das schlucken?" Ivana lachte. „Das machst du sowieso irgendwann freiwillig …

Dann musste ich zu einem weiteren Dreh mit Ralf. Schade … Ich hätte noch eine Weile bei Sabrina zugucken können. Aber der Stress war ab dem Tag schon spürbar. Garderobe, Maske und Haarstylist, dann in die Kulisse. Garderobe … von wegen … Ich hatte einen hell gestreiften Pullover ohne BH und einen schwarzen Mini ohne Slip drunter. Ich fand dieses Ausziehen der schönen Klamotten eigentlich viel erotischer … Aber es waren ja kaum Klamotten da …

Wenigsten Ralf hatte eine Bundfaltenhose und ein blaues Seidenhemd an. Da konnte ich wenigsten ein bisschen aufknöpfen. Der Sex mit ihm brachte trotzdem Spaß, auch wenn wir dabei gefilmt wurden. Die Szene war ähnlich. Wir umarmten uns, küssten uns und dann fing Ralf an, an mir herum zu fummeln. Er zog meine Klamotten nach oben und fingerte mich.

Ich war natürlich sofort heiß und spielte meine Rolle. Er zog mich aus. Ich knöpfte sein Hemd und seine Jeans auf, um endlich nackt vor ihm zu knien, damit ich ihm einen blasen konnte. Er leckte mich kurz und kam zwischen meine Beine. Dann drehte er mich galant um und bumste mich … zum zweiten mal an diesem Tage. So viel Sex hätte ich mit ihm als Freund an meiner Seite wohl nicht gehabt. Ich saß auf ihm und irgendwann kippte er mich auf das helle Sofa und spritzte mir auf das Schambein. Dreh gelungen …

Ich nutzte die nächste Pause, um Sabrinas zweiten Dreh mir anzusehen …

Sabrina tänzelte in einem fliederfarbenen Negligé an mir vorbei und sagte: „Hi, du musst Carry sein! Du spielst die Rolle in dem neuen Film, oder?

Ich bin Sabrina! Na ja eigentlich heiße ich Sabine …
aber du weißt ja!" Ich nickte und stellte mich vor: „Ich
bin Carina! Ja, ich darf vielleicht die Hochzeitsrolle in
dem neuen Film spielen!"

Sabrina sah mich irritiert an und meinte: „Neee, den
Film meine ich nicht!" Dann schob sie ihre Hand vor
den Mund und sagte: „Sorry, ich glaube ich habe da
etwas verwechselt! Klar, du bist neu. Neee, ich dachte
… ach ist egal. Die drehen da etwas neues und suchen
noch eine Darstellerin. Aber wie gesagt! Vergiss es! Ich
gehe jetzt in deine Kulisse von eben. Schau ruhig zu. Ich
stehe drauf!" Dann gab sie mir einen Kuss auf meine
Wange und stolzierte zu James, der in engen
Boxershorts auf dem hellen Sofa kniete. Dann fasste
James sie an, als sie sich neben ihm aufs Sofa kniete.

Das Negligé gefiel mir. Das war mir lieber, als die
Klamotten vom letzten Dreh. Sie umarmten sich und
küssten sich innig. Dann berührten seine Hände ihre
nackte haut. Er schob seine Hände über ihren nackten
Po und sie hatte ihre Hände um seinen Hals gelegt. Das
war eine wirklich schöne Szene. Dann kam das Übliche.
Sie küsste sich an seiner Brust runter, schob ihre Hände
auf die Boxershorts, die schon danach schrien,
ausgezogen zu werden. Sie zog sie aus und James legte
sich zurück. Dann schnappte sie ich sein steifes Glied
und nahm es in beide Hände, um daran zu lecken, wie
an einem Eis. Sie machte es ganz langsam und schob
sich die pralle Eichel zwischen die Lippen, bis sie ihn
ganz im Mund hatte. Die Blaszene dauerte einen
Augenblick, bevor er sie auszog und sie sich zurück
lehnte, um sich von ihm lecken zu lassen.

Allein, wie er seine Zunge durch ihre nasse Spalte zog, machte mich total wuschig. Sie musste unglaubliche Gefühle gehabt haben. Dann schwang sie ihren Body auf seinen Schoss und führte sich den Steifen direkt ein. Als sie auf ihm ritt, wurde es laut. Sie beugte sich zurück und wieder vor und wieder zurück, während er tief in ihr steckte. Dann drehte er sie auf den Rücken und nahm sie in der Missionarsstellung … ganz klassisch, aber das war nur der Anfang. Nach und nach drehte er sie auf die Seite und bumste sie in der Löffelchenstellung. Allein, dass sie mich ständig anzuschauen schien, machte mich etwas verlegen. Doch dann richtete er sich auf und nahm sie einfach mit.

Sie saß plötzlich auf ihm und ritt. Das war ein Anblick. Diese junge hübsche Darstellerin mit dem weit aufgerissenen Mund. Ich mochte ihr Stöhnen. Eigentlich hätte ich schon zu Hause sein können. Für mich war der Tag gelaufen. Doch ich musste zusehen ...

Als er es kaum noch aushielt, kam sie von ihm und er stellte sich auf das Sofa und stopfte ihr den pulsierenden Schwanz in den Mund. Sie leckte die Schaftunterseite ab, die Hoden und die Eichel. Dann nahm sie die Eichel zwischen die Lippen und riss anschließend den Mund auf und streckte die Zunge heraus. Er spritzte ihr auf die ausgestreckte Zunge. Ehe man es mit bekommern hatte, hatte sie ihre Lippen um seine Eichel geschlossen und lutschte genüsslich daran. „Hat sie es schon wieder geschluckt?", bemerkte ich leise, als mir Ivana auf die Schulter tippte und sagte: „Na? Gefällt sie dir?" Ich wusste gar nicht so recht, was Ivana meinte und konnte eigentlich auch nicht wirklich etwas sagen.

„Und ja! Sie hat es schon wieder getan, dieses spermageile Biest!", sagte Ivana lachend. Dann wollte Ivana, dass ich mir noch eine Szene angucken sollte. Sie sprach von einem neuen Film, für die noch eine Darstellerin gesucht wurde. Worum es darin ging, wusste ich nicht. Ich sollte mir erst eine Probeszene ansehen. Die Szene wurde für das Proben mit Sabrina und Ralf besetzt. Natürlich dauerte die Vorbereitung. Für Ralf war es der dritte oder vierte Dreh an dem Tag. Das der überhaupt noch konnte, war mir schleierhaft. Auch, dass Sabrina überhaupt noch Lust auf Sex hatte, war mir völlig unklar.

Wie viel Sperma hatte sie schon geschluckt?Doch sie stolzierte nackt an mir vorbei und sagte: „Dann mach ich mich mal frisch. Willste mitkommen?" Ich sah sie fragend an.

„Schon gut!", meinte sie. „Wir hätten eh nicht genug Zeit!" Ich sah Ivana an und fragte: „Wie meinte sie das denn jetzt?" Ivana lachte. „Sabrina halt!", sagte sie und meinte: „Schau dir einfach an, was für einen Film wir machen wollen!" Ich wartete gespannt, während Ralf im Feinrippmuscleshirt und blaugrün gestreiften Boxershorts neben mir stand. „Und? Wie findest du sie?", fragte er. Wieso wollten bloß alle wissen, was ich von Sabrina hielt? Okay, sie sah gut aus und war nett, aber was hatte das denn zu sagen? Ach ja, und sie schluckte gerne Sperma. Ich wußte nicht …

Die Kulisse wurde umgebaut. Es kam eine Massageliege dazu und im Hintergrund eine Fensterfront mit Terrasse. Dann endlich stolzierte Sabrina frisch geduscht mit welligen Haaren, einem dunkelrot karierten Mini und schwarzem SportBH an mir vorbei und grinste mich an.

Sie tanzte sich durch die Kulisse. „Sie ist Gogotänzerin, oder?", fragte ich. Ich meine, sie sah wirklich sexy aus. Dann sah ich die Kamera. Aber es war nicht Hermann, der filmte. Hermann war mit der großen Kamera auf der anderen Seite. Es war eine Frau in meinem Alter mit blonden Haaren nur mit einem rosafarbenen Zweiteiler bekleidet an der Handkamera, die gerade an mir vorbei huschte. „Das ist Rachel!", flüsterte Ivana. Rachel filmte die junge Sabrina, die sich als Schülerin vor ihr ausziehen sollte. Sabrina nutzte das Sofa und zog sich den Mini und den BH aus. Dann räkelte sie sich auf dem Sofa und Rachel kam zu ihr. „Den Slip kenne ich doch!", sagte ich leise zu Ralf. Ralf lachte und sagte: „Davon haben wir bestimmt 20 oder dreißig in verschiedenen Größen!" Dann stand Sabrina auf und Rachel filmte sie in Nahaufnahme. Dann sagte Rachel: „So sweet, darling! Show me more!" und fasste mit einer Hand an die Brust der jungen Sabrina, die sichtlich davon angetan war. Sabrina zog blank und nahm sich einen HullaHupp-Reifen, den sie um ihre Hüften Schwingen ließ, während Ralf auf Rachel zu ging und ihr den BH öffnete, der dann zu Boden fiel. Er zog ihren Slip nach unten, den sie einfach mit den Füßen weg schob. Rachels Stimme war total sexy.

Dann beugte sich Sabrina nach vorne übers Sofa und zeigte uns ihren süßen Po. Rachel fasste ihn an und filmte ihn. Letztendlich räkelte sich Sabrina wieder auf dem Sofa und lag auf dem Rücken. Rachel legte zu meiner Verwunderung die Kamera bei Seite und kniete sich verkehrt herum über Sabrina. Sabrina nutzte Die Chance und leckte durch Rachels nasse Furche. Rachel lachte und sagte: „Sabrina, lass das du Frechdachs. Du bist dran!"

Dann widmete sich Rachel Sabrinas Schoss und spielte an den Schamlippen, die an dem Tag ja nicht nur durch Rachels Finger, sondern zuvor schon durch einige Schwänze gedehnt wurden. Grundsätzlich fand ich diese Einlage nicht schlecht, aber was hatte Ralf mit der ganzen Geschichte zu tun? Einmal nicht hin gesehen, schon war es passiert.

Sabrina lag erst auf dem Bauch auf der Massageliege und wurde wieder von Rachel gefilmt. Dann drehte sie sich um und ließ sich in Nahaufnahme ablichten. Rachel spielte an ihren harten Brustwarzen und sagte: „Na, wenn das der Masseur sieht!" Aha, Ralf sollte also den Masseur spielen. Dann kam Ralf ins Spiel und stellte sich vor die Liege mit seinem Steifen in der Hose. Die beiden nackten Mädels lagen auf dem Bauch mit dem Kopf zu ihm und pulten den Steifen aus der engen Hose.

Sabrina tat das, was sie immer machte. Sie fing an zu blasen und ließ sich von Rachel ablösen. Ich verstand das noch nicht ganz, aber ich schaute weiter zu und so landeten alle Drei nackt auf dem Sofa. Sabrina ritt verkehrt herum auf Ralf. Rachel spielte an Sabrinas Brüsten. Dann verschoben sie es auf die Liege. Sabrina kniete in der Hündchenstellung auf der Liege und Ralf gab Vollgas. Irgendwann legte er sich zurück und Sabrina saß verkehrt herum auf ihm. Sie lehnte sich nach vorne und stöhnte in die Kamera, die die nackte Rachel wieder in der Hand hatte und Sabrina beim Sex auf der Liege ziemlich nah filmte. Es gab noch einen Stellungswechsel. Sabrina setzte sich anders herum wieder auf Ralf. Rachel filmte und filmte … alles in Nahaufnahme. Dann legte sich Sabrina auf die Liege auf den Rücken und Ralf stand vor ihr.

Rachel nuckelte an Sabrinas Brustwarzen. Er setzte noch mal an und gab ihr den letzten Stoß, bevor er explodierte und ihr den Saft auf das Schambein spritzte, wie er es bei mir auch schon machte. Schnell verschwand Sabrina von der Liege und tauschte mit Rachel den Platz. Mit seinem gerade ejakulierten noch steifen Schwanz drang Ralf noch mal in Rachel ein, die seine letzten Zuckungen genoss, bis er endlich schlaff aus ihr rutschte.

Dann hörte ich: „Cut!!" Ivana und die Anderen waren zufrieden. Ivana schaute mich fragend an. „Und? Was meinst du?", fragte sie mich. Nun ja, der Film war schon anders, aber Frau und Frau? Was hatte ich damit zu tun?

Die Mädels vom Ponyhof

Ich lebte nun schon seit einem Jahr auf dem Hof. Meine Mutter war bei einem Autounfall ums Leben gekommen und mein Vater nahm mich zu sich auf den Hof. Papa war derweil mit einer neuen Frau verheiratet und lebte bei ihrer Familie auf einem Pony- und Gutshof bei Eutin. Der Imkerhof gehörte der Mutter seiner neuen Frau Inken.

Papa hatte zuvor nie etwas mit Pferden zu tun gehabt und auch Inken betrieb diesen Hof nur nebenbei. Ihre Mutter, Oma Hansen, lebte in dem alten Gutshaus. Wenn Papa und Inken mal da waren, wohnten sie in einer der Angestelltenwohnungen neben dem Stallgebäude. Oma Hansen, die ich mittlerweile auch Oma nannte, versuchte den Pony- und Ferienbetrieb aufrecht zu erhalten, aber sie war ja auch schon über 80 Jahre alt. Inken und Papa arbeiteten und lebten in der Woche in Hamburg. Sie hatten sich mit einer Reiseagentur selbstständig gemacht.

So blieb ihnen wenig Zeit für den Hof. Wenn sie mal da waren, dann nur am Wochenende. Inkens Tochter Salina, ich nannte sie bei ihrem Rufnamen Sally, lebte mit mir zusammen bei Oma in dem alten Gutshaus. Wir hatten im Obergeschoss jede ein riesig großes Zimmer mit alten stabilen Betten und massiven Schränken. Die Zimmer waren mit Gebälk durchzogen. Es war alt, aber schön. Wir hatten auch jede einen Fernseher mit Satellitenanschluss und Internet, aber dazu war eigentlich keine Zeit. Auf dem Hof gab es so viel zu tun. Oma hatte ihre Wohnung unten. Sie kam die Treppen nicht mehr so gut hoch, aber sie machte immer noch unsere Betten und lüftete die Zimmer.

Ich kann mich noch an die erste Begegnung mit Sally erinnern. Sally stand oben auf der alten Steintreppe im Gutshaus und Oma führte mich in die Diele. Dann rief sie Sally. Die sah auf uns hinab und schlenderte gelangweilt die Treppe runter. Auf der vorletzten Stufe blieb sie stehen und musterte mich. Ich stand da in zerrissenen Jeans und mit bauchfreiem Top. Meine dunklen Haare hatte ich zu einem Pferdeschwanz zusammen gebunden. Ich trug diese alte Jeansjacke mit den vielen Aufnähern. „Wie haben Besuch!", sagte Oma. „Das ist Ricarda! Die Tochter von deinem Vater! Na ja, ihr werdet euch schon anfreunden! Zeigst du ihr das Zimmer?" Dann trat sie vor mich und zupfte an meiner Jacke. „Sind wohl keine Reitabzeichen. Schade!" Ich brachte keinen Ton heraus. „Ric!", sagte ich leise und gab ihr die Hand. Sie sah mich an mit ihren blauen Augen und den blonden Zöpfen.

„Salina, aber Süße … Sprich diesen Namen niemals aus, klar? Freunde nennen mich Sally! Und Freunde sollen wir ja wohl irgendwann werden!" Mir war total unwohl, denn ich kannte mich mit Pferden nicht aus und passend gekleidet war ich wohl auch nicht. „Komm!", sagte Sally. „Ich zeig dir dein Zimmer!" Dann zeigte sie mir das ganze Haus und anschließend die Ställe. Die Pferde, es waren fast alles Haflinger, waren total interessant für mich.

„Kannst du reiten?", fragte sie. Ich schüttelte den Kopf. „Das wird sich als erstes ändern!", sagte sie und zeigte mir den Rest des Hofes. Stallmeister und Zureiter Johann traf ich als Angestellten. Dann gab es noch den alten Doktor Pustel, der war mindestens so alt wie Oma und versuchte ihr seit Jahren den Hof zu machen.

Im Stall tobten ein paar junge Mädels aus der Gegend und Saskia, die Tochter vom Nachbarhof, die sich hin und wieder ein Pony zum ausreiten auslieh. Sakia begrüßte mich und sagte: „Biste halt nicht mehr alleine, Knalli!" Ich dachte, ich hatte mich verhört. „Knalli?", fragte ich. Sally sah mich an: „Ach ist so eine alte Geschichte. Ich hatte mal ein Techtelmechtel mit einem der Jungs aus dem Dorf. Man hat uns wohl gesehen im Stall. Dann kam die Gerüchteküche.

Er hätte einen Pferdeschwanz und ich hätte mich knallen lassen! Deswegen sagt sie immer noch Knalli, aber höre bloß nicht auf die anderen!" Ich wollte wissen, was aus dem Jungen geworden ist. „Ach der! Vergiss es. Der kommt zwei Male im Jahr vorbei, wenn hier was los ist und sonst interessiert es sich für nichts! Außerdem fange ich nichts mehr mit Jungs an! Merke dir eines, dies hier ist in ein Dorf und alle wissen alles! Und dann Oma … Ach ja, du kennst sie ja noch nicht richtig! Die ist vom alten Schlag oder was meinst du warum der Pustel bei ihr nicht landen kann?" Dann richtete ich mich ein. Dann bat ich Sally, mich auch bei meinem Spitznamen zu nennen: Ric! „Was?", fragte sie.

„Ric? Ist doch ein Jungsname, oder? Außerdem müssen wir was an deinen Klamotten machen! Ich werde Papa anrufen und dann fahren wir mit Oma einkaufen!" Ich konnte das gar nicht alles auf Anhieb verarbeiten. „Was? Oma fährt mit uns einkaufen?", fragte ich. „Dummerchen! Oma fährt doch kein Auto. Pustel muss fahren. Wir shoppen und die beiden Turteltäubchen trinken einen Kaffee auf dem Markt, klar?" Ich nickte.

Sally war eine tolle Einkaufsberaterin. Sie hatte Inkens Kreditkarte, das war ihr aber egal.

Ich bekam einen Reithelm, Reithose, Kniestrümpfe, Reitstiefel, Helm und eine neue Jeans. Ich wusste gar nicht, wie ich mich bedanken sollte, da kam Oma und kaufte noch zwei traditionelle Kleider, mit denen ich eigentlich nichts anfangen konnte. Aber ich fügte mich dem. Im Laufe der Zeit freundete ich mich doch mit Sally an. Die war nett und sah wirklich gut aus. Aus mir wurde ebenfalls im letzten Jahr eine ziemlich toughe junge Frau. Ich trug dann Reiterhosen und Stiefel. Dazu helle Blusen und ich freundete mich mit den Pferden an. Ich hatte das Reiten gelernt und durfte den Haflinger Rimo reiten. Das brachte mir viel Spaß. Sally hatte in dem Jahr auch wirklich kein Techtelmechtel mehr mit Jungs. Aber was machte sie gegen so etwas wie Lust?

Ich meine, ich hatte ja auch schon mal einen Freund und wusste ja, wie es war, wenn man einmal Blut geleckt hatte.

Die Lust blieb eben auf der Strecke. Irgendwann beobachtete ich, wie Sally abends nach dem Reiten im Stall verschwand. Ich vermutete diesen Jungen und schlich mich die Treppe runter. In den neuen Jeans barfuß und nur mit einem BH bekleidet schlich ich an den Stall und schaute um die Ecke …

Dann sah sich sie in mitten der Strohballen. Sie trug die Dressuruniform. Jackett, weiße Bluse, beigefarbene Reiterhose und schwarze Stiefel. Die Gerte hatte sie noch in der Hand und den Helm in der Hand. Die Haare zu einem Pferdeschwanz gebunden lehnte sie sich an die Sattelkammertür und seufzte. Sie war wirklich eine Schönheit. Diese perfekte Figur und diese stahlblauen Augen konnten garantiert so einige Jungen heiß machen.

Plötzlich drehte sie sich um, schob die Gerte zwischen ihre Beine und lehnte sich an die Sattelkammertür. Sie seufzte: „Komm schon, Knalli! Nicht schon wieder!" Ich glaubte, sie war erregt. Dann fing sie an sich zu entblättern. Sie knöpfte das Jackett auf und zog es aus. Dann knöpfte sie die Reiterhose auf. Sie schob sich eine Hand in die enge Hose und schnaufte …

„Hmmm … Das vermisse ich so!", seufzte sie und zog sich weiter aus. Dann setzte sie sich auf die alte Truhe, worauf eine der Pferdedecken der Haflinger lag und knöpfte sich die Bluse aus. Sie stand auf und zog sich die weiße Bluse vom Oberkörper. Die Reiterhose schob sie etwas nach unten und ihren beigefarbenen Slip mit den schwarzen Ornamenten, welcher nur ein Teil ihres hübschen Zweiteilers war, schob sie zur Seite. Man sah ihre blank rasierte Spalte. Die engen Reitstiefel hatte sie ausgezogen. Die Reiterhose rutschte immer weiter nach unten, als sie sich gegen den Bock mit ihrem Dressursattel lehnte. Die dünnen schwarzen Socken sahen nicht annähernd so gut aus, wie ihre schwarzen Reitstiefel. Sie schob ihren Hintern auf den Sattel und ließ die Reithose von ihren schlanken Beinen rutschen. Dann widmete sie sich wieder ihrer intimsten Stelle.

Sie schob zwei Finger zwischen ihre rosafarbenen Lippen und lutschte sie an, bevor sie sie auf ihre Schamlippen legte und sie anschließend langsam in ihre nasse schob. Dabei jauchzte laut auf und schloss die Augen. Dann hörte ich ein Stöhnen …

Sally gab Vollgas und machte es sich im Stall, wo sie keiner hören konnte. Wunderte mich, dass sie keine Angst hatte entdeckt zu werden, aber wahrscheinlich kannte sie die Zeiten, wann keiner im Stall war.

Sie kam und lag anschließend nackt auf der alten Pferdedecke mit weit gespreizten Beinen. Ich war garantiert knallrot, als ich sie beim Sex mit sich selbst beobachtete. Ich rechnete nicht damit, sie noch mal so zu erwischen. Natürlich sprach ich sie nicht direkt darauf an, aber ich fragte sie abends beim Fernsehen, was sie so spät denn noch im Stall machen würde. Oma wurde ganz hellhörig.

„Dummerchen! Ich muss meinen Sattel putzen! Meinst du, ich will, dass der kaputt geht? War schließlich teuer!", konterte Sally und sah mich giftig an. Dann ging sie ins Bett. Ein paar Tage später, ich dachte gar nicht daran, dass sie hätte im Stall sein können, hatte ich den Haflinger wieder auf die Weide gelassen und mein Sattel hing noch auf dem Gatter. Ich schlenderte leise in den Stall und sah um die Ecke. Miss Sally saß in einem weißen Rock und einer geblümten dünnen Bluse auf ihrem Sattel. Ich lehnte mich ganz leise an die Tür der Sattelkammer und sah sie an. Hatte ich mich versehen oder lag ihre Hand auf dem Rock zwischen ihren Beinen, die lässig am Bock runter hingen?

Ich räusperte mich. Erschrocken sah Sally zu mir und sagte: „Ric! Hast du mich erschreckt! Sag mal, spionierst du mir hinter her?" Ich grinste. „Nein, natürlich nicht! Ich war lediglich reiten. Ich weiß ja nicht, was du um diese Zeit im Stall machst!" Ich sagte es mit einem gewissen Unterton, den sie unmöglich überhören konnte. Dann drehte ich mich wieder zur Stallgasse und wollte gehen. „Ich hole dann mal meinen Sattel! Tut mir Leid, wenn ich dich bei etwas gestört habe!", sagte ich.

„Ric! Warte!", rief Sally mir hinter her. Ich stand schon in der Stallgasse, als sie sich an die Sattelkammertür stellte und sich an dem Halfter mit der Kandarre festhielt. Da sah ich erst, dass sie barfuß war. Sie sah mich mich mit einem Engelsblick an und sagte ganz verlegen: „Ich weiß, dass du mich beobachtet hast! Du sagst es doch nicht Oma, oder?"

Ich lächelte und meinte: „Sally! Ich bin vielleicht noch nicht lange hier, aber ich bin ja nicht ganz doof! Natürlich sage ich es nicht Oma, warum auch?" Ich wollte nach draußen, meinen Sattel holen, da rief sie hinter her: „Du bist ein Schatz! Kratzt du mir gleich noch die Hufe aus?" Dabei hob die scherzhaft einen ihrer Unterschenkel nach hinten. Ich lachte. Als ich zurück kam, stand sie immer noch mit dem angewinkelten Bein an der Tür. Ich schob meinen Ledersattel auf einen der Wandböcke und nahm meine Gerte. Dann stellte ich mich hinter sie. Ich hatte meine nagelneuen Klamotten an und auch den Helm noch auf. Meine beigefarbene Reiterhose sah einfach genial aus.

Ich klatschte mit der Gerte vorsichtig an ihren schon leicht angewinkelten Unterschenkel und spielte mit. „Komm! Gib Huf!", sagte ich und Sally zog das Bein nach hinten hoch. Mit der anderen Hand versuchte ich sie um die Hüfte festzuhalten und griff ihren Oberschenkel, damit sie nicht plötzlich zur Seite kippte. Natürlich war die Innenseite ihres Oberschenkels nackt, weil der Rock so weit hoch rutschte. Dann sah ich ihren nackten Po und sagte: „Sally! Du bist ja ganz ungezogen! Du hast ja gar nichts drunter!" Sie trug unter dem Rock keinen Slip.

„Wozu auch? Kann doch sein, dass ich rossig bin! Meinst du ich will mir meine Unterwäsche versauen? Bist du denn nie rossig?", fragte Sally ganz ungeniert. „Natürlich nicht!", sagte ich selbstsicher, aber ich log. Ich war diese engen Hosen und das Reiten auf dem Harten Sattel natürlich nicht gewohnt und klatschte gerade beim Traben oder im Galopp ständig mit meiner Pussy gegen den harten Sattelsteg, was mich seit dem ersten Tag extrem erregte. Da kam es schon mal vor, dass ich ziemlich überhitzt vom Pferd stieg.

„Ich glaube dir kein verdammtes Wort! Nenne mir ein Mädchen, welches von sich behaupten kann, dass es nicht auf die rhythmischen Bewegungen beim Reiten steht!" Dabei schob sie ihre Hand hinter sich zwischen meine Schenkel und fasste auf der Reithose zwischen meine Beine. Sie muss einfach gefühlt haben, dass es total heiß zwischen meinen Beinen war. „Findest du das nicht ein bisschen anstößig?", hauchte ich in ihren Nacken. Darauf hin hob sie ihren Fuß zwischen meine Schenkel und zischte: „Na, gib es schon zu! Du machst es dir auch selbst. Lass mich raten, nachts alleine im Bett, oder? Wenn alle schlafen!"

Ich war baff und versuchte das Thema zu wechseln. „Sollte ich dir nicht noch die Hufe auskratzen?", fragte ich und kniete mich auf ein Bein, um ihren Fuß auf meinem anderen Oberschenkel abzulegen. „Ich weiß nicht!", sagte ich. „Mauke hast du nicht, aber vielleicht brauchst du doch Eisen?", fuhr ich fort. Sally hob ihren Rock ganz auf die Hüften, so dass sich mir ihr nackter Po und ihre nasse Spalte zeigten. „Und? Bin ich rossig?", fragte sie. Mein Blick starrte genau auf ihre nasse Pussy.

„Kann es sein, dass du ausläufst?", fragte ich. „Ist das nicht ein Fall für Dr. Pustel?", scherzte ich weiter. „Um Gottes Willen! Bist du verrückt? Der alte Knacker? Meinst du, ich bin pervers?", sagte Sally empört. Ich streichelte ihren nackten Fuß und setzte einen Kuss auf ihre Zehen. „Okay, hübsche Stute! Dann lassen wir das auch mit den Eisen!" Ich stand wieder auf und ließ ganz langsam ihr Bein runter. Sally drehte sich um: „Hübsche Stute?", fragte sie. Ich grinste. Dann schob sie mich auf ihren Sattelbock und sagte: „Setze dich!" Ich schob meinen Po auf den Sattel und streckte ein Bein aus. „Ich muss aus den Stiefeln raus!", sagte ich und Sally stellte sich mit beiden Beinen über meinen Unterschenkel und half mir, die neuen, noch sehr engen Stiefel von meinen Beinen zu entfernen.

War klar, dass sie ihre nasse Spalte über meine nagelneuen Stiefel schob und dann seufzte: „Weißt du eigentlich, wie geil du in den Klamotten aussiehst?" Dann hatte sie den Stiefel aus und machte selbiges beim zweiten Bein. Ich hatte eine helle Nylonstrumpfhose an. Dann zog ich meine Reitweste aus und öffnete meine Bluse. Sally stand direkt hinter mir, zog mir die Bluse vom Leib und umarmte mich von hinten. Dann schob sie ihren Body an meinen Po und legte ein Bein über meinen Oberschenkel.

Sie hauchte in meinen Nacken: „Du hast so einen richtig süßen Knackpo in Reiterhosen! Zeigst du mir den Rest?" Ich zögerte erst, aber ich hatte sie ja auch fast nackt gesehen. Diese sanften Berührungen machten mich total irre. „Danke!", seufzte ich. Ich strich mit den Fingerspitzen an ihrem nackten Unterschenkel hoch und sagte leise:

„Du hast schöne Beine!" Sally zog meinen Körper an sich ran. Dann küsste sie meinen Hals mit ihren leicht angefeuchteten Lippen. „Was ist?", hauchte sie. „Darf ich den Rest von dir auch sehen?" Mir war ganz warm geworden. „Sally … ich … ich … hab so etwas noch nie gemacht!", stammelte ich. Sally ließ mich los und ich drehte mich verlegen um. Dann ließ Sally ihren Rock und auch die Bluse fallen. Sie war nackt. Sie ging einen Schritt zurück, lehnte sich an die Sattelkammertür und sank an ihr zu Boden, so dass ihre Beine gespreizt auf dem Boden lagen. Dann sah sie zu mir auf und sagte: „Ich habe mir gedacht, ich werde einfach deine beste Freundin. Das ist mir lieber, als nur Sally zu sein! Dazu muss ich dich zu hundert Prozent kennen lernen!"

Zögerlich ließ ich meine Reiterhose fallen und stand da in der Nylonstrumpfhose. „Chic!", schmunzelte Sally und krabbelte zu mir. Sie schob mir noch mal die Hand zwischen die Beine und griff dann in meiner Leiste nach der Nylonstrumpfhose. Dann riss die Strumpfhose und Sally schob meinen weißen Slip beiseite. Ihr Blick fiel auf meine intimste Stelle. „Spinnst du?", motzte ich erschrocken. Sally schob ihren Po zurück an die Tür und ich wollte gerade gehen. Dann hielt sie mich an der Fessel fest. Sie zog meinen Fuß über ihr Bein und setzte meine Zehen auf ihre intimste Stelle. „Beruhige dich wieder. Bekommst eine neue Strumpfhose von mir! Siehst du? Ich habe keine Berührungsängste, aber du!", sagte Sally. „Komm! Setz' dich!", fuhr sie fort. Ich setzte mich vor sie und sah sie bedröppelt an. Irgendwie war sie wirklich, wie ein Engel, mit ihren blonden langen Haaren, die sie spielerisch zu zwei frechen Zöpfen geflochten und mit rosa Haarbändern zusammen gebunden hatte.

Sie schob mein Kinn mit ihrem nackten Fuß nach oben und sagte: „Ich meine es ernst! 100 Prozent sind eben 100 Prozent! Ich biete dir eine ganz intime Freundschaft. Du wirst nie wieder alleine sein!" Verlegen küsste ich ihre Zehen noch mal. „Oder magst du mich gar nicht?", wollte sie wissen. Ich musste mir meine Antwort gut überlegen. „Schon!", flüsterte ich. „Was?", fragte sie nach. „Vielleicht mag ich dich sogar mehr, als ich sollte!", sagte ich und sah in ihre blauen Augen. „Du musst keine Angst haben! Ich werde nicht klammern, okay? Ich will dich einfach nur ganz und innig kennen lernen!" Ich sah sie skeptisch an. „Schau nicht so!", meinte sie. „Und das hat nichts damit zu tun, dass du jetzt keine Jungs mehr magst?", fragte ich nach.

„Findest du nicht auch, dass Mädels hübscher sind als Jungs?", wollte sie wissen. Natürlich musste ich nicken. „Und was ist, wenn ich jetzt einen Jungen treffe?", fragte ich. „Dann nimmst du ihn dir halt! Und wenn es eine Frau ist, meinetwegen auch die! Herrgott mach es doch nicht so kompliziert!", meinte Sally. Dann hörten wir aus dem Gutshaus:

„Ricarda, Sally … Mein lieber Gott, wo steckt ihr denn nur? Pferde, Pferde … Den ganzen Tag nur Pferde … Da könnt ihr doch wenigstens zum Abendessen pünktlich sein!" Sally rollte mit den Augen und wir sagten, wie aus einem Mund: „Oma!" Dann hatten wir behelfsmäßig unsere Klamotten wieder an gezogen. Die hingen natürlich auf halb acht, als wir das Haus betraten. Oma sah uns empört an. „Ihr beiden Frauenzimmer! Seht euch nur an! Zerzauste Haare, die Kleidung auf halb acht! Mädels, das kann ich nicht gut heißen.

Und kommt mir nicht mit der Ausrede, da sei ein Pony ausgebüchst. Das zieht bei mir schon lange nicht mehr! Wie soll euch denn ein Mann in die Arme laufen, wenn ihr nur immer an Pferde denkt! Und jetzt ab mit euch an den Tisch!", regte Oma sich auf. „Mann? Ernsthaft jetzt?", fragte ich Sally. „Sei still!", boxte mir Sally in die Seite. Dann gab es Abendessen. Oma sah mich an und schüttelte mit dem Kopf. „Was ist?", fragte ich Sally. Sally lachte: „Junges Fräulein! Du hast deinen Reithelm noch auf!" Völlig blamiert nah ich den Helm ab und sah die beiden an. Dann mussten wir alle lachen … „Ja … ja!", sagte Oma. „Immer nur Pferde!"

Beim Essen fragte Oma uns, was am nächsten Tag an lag. „Ich werde Henriette ausreiten und Ric hilft mir dann beim putzen. Ist dir doch recht, wenn wir an den neuen Stall gehen?", sagte Sally voller Freude. Oma nickte. Der neue Stall lag weit weg vom Gutshaus, also hinter dem alten Stall. Es hielt sich sonst nie jemand da auf. Um Sally nicht doof da stehen zu lassen, sagte ich: „Ja, ich freue mich schon, die Stute zu sehen!" Henriette, das Vorzeigestück auf dem Imkerhof ... Die Hannoveranerstute gehörte eigentlich Inken, aber die hatte keine Zeit für Pferde. So kam es, dass ihre Tochter Sally sie reiten durfte. Manchmal durfte auch der Bereiter an das Pferd, aber Inken sah es lieber, wenn Sally das Pferd ritt. Sally hatte auch schon Dressurabzeichen mit Henriette erlangt. Diese zeigte sie mir stolz bevor ich mit nach draußen durfte und sah, wie Sally das teure Tier sattelte und mit einem Lächeln zu mir sagte: „Wie sehen später am neuen Stall!?" Ich nickte und wünschte einen guten Ritt. So weit war ich noch nicht ein mal ansatzweise.

Glücklicherweise hatte Oma noch Aufgaben für mich …
Kaninchen füttern … Hühnerstall misten … Ich kam mir
vor, wie Aschenbrödel. Nach getaner Arbeit zog ich
mich zurück zum neuen Stall und wartete auf Sally, die
dann irgendwann stolz hoch zu Ross im Schritt auf den
Stall zu kam. Ich hatte gehofft, dass auch ich mal reiten
durfte und präsentierte mich mit blauer Reithose,
Reitstiefeln und Jacke, sowie Reithelm und Gerte. Sally
stieg vom Pferd und grinste mich an. „Sorry Ric! Aber
Henriette kannst du nicht reiten. Vielleicht machst du
noch einen Ausritt mit Rimo? Oder willst du mir helfen,
Henriette zu striegeln?“, fragte Sally, die an diesem Tag
mit knallengen Jeans Cowboystiefeln bauchfrei mit
hoch geknotetem Hemd und Hut vor mir stand. Sie sah
einfach sexy aus. Ich willigte ein und machte mich an
das Striegeln. Henriette genoss es.

Henriette war ein hübsches Tier. Ich gab ihr etwas von
der Heulage, die neben dem Stall lag. Dann brachte sie
das Pferd in die neue Box, die ich extra frisch
eingestreut hatte. Ich stand an dem Heulageballen
draußen an der Stallwand. Das Wetter war herrlich.
Eigentlich hätte sich ein Ausritt mit Rimo noch gelohnt,
aber als Sally so vor mir stand in ihrer sexy
Westernaufmachung, war ich wankelmütig. Ich lehnte
mich mit dem Rücken gegen die Wand und sah diese
Decke, die Sally in der Hand hatte. Sally legte die
Decke auf dem Heulageballen ab und drückte mich
gegen die Wand. „Ric! Willst du nicht endlich den
lästigen Helm abnhemen?“, fragte sie. Ich öffnete den
Riemen und legte den Helm auf die Decke. Meine
braunen Haare waren mit einem Haarband zusammen
gebunden. Sally strich mir mit der Hand übers Haar und
sagte: „Die neue Reithose steht dir wirklich gut!“

Schon die Situation war eindeutig … Der neue Stall, weit aus der Sicht von den Anderen … Die sexy Aufmachung von Sally …

… und nicht zum Schluss die Tatsache, dass sie sich näherte … Es sah nach allem anderen aus, aber nicht nach einem Ausritt.   Dann strich Sally mit ihren Fingern an meiner Reitjacke herunter und öffnete sie Knopf für Knopf. „Was wird das?", fragte ich. Sally sah mich mit einem zuckersüßen Blick an und sagte: „Was soll das wohl werden? Ich gebe dir einen Tipp ... Wir sind allein … Na? Klingelt es?" Ich sah sie überrascht an. „Was? Hier? Ich meine ...", stammelte ich. „Was denn?", fragte Sally.

„Hast du etwa Angst? Hier ist niemand! Warum sollten wir die kostbare Zeit nicht nutzen, um da weiter zu machen, wo wir neulich aufgehört hatten? Oder willst du es nicht?" Ich sah verlegen auf den Boden. „Doch schon, aber ...", seufzte ich und ließ mich von ihr küssen. Dabei zog Sally meine Reitjacken nach unten, die ich anschließend auszog. Ihre Küsse waren warm und schmeckten nach mehr. Das war nicht so, wie bei den Jungs, die so fordernd ihre Zunge in deinen Hals steckten. Ihre Küsse waren weicher und sehr innig …

Ich traute mich plötzlich Sally zu berühren und so knutschten wir und ich zog den Knoten ihres karierten Hemdes auf. Ich zog ihr das Hemd aus und ließ es zu Boden fallen. Dieses weiße Bustier, welches sie trug ließ erahnen, wie hart ihre Brustwarzen bereits waren. Sie drückten sich durch den dünnen Stoff. Wahrscheinlich hatte Sally nicht nur Henriette, sondern sich selbst auch heiß geritten.

„Du darfst sie ruhig berühren!", zischte Sally und ich zog ihr das Top hoch, um eine ihrer Brustwarzen zu küssen. Irgendwie war es nicht schwer zu erraten, was sie mochte und was nicht. Ich war ja selbst eine Frau und wusste, was sich schön anfühlte. Sally schloss die Augen und genoss dass Küssen ihrer Brust mit einem wohligen Seufzen. Es half nichts, ich musste sie einfach ausziehen. Derweil hatte auch sally sich an meiner Bluse zu schaffen gemacht und zog sie mir aus. Ich drehte ihr den Rücken zu und stützte mich an der Wand ab. Dann öffnete sie mir den BH.

Ich schwöre, ich konnte ihre Blicke auf meinem Arsch spüren. „In der Hose hast wirklich einen knackigen Po und man sieht es auch noch so heftig!", sagte Sally. Als ich mich umdrehte, ging alles, wie von selbst. Wir küssten uns innig. Wir waren uns so nah. Unsere Brüste berührten sich. Ihre warme Haut war so geschmeidig. Sie löste ihre Lippen von meinen und lehnte sich provokant an den Heulageballen. „Was ist? Willst du den Rest auch?", fragte sie keck. Ich kniete vor ihr und machte mich an dem Ledergürtel zu schaffen. Dann öffnete ich die knallenge jeans und versuchte sie runter zu ziehen. Sie lag wirklich eng an Sallys Körper an.

„Die Hose betont wirklich deine tolle Figur!", versuchte ich ihr ein Kompliment zu machen. „Komm schon, Ric! Zieh sie aus! Die ist wirklich eng!", zischte Sally. Die Jeans war endlich bis auf ihre Stiefel gerutscht und ich hatte freie Sicht auf ihre intimste Stelle. Der Slip war gleich mit runter gerutscht. Dann ließ sie sich die Stiefel und die lästigen Hosen ausziehen. Sie stand mit dem Rücken zu mir und fragte: „Und? Rossig oder nicht rossig!"

Ich blickte zwischen ihre Schenkel und sagte: „Ich glaube, du musst wirklich mal bestiegen werden!" Daraufhin lachte sie: „Nein! Bloß nicht! Viel zu gefährlich!"

Dann war ich an der Reihe. Stück für Stück zog Sally mir die Reithose, die Stiefel und den Slip aus. Wir breiteten die Decke aus und Sally setzte sich darauf. Sie lehnte mit dem Rücken an der Stallwand und sah mich an. „Was ist? Bekomme ich einen Kuss?", fragte sie. „Wo hin denn?", antwortete ich mit einer Gegenfrage scherzhaft. „Überall!", knurrte sie. Ich fing an, mit einem Kuss auf ihren süßen Mund. Dann arbeitete ich mich ihren Hals hinunter, setzte ein paar Küsse auf und zwischen ihre Brüste, bis ich spürte, dass sich ihre Schenkel wie von selbst öffneten. Am Bauch war sie kitzlig, aber sie genoss trotzdem meine sanften Küsse. Ich griff mit einer Hand unter ihren Oberschenkel und küsste mich bis zum Schambein vor. „Du weißt gar nicht, wie schön das ist!", schnurrte Sally.

Dann legte ich meine beiden Finger auf ihre Schamlippen und setzte einen Kuss auf das kleine Häutchen über ihrer Scheide. „Aaaah …!", zischte sie leise. Ich kam mit dem Kopf wieder hoch und setzte mich neben sie. Dann spielte ich mit den Fingern an ihrer empfindlichen Scheide. Meine Finger waren sofort nass, obwohl ich gerade mal zwischen ihren Schamlippen steckte. Wir küssten uns und Sallys Atem wurde immer schneller. Sally sah mich an. „Ich weiß, du hast so etwas noch nie gemacht. Aber es schmeckt nicht so schlimm, wie die Jungs das immer behaupten!" Sie kniete sich auf und streckte mir ihren Po entgegen.

„Versuch selbst!", schnaufte sie. Ich zog vorsichtig eine nasse Spur mit meiner Zunge durch ihre nasse Spalte und war überrascht. Es schmeckte ungewöhnlich, aber ich spürte diese Geilheit in ihr und nicht zuletzt auch in mir, als ich anfing, sie zu lecken. „Leg dich auf den Rücken ... Rich!", sagte Sally. Als ich ganz flach auf der Decke lag, kam sie mit ihrem Schoss über meinen Kopf. Dann setzte sie ihre Schamlippen genau vor mein Gesicht und ich fing, wieder an zu lecken. Mein ganzes Gesicht war nass und ich leckte ...

Sally fing an zu stöhnen und genoss es. Dann kam nach einer weile ein mäßig lauter Schrei aus ihrem Mund und sie stieg von meinem Gesicht. Ich setzte mich auf und lehnte mich an den Heulageballen. Ich streckte meine Beine nach oben. Sally sah mich an. „So sieht also ein Mädel aus, dass erregt ist?", fragte sie lachend. Sie setzte einen Kuss auf die Unterseite meines Oberschenkels und sagte: „Komm schon! Leg dein Bein einfach auf meinen Rücken! Du wirst sehen. Es wird dir gefallen!" Langsam spürte ich diese sanften Küsse, die sich meinen Schamlippen näherten. Ich war so aufgeregt, dass ich schon anfing zu stöhnen, bevor sie überhaupt ihre Zunge benutzte.

Dann spürte ich ihren Mund und ihre Zunge. Ich ließ es geschehen und schloss die Augen. Mehr und mehr kippte ich auf die Seite und Sally lag zwischen meinen Beinen. Ich zog das Bein, welches anfangs auf ihrem Rücken lag hoch und gab m ich meinen Gefühlen hin. Dann wurde es fast unerträglich. Ich wusste nicht, ob ich kommen oder mich der Überreizung meiner Klitoris einfach hingeben sollte. Ich drehte mich ganz auf die Seite und senkte mein Bein ganz langsam.

Völlig überreizt drehte ich mich auf den Bauch und schnaufte tief und lang. Die Lust ging wieder und ich setzte mich auf. Sally umarmte mich und gab mir einen Kuss. „Ich habe selten ein Mädel gesehen, dass so erregbar ist! Ric!", sagte Sally. Irgendwann zogen wir uns wieder an und verliessen den Stall Hand in Hand. Das war mein erstes sexuelles Erlebnis mit einer Frau …

Es war ein Leichtes für Sally und mich, ungestört zu sein. Der neue Stall war natürlich am sichersten, aber da gab es auch noch den Heuboden im alten Stall. Es war bestimmt ein ganz besonderes Bild … zwei junge Frauen barfuß in engen Jeans mit knappen weißen Oberteilen …

Ich hatte mich auf einen der Strohballen gesetzt und Sally schaute noch oben aus dem Heuboden, ob die Luft rein war. Sie drehte sich um und grinste. „Von Oma weit und breit keine Spur!", sagte sie und drehte sich zu mir um. Sie setzte sich auf den kleinen Holztritt vor der Heubodenluke und sah mich an. Sally beugte sich zu mir rüber und griff mir in mein Oberteil vorne und sagte: „Wenn man uns so sehen könnte!"

Dann fasste sie meine rechte Brust an und gab mir einen Kuss. Wir züngelten. Dieses leichte Zwirbeln an meiner Brustwarze machte mich schier irre. Und dann diese sanften Küsse. „Und was ist, wenn uns hier oben jemand erwischt?", fragte ich zwischen den Küssen. Dabei schob sie ihren nackten Fuß zwischen meine Beine. Ich sprang auf und kniete mich auf den Ballen. Dann beugte ich mich zu ihr rüber und küsste sie. Ich fuhr mit der Hand innen über ihren Oberschenkel.

„Wieso? Ric? Hast du etwa Angst?", fragte Sally und erwiderte den Kuss. Ich setzte mich in den Halbschneidersitz und machte mich an ihrem Top zu schaffen. Schnell hingen ihre Träger an den Oberarmen hinunter und ihre Brust war entblößt. Sally seufzte: „Das ist meine Ric! Zu jeder Schandtat bereit!" Dabei hatte ich gerade mal angefangen ihre Brüste zu küssen. Sally ließ es sich nicht nehmen und öffnete die Knöpfe ihrer Jeans, um zwei Finger in die Hose unter den Slip zu schieben. Ihre Nippel waren hart, als sich meine Lippen von den kleinen Knospen lösten.

Sally stand auf und beugte sich zum Fenster. „Komm schon! Zieh sie mir aus! Ich schaue nach draußen, ob keiner kommt!" Wer sollte da auch kommen? Oh Gott, ich hatte es vergessen. Natürlich würde irgendwann Heiner, der alte Stallmeister und Hufschmied kommen, um zu sehen, ob wir die Heuballen aufgestapelt hatten. Langsam zog ich ihr Jeans und Slip über ihren nackten Po, um einen Kuss auf den süßen Po zu setzen. „Befrei mich!", zischte Sally.

Ich zog die Hosen ganz nach unten und setzte mich wieder. Dann machte Sally sich an meinem Reißverschluss zu schaffen und öffnete meine Jeans, um ihre Hand diesmal in meinen Slip zu schieben. Sie hatte mich sofort zu packen und spielte mit ihren Fingern in meinem Schlitz. Ich war sofort erregt. Dann küsste sie meine Brust und leckte meine Brustwarzen. Ich legte eine Hand auf ihren Kopf und seufzte: „Oaaah ... Ist das schööööön!" Sie hatte mich so gereizt, dass ich aufsprang und mich neben sie kniete, um sie zu küssen. „Wie sitzt es sich auf dem Heuballen?", fragte Sally.

Ich bot ihr den Platz an und hatte Chance, ihre Jeans und den Slip ganz zu entfernen. Dann küsste ich Sally und schob meine Finger zwischen ihre weit gespreizten Beine. „Was ist denn das?", fragte ich und grinste sie an. Sally grinste: „Das ist der Aperitiv zu deinem Abendessen! Willst du mal kosten?" Ich ließ mir das nicht zweimal sagen und schob meinen Kopf zwischen ihre Beine, um sie zu lecken. Erst zog ich meine Zunge durch ihre Schamlippen. Dann drückte ich meine Zunge weiter nach oben auf ihren Kitzler. Dabei sank Sally jauchzend auf den Rücken und ließ sich von mir ausgiebig lecken. Ich kniete immer noch mit halb herunter gelassenen Hosen. Dann kam sie plötzlich hoch und ich stand auf. Sie zog meine Hose noch weiter nach unten und begutachtete meinen Po. „Der sieht ohne Reithosen genauso knackig aus!", sagte Sally und griff mir in die Pobacken. Ich kippte zur Seite und konnte mich gerade noch mit den Armen am Holztritt abstützen.

Ich lehnte mich darauf und streckte ihr meinen Po entgegen. Dann revanchierte sie sich mit einer sanften Liebkosung an meiner intimsten Stelle und meinte: „Willst du meine Zunge spüren?" Was sollte ich da antworten. „Jaaa …!", hauchte ich und spürte plötzlich, wie sich ihre Zunge tief zwischen meine Schamlippen schob. Das machte sie ein paar Male, bevor sie zwei Finger nahm und damit die Zunge ablöste.Ich stöhnte auf. Sie machte es mir mit den Fingern und ich ließ es geschehen. „Ist besser, als der Pimmel von einem Jungen, oder?", fragte sie. Ich atmete tief und laut. Dann griff sie mit einer Hand in meinen Pferdeschwanz und schob ihre Finger tiefer. „Komm schon! Ric! Lass es raus!", feuerte sie mich an. Ich war auf vollen Touren.

Dann erwischte sie diesen empfindlichen Punkt. Ich schrei auf. „Jaa … so ist es fein!", motivierte mich Sally weiter und hörte nicht auf, mich zu Fingern. Dann zog sie mir die Hose aus und ich drehte mich um. Sally saß vor mir auf dem Boden und leckte mich weiter. Ich hatte ein Bein auf den Heuballen gehoben und gab mich ihrer Zunge hin. Plötzlich kam ich. Mit weit aufgerissenem Mund stand ich fast über ihr und zog ihren Kopf fest an mich heran. Ich hatte fast gedacht, es würde uns verraten, wenn ich laut schreien würde. Aber es kam kein Schrei. Es kamen hektische leise Stöhnlaute aus meinem Mund. Mein ganzer Unterleib zitterte und Sally ließ von mir ab. Sie sah zu mir auf und lachte. „Wenn da mal nicht gerade jemand ziemlich heftig gekommen ist …" Sally kam hoch und ich setzte mich auf den Holztritt.

„Los, zieh dich ganz aus!", forderte Sally mich auf. Ich zog mir das Top, welches nur noch um meine Hüfte lag aus und warf es in das Heu. Sally kniete auf dem Heuballen und holte sich Küsse von mir ab. Mein Unterleib zitterte immer noch. Es war, als würde diese Lust nicht aufhören. „Lehne dich zurück!", meinte Sally. Dann hatte ich ihre Lippen wieder an meinen Schamlippen. „Wie sollten gehen!", sagte ich noch etwas schnellatmig. Dann überkam es mich ein zweites Mal.

Ich spürte Sallys Zunge und stöhnte stoßartig. Dann sprang ich auf und Sally baute sich vor mir auf. Sie nahm mich in die Arme. Sie küsste mich. Wir umarmten uns. „Leg dich auf den Ballen! Genieße es, so lange es dauert!", meinte Sally. Völlig aufgedreht legte ich mich auf den Ballen.

Sie legte sich auf mich und gab mir Küsse auf den Mund. Dann hob sich ihr Body. Sie griff mir zwischen die Beine und spielte an meinem Kitzler. „Sally … Bitte!", stammelte ich und konnte nichts tun. Sie leckte mich und fickte mich mit ihrem Finger.

Mein Stöhnen wurde immer lauter. Dann hob ich ein Bein. Meine Liebesmuschel glühte. Irgendwann überkam mich ein Glücksgefühl und ich war überwältigt von dem Sex. Absolut geschafft legte ich meine Beine wieder runter. Sally lag wieder auf mir und spielte mit den Fingern in meinem Haar. Sie sah mir in die Augen. „Und? Wie war es?" Ich konnte gar nichts sagen. Zwei Tränen liefen mir über die Wangen. Dieser Orgasmus hatte mich so gepackt, dass Tränen aus meinen Augen liefen. Sie wischte mir die Tränen von den Wangen und sagte: „Ist schon gut! Genieße einfach diesen Moment!"

Leider wurde dieser schöne Moment von jemanden gestört. Heiner war im Anmarsch. Sally schaute aus dem Fenster und meinte: „Ric! Zieh dich an! Wir müssen los!" Schnell stapelten wir noch ein paar Ballen aufeinander. Sally sah mich an. „Wenn dich jemand fragt, du hast Heu in die Nase bekommen!" Natürlich Heuschnupfen und auf einem Hof wohnen.

Das passte ja zusammen. Das Leben war eben kein Ponyhof …

Ständig nass

Alles fing eigentlich an mit einem normalen Springseil mit denn dünnen Griffen, die am Ende etwas verdickt waren. Ich war in der Schule immer die etwas pummelige Jenny mit den dicken Brüsten und den braunen Haaren. Bis zu meinem 18. Geburtstag hatte ich noch nicht einmal einen Freund. Ich weiß nicht, ob es an meiner Figur lag oder an den Jungs, die sich nicht trauten. Meine beste Freundin war natürlich etwas schlanker und fand schon früher einen Freund als ich. Sexuell gesehen war ich bereit für alles.

Ich hatte schon früh gelernt, mich effektiv und auf verschiedene Arten schnell zu befriedigen. Trotz meiner Körbchengröße D war ich ziemlich stolz auf meine Brüste und nachdem ich sie klamottentechnisch auch nicht mehr versteckte, hatte ich meinen ersten Freund kennengelernt. Mich körperlich zu betätigen war zwar richtig, änderte an meiner kräftigen Figur aber wenig. Ich war einfach so gebaut. Ich hatte im Haus meiner Eltern die Einliegerwohnung im ersten Stock bekommen. Meine Eltern waren beide Berufstätig und ich machte eine Lehre als Medienkauffrau beim hiesigen Radiosender. Beim Fithalten in den eigenen vier Wänden kam es schon mal vor, dass ich mein Nylonspringseil herausholte und barfuß in der Wohnung Springseil sprang, wenn meine Eltern nicht da waren. Oft trug ich nur Hotpants und ein enges Oberteil. Auf einen BH verzichtete ich zu Hause komplett.
Den trug ich allenfalls, wenn ich raus ging. Allerdings wollte mein Freund an dem Tag noch vorbei kommen. Sex hatten wir bis dahin noch nicht. An dem Tag hätte es gut passieren können.

Ich hatte meine 60 Sprintsprünge in kürzester Zeit geschafft und stand mit einem Fuß auf dem Seil. Dann posierte ich vor dem Spiegel seitlich und sah mich genau an. Meine Beine waren kräftig aber nicht dick. Eigentlich stimmte alles an mir. Meine Haare hatte ich zu zwei Zöpfen geflochten und ich lächelte in den Spiegel. Ich ließ das Seil unter dem nackten Fuß heraus flutschen und es prallte an meine Brüste. Plötzlich spürte ich diesen leichten Schlag, der mich total anmachte. Ich hielt die beiden Griffe in einer Hand und griff mir das Seil, welches jetzt nur noch halb so lang war. Ich zog es stramm, so das es fest unter meiner Brust lag. Dann spürte ich, dass ich total erregt war. Vielleicht kam es durch das Auf- und Abwippen meiner Brüste beim Springseil springen …

Ich zog die dünnen Träger meines Oberteils von den Schultern und befreite meine großen Brüste aus dem engen Shirt, welches nun stramm unter der Brust lag. Ich nahm das Springseil in die Hände und sprang noch zwanzig mal. Dabei beobachtete ich im Spiegel, wie meine Brüste wild nach oben flogen und wieder runter fielen. Das gefiel mir. Dann kürzte ich das seil wieder auf die Hälfte und zog es unter der Brust stramm. Ich hatte nicht gewusst, dass mich so etwas total anmachte. Dann wickelte ich das eine Ende um meine Brust und schnürte sie leicht ein. Das erregte mich ziemlich heftig. Das gleiche machte ich mit der anderen Brust und sah in den Spiegel. Schnell atmend zog ich kurz an dem Seil und sah in den Spiegel. Das hatte schon etwas von Bondage. Ich befreite meine Brüste wieder und zog mein Oberteil aus. Dann fuhr ich mit den Plastikgriffen über meine Haut zwischen meinen Brüsten entlang.

Das machte mich nur noch wuschiger. Ich fasste meine Brüste an. Die waren so dermaßen empfindlich. Ich hatte mich an einem Springseil aufgegeilt?! Mit dem Springseil in der Hand zog ich meine Hotpants samt Slip aus und posierte wieder vor dem Spiegel. Ich trat mit einem Bein über das Springseil und zog es mit den Händen an meinem Körper hoch. Das Nylonseil schob sich zwischen meine Beine und legte sich genau zwischen meine Schamlippen. So verweilte ich mit strammen Griff, merkte aber, dass ich mehr wollte. Meine Schamlippen waren nass. Ich sank zu Boden, legte mich auf die Seite und zog das ganze Seil durch meine Schamlippen nach vorne heraus. Ich spielte mit den Griffen und spreizte meine Beine. Ich streichelte mich mit dem einen Griff, während ich den anderen an meinen Lippen hatte. Ganz allmählich und zielsicher schob ich den dünnen Griff mit der Verdickung am Griffende über mein Schambein und spielte damit an meinen Schamlippen.

Der war sofort nass und verschwand zwischen meinen Schamlippen mit etwas Druck führte ich das dickere Ende langsam in meinen Scheidenmuskel ein. Das machte mich so heiß, dass ich am anderen Griff lutschte und den Griff an meiner Lusthöhle langsam aber immer tiefer ein. Ein leichtes Stöhnen entwich meinen Lippen. Den Griff an meinen Lippen hatte ich nun ganz im Mund. So stellte ich mir vor, dass ich meinem Freund einen blies. Ich machte es mir mit dem anderen Griff in meiner Scheide mit langsamen Stößen. In dem Moment wurde mir klar, dass ich Sex wollte. Ich freute mich so auf meinen Freund, dass ich gar nicht darum herum kam, es mir selbst zu machen. Und da musste das Springseil eben her halten.

Ich setzte mich auf und hielt den Griff mit meinen Zähnen, während ich den anderen immer wieder und immer schneller in mich hinein stieß. Meine Beine waren weit spreizt und ich konnte mich im Spiegel gegenüber dabei beobachten. Dann gab es einen Lustschub und ich ließ den einen Griff aus meinen Zähnen frei, der fiel auf meinen Oberschenkel. Den anderen drückte ich tief in mich hinein und verweilte. Ich stöhnte meine Lust hinaus und hatte einen ziemlich geilen Orgasmus. Dieses mal war es aber anders. Wenn ich mir es selbst machte, kam ich und es war erledigt. Nicht an dem Tag. Ich zog den Griff ganz langsam aus meiner Scheide und spürte, dass ich nicht ganz fertig war.   Plötzlich klingelte es an der Haustür.

Schnell zog ich Hotpants und Shirt wieder an, ließ das Springseil verschwinden und ließ meinen Freund Kevin rein. Nur hatte ich vergessen, den Slip wieder anzuziehen. Deshalb scheuerte die Hotpants etwas im Schritt. Ich führte Kevin durchs Haus und landete mit ihm in meiner kleinen Wohnung. Ich denke, er glotzte mir die ganze Zeit auf meinen wohl geformten Po, während wir die Treppe zu mir hoch gingen. Kevin stand mitten im Raum und ich stützte mich an der Anrichte ab. Ich sah ihn an und drückte meinen Po nach hinten. Er schaute wirklich darauf und ich fragte ihn: „Gefällt er dir?"

„Und wie! Du ist total sexy! Ich wusste gar nicht, dass du auch Hotpants trägst!", sagte Kevin und kam auf mich zu, als ich mich gerade mit meinem Allerwertesten auf die graue Sofalehne meines Zweiers setzte. Er kam zu mir, sah zu mir herab und sagte:

138

„Ich habe noch gar keinen Kuss bekommen!" Dann kniete er sich vor mir hin und wir begannen zu knutschen. Natürlich wusste er nicht, dass ich auch Hotpants trug, die hatte ich draußen ja fast nie an. Und schon gar nicht wusste er, dass ich weder BH, noch Slip an hatte. Diese wilden Zungenküsse von ihm ließen das Feuer in mir wieder auflodern. Anfangs traute er sich nicht, aber durch das in den Armnehmen, strich er immer wieder mit seinen Händen an meiner Brust entlang. Irgendwie merkte er dann doch ziemlich schnell, dass ich keinen BH trug und dass meine Nippel total hart waren. Etwas unbeholfen zog er die Träger meines Oberteils runter und setzte ein paar Küsse auf meine Brust. Da war es um mich geschehen. Das Kneifen im Schritt und die harten Nippel zeigten mir doch ziemlich deutlich, dass ich mehr Sex wollte …

Als er anfing an meinen Brustwarzen zu knabbern, zog ich bereitwillig mein Oberteil aus und ließ es mir gefallen. Spätestens in dem Moment war mir klar, dass auch er schön völlig erregt war. Da hatte er mir mal richtig schön die Nippel hart geleckt. Irgendwie seltsam, aber ich glaube er mochte es, etwas mir in den Händen zu halten. Plötzlich griff er sich in den Schritt und richtete seinen Penis, der gerade dabei war sich aufzurichten. Schön, dass es meinem Freund nicht anders erging als mir. Er stand vor mir und nun sah ich in seiner braunen Freizeithose, was dort passierte. Sein Körper baute ein Zelt auf, dass sich nun nach vorne ausbeulte. Ich hatte immer noch dieses Kneifen im Slip und kniete mich aufs Sofa, um mich mit den Armen an der Lehne abzustützen. Dann klatschte er mir mit der Hand auf den Po. „Aua!", sagte ich scherzhaft.

„Da ist jetzt bestimmt ein blauer Fleck!", schob ich hinterher. Dann strich er mit den Fingern über meinen Po. „Ich sehe nichts!", sagte Kevin grinsend. „Nicht da! Auf der nackten Haut! Sieh doch mal richtig hin!", antwortete ich und öffnete vorne meine Knöpfe an den Pants. Ganz vorsichtig zog er meine Pants nach unten und setzte einen Kuss auf meinen Po. „Nein wirklich! Da ist nichts!", versicherte er mir.

Ich drehte mich um und lehnte mich zurück an die Lehne. Das rechte Bein stand auf dem Boden, das andere hob ich aufs Sofa und stellte es angewinkelt ab, so dass er mir direkt zwischen die Beine sah. Da wurde ihm klar, was ich wollte. „Bist du sicher?", fragte er. „Du nicht?", sah ich ihn mit einem fragendem Blick auf seine Beule in der Hose an. Dann setzte ich alles auf eine Karte und fragte ihn: „Hast du Lust mich zu lecken?" Das ließ er sich nicht zwei mal sagen. Ziemlich schnell kniete er zwischen meinen Beinen und zog seine warme Zunge durch meine nasse Furche, die immer noch so heiß war nachdem mein Freund, das Springseil sie auf Touren gebracht hatte. Das war unheimlich schön, denn er leckte mich richtig intensiv. Ich konnte genau spüren, wie sich seine Zunge immer wieder in meine Spalte schob. Als er meinen Kitzler erwischte, drückte ich meine Brüste zusammen und spannte meinen Beckenmuskel an. Ich riss den Mund auf und stöhnte es heraus. Dann stand er auf und sah mich an. „Willst du mit mir schlafen?", fragte er höflich. Angst hatte ich keine, denn mein Jungfernhäutchen hatte ich wohl schon irgendwann beim Wichsen eingerissen und spätestens nach dem Springseil war ich wohl keine Jungfrau mehr …

„Dazu müsstest du dich aber ausziehen!", sagte ich zu Kevin, der da lässig mit seinen kurzen braunen Haaren in Freizeithose, grünem T-Shirt und Converseschuhen stand. Stück für Stück entkleidete sich mein Freund und ließ mich dabei zugucken. Dann stand er mit einem Steifen vor mir und setzte sich anschließend an die andere Sofalehne des Zweiers. Ich krabbelte zu ihm und nahm sein bestes Stück in die Hand. Dann sah ich zu ihm auf. Ich leckte mit der Zunge an seiner Eichel und krabbelte vom Sofa, bis sich vor ihm kniete. Dann leckte ich seinen Steifen ab. „Hmmm!", stöhnte er. „Das machst du doch nicht zum ersten Mal, oder?", knurrte er. Nein, ich machte das nicht zum ersten Mal. Wenn er gewusst hätte, womit ich es schon getrieben hatte … einer Banane, einer Gurke und nicht zuletzt einem Springseil. Alle diese Dinge hatte ich zuvor tief im Mund und lutschte sie nass. Da war das mit seinem Schwanz wohl nichts anderes …

Dann hatte ich ihn im Mund. Also klein war der nicht gerade. Plötzlich spürte ich seine Hand an meinem Hinterkopf. Dann drückte er meinen Mund ganz auf seinen Schwanz, bis der tief in meinem Hals saß. Kevin schnaufte heftig und ich zog meinen Mund zurück. „Du willst doch wohl nicht schon kommen!", sah ich ihn an. Kevin setzte sich und ich kam mit dem Rücken zu ihm auf seinen Schoss. Dann setzte ich mich auf seinen harten, der sich ganz langsam in meine Scheide drückte. Ich riss den Mund auf und hechelte. Dann saß ganz auf ihm und zog die Beine hoch. Kevin packte von hinten an meine Brüste und küsste meinen Hals. „Das ist heftig schön!", stöhnte er in mein Ohr.

Es war mir, als würde er jeden Augenblick in mir explodieren. Ich stieg von ihm und kniete mich neben ihm hin. Dann beugte ich mich auf die Lehne und Kevin kam von hinten an meinen Po. Ziemlich direkt steuerte er meine Schamlippen an und versenkte seine Erektion in mir. Da schrie ich das erste Mal auf vor Lust. Dann fing er an mich mit fiesen schnellen Stößen zu ficken.

Das war unbeschreiblich. Ich hatte immer gedacht, das mein erstes Mal ganz unspektakulär in der Missionarsstellung sein würde. Da hatte ich mich wohl getäuscht. Plötzlich zog er ihn heraus und kam herum an meine Sofalehne. Er hielt mir seinen Schwanz vor den Mund und fragte mich ganz lieb: „Machst du das von eben noch mal?" Ich sah hinauf und grinste ihn an. „Was meinst du? Dir einen blasen?" Ich leckte nochmal an seinem harten und ließ ihn dann in meinem Mund verschwinden. Mit der anderen Hand griff ich an meinen Po und zog die Pobacke von der anderen weg. Er bemerkte es und fragte: „Du willst es, oder?" Ich entließ seinen Harten aus meinem Mund und nickte.

Dann drehte ich mich um und legte mich aufs Sofa. Die Beine streckte ich nach oben. Kevin zog mich zu sich auf die Sofalehne und drang in mich ein. Als er ganz in mir war, setzte ich meine Füße auf seine Brust und ließ ihn zustoßen. Ziemlich schnell fickte er mich zu Orgasmus und ließ es mich richtig auskosten. Mein ganzer Körper zitterte. Die Lust durchzog meinen Körper. Wie Wellen ließ mir der Orgasmus zitternd atmen.

Und immer wieder stieß ich ein stotterndes „Aaaa … haaa … aaa" aus meinem Mund, während Kevin sich nur noch langsam bewegte und seinen harten soweit zurück zog, dass nur noch seine Eichel in mir steckte. Mein Körper beruhigte sich. Dann fing Kevin hektisch an, zu atmen. Seine Eichel flutschte aus meiner Lusthöhle und er nahm sein bestes Stück in die Hand. Seine Eichel war so prall, dass ich deutlich sehen konnte, wie sich seine Harnröhre leicht öffnete und einen weißen Schwall quer über meinen ganzen Bauch verteilte. Kevin wischte schnaufend seine triefende Eichel an meinem Kitzler ab und sah mich völlig geschafft an. Bei dem ganzen Sex, fiel ihm plötzlich ein, dass er nur auf einen Sprung da war und zum Handballtraining musste …

Schnell zog er sich an, küsste mich und war auch schon verschwunden …

Ich saß mit meinem Tablet im Schlafzimmer am Nachttisch. Seit dem Tag mit dem Springseil trug ich zu hause fast nur noch Hotpants und keinen Slip. Zudem lief ich auch ständig barfuß. Das halb nackte Gefühl machte mich einfach an. Ich hatte obenherum nur eine Bluse mit Druckknöpfen an, darüber aber Lederhosenträger, die über meine Brust gespannt waren. Dazu hatte mich das Springseil animiert. Mit einer Schale frischen Erdbeeren und einem Glas eiskalten Trinkjoghurt fing ich an mit meiner besten Freundin Mona zu chatten. Ich hatte die Kamera an und schrieb ihr von meinem ersten Mal mit Kevin. Irgendwie schien sie das total zu erregen.

„Lass uns neben skypen!", schlug sie vor. Das war eine tolle Idee, so musste ich wenigstens nicht tippen. Skype lief und ich lehnte mich zurück. „Warum macht dich das eigentlich so scharf?", fragte ich sie. „Ist halt interessant! Wie hast du geklungen, als du kamst?", fragte sie. Ich sah in die Kamera und machte mir einen Spaß. Ich lehnte mich zurück, fasste mir an die Brust und schloss die Augen. Dann stieß ich einen irre lauten Schrei aus. „Krass!", sagte Mona und wackelte in der Kamera hin und her?

„Was machst du?", fragte ich.

„Ich könnte es mir glatt selbst machen! Ich mache es mir schon mal gemütlich!", lachte sie und dann hörte das Bild auf zu wackeln. „Das machst du sowieso nicht!", sagte ich und sah ins Bild. Sie schien sich die Hand in die Jeans zu stecken. Sie seufzte leise und zog die Finger aus der Hose, hielt sie in die Kamera und sagte: „Siehst du? Ich bin total nass!" Ich lächelte. Das erinnerte mich ein bisschen an das eine mal, als ich meinen Massagestab mit dem runden Kopf ausprobieren wollte und nebenbei mit Mona übers Handy auf laut telefonierte. Das Handy lag auf dem Tisch und ich erzählte ihr, dass ich mich gerade ausziehen würde. Mona machte das ziemlich an und sie dachte ich spinne. Natürlich zog ich dabei meine pinkfarbene Bluse und meinen BH aus. Ich erzählte ihr, dass ich selbst meine Titten lecken konnte und machte das auch. Nur musste ich meinen Kopf nach vorne ziemlich strecken und meine üppigen Brüste nach oben schieben, um mit der Zunge an meine Brustwarzen zu kommen.

Ich hatte einen ziemlich durchsichtigen Slip an und massierte auf dem meinen Kitzler. Ich beschrieb meiner besten Freundin alles. Mona hörte gespannt zu. Als ich meinen Kitzler massierte, überkam mich die Lust und ich stöhnte. Mona feuerte mich an und fragte, wo denn mein Massagestab sei. Ich griff mir meinen Stab und schaltete ihn ein. Dann schob ich ihn mir zwischen meine Beine, die noch gespreizt auf dem Sofa lagen. Man hörte ein Summen und mein Stöhnen. „Ist er das?", fragte Mona. „Oh ja …. jaaa … Hmmm …. jaaaa …!", stöhnte ich wohlig weiter.

Dann stellte ich meine Beine auf und drückte meinen Po hoch. Mit ziemlichem Druck hielt ich den vibrierenden Stab auf meinen Kitzler und ließ es raus. Stoßweise kam ich zum Orgasmus und man hörte es an meiner Stimme. Zwischenzeitlich wollte ich Mona auf die Frage antworten, wie es sich anfühlte. Ich stöhnte: „Es ist … ahhh …. Mona …. aaahhh … jaaa!" Und dann kam ich und schrie ihren namen: „Moooonnnnnaaaaaa …..!" Ich war gekommen und schaltete den Stab aus. „Süße?", hörte ich Mona noch antworten. Fast weggetreten von dem Lustschwall seufzte ich: „Jaaa … entschuldige … ich bin hier!" Ich nahm das Telefon in die Hand und seufzte hinein: „Das war schööööön!"
Mona räusperte sich und sagte: „Ja … ich habe es gehört! Das müssen wir dringend mal zu zweit machen ..."

So war das damals …

Ich war ja immer noch am Skypen mit Mona.

„Jenny! Er liebt doch voll deine dicken Titten, oder?", wollte sie wissen. Ich fasste mir noch mal an die Brust und streichelte meine Brüste über der Bluse. „Oh jaaaa!", versicherte ich es ihr. „Na ja … Hauptsache er findet dein Massagegerät nicht so schnell!", lachte Mona. „Ähem!", räusperte ich mich und nahm mir eine Erdbeere, leckte daran und biss dann hinein. „Das musst du mir erzählen!", drängelte sie. „Was ist du denn da?", wollte sie wissen. Eigentlich hatte ich gar keine Lust es ihr zu erzählen. Es war mir selbst schon ein bisschen peinlich.

„Komm schon, zieh dich aus … Mach dich locker und erzähle es mir. Ich ziehe mich auch aus … Siehst du?", bettelte sie und lag splitternackt auf dem Bett. „Zeig mir wenigstens deine Mollies!", flehte sie mich an. Ganz vorsichtig knöpfte ich die Bluse von oben nach unten auf und knetete meine Brüste. Ich trug natürlich nichts drunter. Halb aufgeknöpft nahm ich das eiskalte Glas und schob meine Zunge in den Trinkjoghurt. Dann nippte ich daran. „Ihhhh … was trinkst du denn da? Das sieht ja aus wie Sperma!", lachte Mona. „Vielleicht ist es das ja auch!", scherzte ich und entblätterte meinen Oberkörper. Mona versicherte mir, dass sie ganz kribbelig sei. Ich spielte das Spiel weiter und stand auf. Dann zog ich die Hotpants aus und setzte mich wieder. Ich war deutlich in Skype zu sehen. Auch Mona fasste sich an ihren Brüsten an und sah mir zu, wie ich einen kräftigen Schluck nahm und es aus meinen Mundwinkeln lief und der Joghurt zwischen meinen Brüsten landete. Ich nahm eine Erdbeere und verwischte damit den Trinkjoghurt auf meiner Brust.

146

Dann leckte ich den Joghurt von der Erdbeerspitze und aß anschließend das kleine Früchtchen. „Naaaa … willst du auch eine versautes Früchtchen mit Sperma?", fragte ich und schob die Finger zwischen meine geschlossenen Beine. „Das sieht aus, als hätte er dir auf die Brust gespritzt!", sagte Mona. „Hat er ja auch!", konterte ich und schloss die Augen. Dann fing ich an zu erzählen, wie das mit dem Massagestab war …

Es war mein neunzehnter Geburtstag, zwei Tage vor meiner Party. Kevin kam vorbei und schenkte mir eine Rose und ein selbst geschriebenes Gedicht. Das war total süß von ihm. Ich hatte mich in Schale geworfen. Hotpants, schwarzes Shirt mit weißer Aufschrift, schwarzer BH und orangefarbene Basketballschuhe. Wir saßen auf dem Sofa und Kevin gab mir einen Kuss auf die Wange, nachdem er mir das wunderschöne Gedicht vorgelesen hatte. Dann küsste er sich an meinem Hals hoch und wir fingen an zu knutschen. Schnell hatte ich meine Beine aufs Sofa über seine gelegt und ließ mich küssen und ausziehen. Lieb, wie immer küsste er meine Brüste. Er trug helle Boxershorts und ein weißes Hemd. Schnell hatte er mich entblättert und legte sich mit dem Kopf zwischen meine Beine. Als würde er nicht genug bekommen leckte er mich richtig nass. Ich wäre da schon fast gekommen und plötzlich summte es unter uns. Kevin griff in die Sofaritze und zog den Massagestab heraus, der gerade angesprungen war. Er hielt ihn mir vor die Nase und sagte: „Und den brauchst du?" Ich krabbelte vom Sofa und wollte flüchten. Mit den Händen stützte ich mich auf dem kleinen Tisch ab und beugte mich von ihm weg. „Das ist kein Vibrator, nur ein Massagestab!", sagte ich.

Doch plötzlich spürte ich, wie er mich von hinten zwischen den Beinen weiter küsste. Ich beließ es dabei und drehte mich um. Dann hatte Kevin sich ausgezogen und lag auf dem Sofa. Ich beugte mich über seinen Schoss und blies ihm einen. Das fand er so schön. Nebenbei griff ich den Massagestab und entließ seinen Schwanz aus meinem Mund, als er so richtig schön abschaltete und meine Lippen genoss. Ich drehte mich wieder auf den Tisch und wollte den Massagestab weglegen, der plötzlich wieder anging. Dann spürte ich, wie Kevin hinter mir kniete und plötzlich in mich eindrang. Er schob ihn ganz in mich rein und seufzte:

„Ich liebe dich!" Mit dem summenden Stab in der rechten Hand kniete ich auf dem kleinen Tisch und plötzlich zog Kevin mich mit aufs Sofa. Ich bekam den Stab gar nicht so schnell aus. Das Ding summte und summte und ich lag vor ihm seitlich auf dem Sofa, während er tief in mir steckte. Ich drehte mein linkes Bein nach hinten weg, so dass ich fast auf ihm saß und setzte den Massagekopf an mein Schambein. Das kräftige Brummen massierte meinen Kitzler. Dann schob ich den Stab weiter runter und massierte das Stück von seinem Schaft, das nicht in mir war. Sanft stieß er zu und stöhnte vor sich hin. Ich schob mich ganz auf Kevin rauf, der unter mir stöhnte. Mit den Füßen stützte ich mich am kleinen Tisch und auf dem Sofa ab.

Die Schuhe hatte ich anbehalten. Da waren nur die Schnürbänder auf. Mit dem Massagekopf massierte ich abwechselnd seinen Schaft und meinen Kitzler. Ich schob ihn hoch und runter, bis sich letztendlich auf meinem Kitzler halt machte.

Dann kam ich lau schreiend und stieg von ihm. Zeit den Massagestab auszumachen. Ich kniete mich vor Kevin, der gerade aufgestanden war und sah auf sein bestes Stück. Kevin spritzte mir sein Sperma auf meine Titten und meinte später, dass es ein wunderschönes Erlebnis war. Damit war die Sache mit dem Massagestab aus der Welt fürs Erste. Mona war total aufgegeilt und fummelte an sich herum. Dann spreizte auch ich meine Beine und massierte meinen Kitzler.

Ich schloss die Augen und machte es mir, während sie mir zusehen konnte. „Ich fasse es nicht! Du machst es wirklich … wie geil. Ich hab dich voll lieb!", seufzte Mona und wurde Zeuge, wie ich ausgiebig kam. Ich hob ein Bein auf die Anrichte und gab mir den Rest.

Ich legte den Kopf ganz zurück und stöhnte laut und lang anhaltend meine Lust raus, bis sich auch von Mona ein leises Stöhnen hörte. Sie lag breitbeinig auf ihrem Bett und nun konnte ich zusehen. Ich schob meinen Finger in mich hinein und schloss die Beine. Dann sah ich ihr weiter zu. Fast zehn Minuten gab Mona Vollgas, bis sie alle Viere von sich streckte und mit einem Schlafzimmerblick in die Kamera sah. „Ich hab dich lieb, Jenny!", seufzte sie. „Ich hab dich auch lieb!", verabschiedete ich mich von Mona und beendete Skype …

Die Liebe einer Mutter

Es liegt schon viele Jahre zurück. Kaum hatte sich der Wirbel um Rene gelegt, stolperte ich ein neues Abenteuer, ohne dass ich es wusste, was um mich geschehen würde. Ich war an einem Wochenende im Sommer bei meiner Freundin Sonja eingeladen, bei ihr zu übernachten. Sonja wohnte im selben Stadtteil und war Einzelkind. Ihr Vater kam aus Kenia und ihre Mutter war Deutsche. Sonja selbst wurde im Flugzeug von Afrika nach Hause geboren. Sie war etwas kräftiger gebaut und hatte kaffeebraune Haut. Maria, ihre Mutter war blond, meist trug sie lockiges Haar. Ich schätzte sie so gegen Ende dreißig. Als 17jährige erkennt man das ja nicht so genau. Es ist einem meist egal. Marias Alter einzuschätzen war nicht so leicht, denn sie war relativ hübsch und achtete auf ihr Äußerliches.

Am Freitagnachmittag nach der Schule hatte ich ein paar Sachen eingepackt und schwang mich aufs Fahrrad. Es waren nur ein paar Hundert Meter zum Haus von Sonja. Sonjas Vater war an dem Wochenende, wie so oft, nicht da. Er arbeitete in einem großen Konzern als Abteilungsleiter und pendelte sehr oft im Monat zwischen Arabien und Deutschland hin und her. Gott weiß, wie viele Tage er im Monat zu Hause war. Viele können es nicht gewesen sein. Zumindest hatte er in der Woche anlässlich des Wetters den großen Pool im Garten aufgebaut. Sonja empfing mich mit einer herzlichen Umarmung bereits an der Tür und nahm mich mit ins Haus. Ich sah an ihr hinunter und lachte: „Geiler Badeanzug, neu?" Sonja kicherte vergnügt.

„Ja, hat Mama mir gekauft! Ich kann ja keine Bikinis tragen, mit den breiten Hüften! Komm! Zieh` dich um, wir gehen planschen!" Wir liefen durch den Flur an der Küche vorbei, wo Maria gerade am Telefonieren war. „Tag, Frau Mailandt!", grüßte ich Maria, die mir zulächelte und die Hand hob, um dann weiter zu telefonieren. Wir gingen in Sonjas Zimmer. Maria hatte eine zweite Garnitur Bettwäsche ins Zimmer gelegt. Sonja sah mich an und sagte: „Schön, dass du da bist. Ich habe mich so auf das Wochenende gefreut!" Ich wusste nicht, warum Sonja mich ständig so ansah. Sie glotzte auf meine Beine und meinen Bauch. Vielleicht war sie etwas neidisch auf meine Figur? Ich wusste es ja nicht. Vielleicht lag es auch an meinen Klamotten. Es war so warm, dass ich Hotpants, ein bauchfreies Spaghettiträgertop trug, und war barfuß in meinen Chucks.

Die Hotpants waren eh selbst gemacht, denn meine Mama hätte mir niemals Hotpants gekauft. Also opferte ich eine alte Jeans und schnitt diese auf Länge. Ich hatte noch nicht einmal BH an. Ich brauchte auch nicht unbedingt einen BH tragen. Meine Brust war relativ fest und nicht ganz so gewaltig. Sonja hatte auf jeden Fall mehr Brust, als ich und Maria, sowieso. Sonja warf mir ein Badetuch zu und flitzte wieder in den Garten. „Bis gleich im kühlen Nass!", rief sie noch durchs Haus. So sehr ich auch in meinem Rucksack kramte, ich konnte meinen Badeanzug nicht finden. Ich hatte einen schwarzen Bikini und einen dunkelblauen Badeanzug. Vom Bikini wusste ich, dass der zu Hause in der Wäsche lag, aber wo verflixt war mein Badeanzug? Etwas geknickt schlenderte ich an der Küche vorbei zur Terrasse und gesellte mich zu Sonja an den Pool.

Der Pool war blau und fast 1,60 m hoch. „Was ist los?",
fragte Sonja und planschte im Wasser. „Hast du keine
Lust?" Ich seufzte: „Sorry, aber ich habe meinen
Badeanzug vergessen! Ich muss wohl noch mal nach
Hause und ihn holen!" Sonja lachte. „Nein! Musst du
nicht! Du kannst ja nackt baden!" Entsetzt sah ich Sonja
an und zeigte ihr einen Vogel. Als wenn ich nackt in den
Pool steigen würde. „Nein, im Ernst! Frag´ Mama
einfach mal. Die hat sonst immer eine Lösung für alles.
Ich ging zurück ins Haus und schlenderte in die Küche.
Maria war gerade am Kaffee kochen. Sie drehte sich um
und sah mich an. „Na, junge Dame? Was kann ich für
dich tun? Ist lange her, dass du hier warst. Schön, dass
ihr euch wieder so gut versteht!"

„Ich habe leider meinen Badeanzug vergessen. Ich muss
noch mal nach Hause!", sagte ich geknickt. Maria sah
mich an und lachte. „Lexi, das ist doch kein Grund
Trübsal zu blasen. Wir finden schon eine Lösung oder
du badest einfach nackt!" Ich sah Maria entsetzt an.
„Nackt?", fragte ich. Maria erkannte schon an meiner
Stimme und meinem Blick, dass mir das überhaupt nicht
zusagte. Dann kam sie näher und hob mein Kinn.

„Lexi, Kopf hoch! Ich verstehe schon. Komm doch
einfach mal mit!" Sie nahm meine Hand und führte
mich ins Schlafzimmer. Dort stand der große
Spiegelschrank von Maria. Den Rest des Raumes nahm
ein riesiges Ehebett, mit weicher Bettwäsche ein, und
ein weißer geflochtener Sessel, mit einem Lammfell
drauf. An der Seite stand eine kleine Anrichte als
Schminktisch mit vielen Make-up-Artikeln und
Parfums. Maria schaute in ihrem Schrank nach und
kramte mehrere Bikinis heraus.

Dann drehte sie sich zu mir um und musterte meinen Körper von oben bis unten. „Setz´ dich!", lächelte sie und tendierte schon zu einem schneeweißen, aber äußerst knappen Bikini. Sie hielt ihn mir vor und sah mich fragend an. „Das kann ich doch nicht anziehen!", sagte ich verlegen. Doch Maria wollte unbedingt, dass ich anprobierte. „Na los! Zieh´ dich aus!", forderte sie und wartete, bis ich mich zurücklegte und die Pants und Schuhe von meinen Beinen zog. Dann lächelte sie. Mir kam es so vor, als würde sie mich mit den Augen verschlingen. Sie suchte meinen Blick. Diese blauen Augen von ihr machten einen wirklich nervös. Und dabei hatte ich mir aus Frauen nie etwas gemacht. Maria tippte mehrfach mit dem Fuß auf den Boden und sagte: „Na? Schaffen wir das heute noch? Oder wolltest du deine Unterwäsche da drunter behalten?" Ich wollte nicht unhöflich sein und zog mir etwas verlegen meinen Slip aus und anschließend das knappe Top. Sie wendete den Blick nicht ab. Ganz im Gegenteil. Sie schaute auf meinen nackten Körper und lächelte.

Dann gab sie mir erst das Unterteil. Ich zog es an und stand auf. Vor dem großen Spiegel drehte ich mich und betrachtete das Unterteil an mir. Es saß, als hätte man es mir auf den Leib gegossen. Ich hatte mich zurückgedreht und stand vor Maria, die lächelnd das Oberteil in der Hand hatte und mir reichte. „Voilà!", sagte sie. Mir war es zwar nicht wirklich unangenehm, aber etwas komisch kam ich mir vor, mit nacktem Oberkörper vor Sonjas Mutter. Jetzt hatte sie gesehen, dass ich bis auf einen kleinen Streifen, meine Schamhaare weg rasiert hatte. Und meine Brust konnte sie auch genau beobachten.

Ich legte das Teil an und ließ es auf dem Rücken von Maria zusammen knoten. „Ja, das ist noch einer zum zusammen knoten!", sagte sie. Dann spürte ich ihren warmen Atem in meinem Nacken und die warmen Finger, welche auf meiner Schulter lagen. Ich drehte mich und sah sie verlegen an. „Danke!", sagte ich und lächelte. So konnte ich doch noch mit Sonja baden. Maria gab mir einen Klaps auf den Po und sagte: „Und darin hast du auch noch einen total süßen Knackpo!" Das hatte noch nie ein Mädchen oder eine Frau bei mir gemacht. Maria hielt einen roten und einen schwarzen Bikini vor meine Nase. Der Rote sah richtig hübsch aus, der Schwarze war eher sexy einzustufen. „Vielleicht komme ich nachher auch noch in den Pool! Was meinst du? Rot oder Schwarz?", fragte sie. Eine Erwachsene Frau fragte mich nach meiner Meinung in Sachen Klamotten?

Ich wollte mich erst für den Schwarzen entscheiden, tippte aber doch auf den roten. Irgendwie interessierte mich, wie der an einer Frau aussah. Maria nickte und sagte: „Ja, du hast recht. Den werde ich auch anziehen!" Dann drehte sie sich um und fragte: „Herzchen, bist du so lieb und machst mir mal das Kleid auf?" Da stand ich nun vor dem hellen Sommerkleid und zog mit zittrigen Fingern den dünnen Reißverschluss auf. Marias Kleid fiel zu Boden und so stand Sonjas fast nackte Mutter vor mir. „Und den BH?", holte sie noch mal aus. Ich konnte meine Hände kaum ruhig halten. Aber ich schaffte es, den BH zu öffnen. Maria bückte sich nach vorne und zog ihren roten Slip nach unten. Dann kam sie wieder hoch und drehte sich um. Sie hatte einen tollen Körper. Ihre Haut war weich und fast makellos. Sie hatte tolle Kurven und eine wohl geformte Brust.

Ich sah nach unten und war doch noch verlegen. Zumal sah ich, dass Maria zwischen den Beinen komplett rasiert war. Ich weiß nicht, ob eine Frau erst so nah vor mir stehen musste oder ob es an Maria selbst lag, dass ich so nervös war. Ich zwirbelte in meinen Haaren und sah wieder auf. „Du musst dich deiner Nacktheit nicht schämen!", sagte sie. „Nicht vor mir! Geh´ ruhig. Sonja wartet!", zischte sie und legte die Hand auf meine Schulter. Ich lächelte und sagte: „Danke!" Ich ließ die nackte Frau im Schlafzimmer zurück. Mein Herz klopfte, als ich den Weg in den Garten lief. War ich übergeschnappt? Was war denn mit mir los?

Warum brachte mich eine erwachsene Frau in diese Verlegung? Ich wusste überhaupt nicht, was in mir vorging ...

Etwas verunsichert lief ich über die Terrasse von den Mailandts und näherte mich dem Pool. Sonja war derweil am Planschen und blieb starr im Pool stehen, als sie mich sah. „Wow!", sagte sie. „Und das darfst du für Ma anziehen? Das sieht total geil aus! Bei mir hätte sie gesagt, das sei zu aufreizend." Ich rollte mit den Augen. Ich war ja froh, dass ich wenigstens nicht nackt baden musste. Das Wasser war kalt und zog sofort eine Gänsehaut über meinen ganzen Körper. „Da kann ich ja auch gleich gar nichts anziehen!", sagte ich genervt. Sonja lachte und meinte, ich sollte mich bewegen, damit es nicht mehr so kalt war. Ich strampelte mit den Armen und Beinen, damit mir warm wurde. „Ich dachte, schon ihr wärt verschollen gewesen. Wo ist Ma eigentlich?" Ich seufzte: „Sie wollte noch Limo machen und vielleicht später auch in den Pool kommen!" Sonja sah mich überrascht an.

„Ma kommt auch in den Pool? Da kannst du mal sehen, wie cool die ist. Du scheinst dich gut mit ihr zu verstehen!" Ich sah auf und konnte überhaupt nicht verstehen. „Wie kommst du jetzt darauf?", fragte ich nach. Sonja planschte um mich herum. „Naja, sie mag dich halt und ich dachte, nur Freunde dürfen dich Lexi nennen. Alle anderen nennen dich bei deinem Vornamen, Alexa!" Da hatte sie recht. Eigentlich nannten mich nur Rene, mein Stiefbruder, Sonja und nun ja Maria eben auch.

„Ich weiß etwas Neues!", sagte Sonja plötzlich. Fragend sah ich sie an. „Aber wenn der dich so sieht, ist der sowieso hin!", lachte sie dann. „Sonja!", ermahnte ich sie, mir zu erzählen, was sie wusste. Sonja tänzelte um mich herum und lachte. Dann sagte sie: „Ich weiß etwas, was du nicht weißt. Und das ist …

Naja, in der Schule, der Dirk, der ist ein heimlicher Verehrer von dir!" das fand sie garantiert urkomisch, ich aber umso weniger. „Dirk?", fragte ich völlig überrascht. „Das kann ich mir nicht vorstellen. Der ärgert mich doch nur!" Sonja hielt ihre Hand vors Gesicht und meinte: „Du checkst das nicht, oder? Der ärgert dich, weil er in dich verliebt ist. Außerdem ist der doch süß. Ich weiß gar nicht, was du hast!" Wo sollte der denn süß sein? Ein blonder kurzhaariger Draufgänger mit Nickelbrille. Na, okay! Sein Body war in Ordnung und nett war er auch. Aber er war der absolute Streber. Niemals hätte ich mich mit dem eingelassen. Auf einem Mal stolzierte Maria durch den Garten.

Ihr schlanker Körper in einen roten atemraubenden Bikini gehüllt, in der rechten Hand ein Tablett mit einer Karaffe klarer Flüssigkeit, worin Zitronen schwammen, näherte sie sich. Ihre Haare hatte die mit einem dicken Haargummi zusammengebunden. Ihre leicht braune Haut glänzte in der Sonne. Wahrscheinlich hatte sie sich mit Sonnenöl eingerieben, denn die orangefarbene Plastikflasche hielt sie in der anderen Hand. Am Pool angekommen sagte sie: „Na, Mädels! Wie ist das Wasser?" Sonja tauchte derweil mehrere Male unter meinen Beinen durch. „Ist Sonja schon abgesoffen?", lachte Maria und sah über den Poolrand direkt in meine Augen. Mit dem Finger zeigte ich nach unten und sagte: „Tauchstation!"

Sonja tauchte wieder auf und wischte sich die nassen Haare aus ihrem Gesicht. „Mama, ich hab dich gehört. Wie das Wasser ist, will doch keiner wissen. Ich hab da ganz andere Neuigkeiten. Lexi hat einen Verehrer!" Giftig sah ich Sonja an. Maria schwang ihren geölten Körper über die Leiter am Pool und sagte: „So, so. Na, dann können wir ja vor Glück sagen, dass er dich in dem Fummel nicht zu Gesicht bekommt. Der wäre umgefallen und wir hätten ihn wieder beleben müssen!"

Maria tauchte ihre schönen Beine ins Wasser und ließ sich ganz in den Pool sinken. „Kinder, ist das kalt!", sagte sie. Auch an ihrem Körper bildete sich eine Gänsehaut. Ich starrte auf Marias Körper, während Sonja noch ein paar Male unter mir durchtauchte. „Alles in Ordnung mit dir?", fragte Sonjas Mutter. Mir war gar nicht aufgefallen, dass ich sie anstarrte. „Oh! Entschuldigung, Frau Mailandt!", sagte ich und wendete meinen Blick ab.

Ich spürte Marias Blicke auf meiner Haut und sah ganz vorsichtig in ihre Richtung, bis sich unsere Blicke trafen. Ihre Augen leuchteten, als wollten sie etwas sagen. Stattdessen öffnete sich ihr Mund: „Lexi! Wie lange kennen wir uns schon? Du wurdest mit Sonja zusammen eingeschult. Sag´ jetzt nicht, dass ich dir nicht mindestens ein Dutzend Male das Du angeboten habe!" Aber sie irrte sich. Ich schaute verlegen in das Wasser, wo Sonja ein weiteres Mal zwischen meine Beine tauchte. Dann sah ich wieder zu Maria. Es war schwer, den Blick von ihr abzuwenden. Ich schüttelte den Kopf und dann sagte Maria:

„Ach so? Na gut! Du bist Lexi und ich bin Maria! Okay? Übrigens ist da Limo, wenn ihr Durst habt. Tauchen? Ist das ein neues Spiel? Vielleicht sollte ich mitmachen!" In dem Moment tauchte Sonja vor mir auf und sagte:

„Dann mach! Wenn du so lange die Luft anhalten kannst?" Ich wollte gerade den Kopf schütteln und sah Sonja an. Maria rollte mit den Augen und ging ans Ende des Pools. „Euch beiden stecke ich doch mit Leichtigkeit in die Tasche!", sagte sie. Sonja gab mir die Hand und sagte: „Wetten, dass sie sich wieder verschluckt?" In dem Moment tauchte Maria ins Wasser und kam auf mich zu. Ihr Körper tauchte wie ein Aal auf mich zu und plötzlich spürte ich, wie ihre Hände meine Oberschenkel griffen und ihren Körper durch meine Beine schoben. Es fühlte sich an, als würde jeder Zentimeter ihrer Haut an der Innenseite meines Oberschenkels entlang gleiten. Maria tauchte hinter mir auf und keuchte. Sonja sah mich siegessicher an.

„Hab ich es dir nicht gesagt? Sie kann gut schwimmen, aber nicht tauchen!" Maria spuckte Wasser aus und meinte: „Das ist wohl doch nichts für mich. Außerdem muss ich euch verlassen, wenn wir nachher noch essen wollen! Pommes?" Sonja nickte und sagte: „Siehste? Sie mag dich doch. Sie hat dir das Du angeboten!" Ich sah mich noch mal um, und starrte auf den Po von Maria, der bei jedem Schritt leicht wackelte. So ein Knackarsch. Ich hatte zuvor noch nie einer Frau auf den Arsch geglotzt. Sonja sah ebenfalls in Marias Richtung und meinte: „Was für ein Bikini, oder?"

Da konnte ich nur nicken. Der Bikini war wirklich toll und der Inhalt schließlich auch. An diesem Nachmittag waren wir lange im Pool. Wie viele Stunden genau, weiß ich nicht mehr. Dass wir den Pool verlassen mussten, erkannte ich an Sonja. Sie war total kalt und ihre Lippen waren Blau. Sie zitterte am ganzen Körper und auch ich konnte mich kaum noch bewegen.

Maria hatte wirklich Pommes gemacht am frühen Abend. Bei uns zu Hause gab es immer diese dünnen Pommes. Maria hatte geriffelte dicke Pommes besorgt und dazu gab es Cordon Bleu. Als wir da so zu dritt immer noch in unseren Badeklamotten am Tisch saßen, sah ich Maria an. Sie wollte mir gerade Ketchup auf den Teller geben, da hielt ich ihre Hand fest. „Bitte nicht! Ich nehme lieber Mayo!" Schnell ließ ich ihre Hand wieder los. Maria sah mich irritiert an. Dann sagte sie: „Sonja ist ein richtiges Ketchupmonster. Aber mal etwas anderes. Was willst du mit deinen Haaren machen?", sprach sie mich auf meine langen dunklen Haare an. Ich stach in die Pommes und sagte ganz natürlich. „Waschen und dann föhnen!"

Da fing Sonja an, zu lachen. Ich sah zu Sonja auf. „Warum lachst du? Habe ich etwas Verkehrtes gesagt?" Da fing auch Maria an zu lachen und sagte: „Nein, Lexi. Ist alles in Ordnung. Ich meine nur, was du mit deiner langen Mähne anstellen willst? Flechten oder zusammenbinden, Locken oder wolltest du keine Veränderung vornehmen?" Ich hatte gar nicht vor, etwas mit meinen Haaren zu veranstalten.

Doch fragte ich mich, wie Maria hin bekam, ständig gewellte Haare zu haben. Mal waren es kleine Locken, mal eine leichte Welle. Das gefiel mir. Ich sprach sie darauf an und bekam als Antwort, dass sie meistens Zöpfe in die nassen Haare machte. Manchmal machte sie sogar Rastazöpfe. Das hatte sie wohl damals in Kenia gelernt. „Und ihr beiden Hübschen verschwindet in die Badewanne. Ihr müsst euch sauber waschen. Im Pool ist Chlor drin. Verstanden?" Sonja und ich nickten und verschwanden im Zimmer. Ich hatte die Bettwäsche auf Sonjas Bett ausgebreitet und suchte dann nach Unterwäsche. Sonja meinte, ich solle zuerst in die Wanne. Sie hatte das Badewasser schon am Laufen und gab mir ein Badetuch. Ich fühlte mich mittlerweile pudelwohl bei Sonja ...

Das Badewasser war fertig und so stieg ich in die Wanne. Nacktheit vor Sonja machte mir natürlich nichts aus. Sie war meine beste Freundin. „Und wenn du fertig bist, schreist du, okay? Ich werde bestimmt eine Stunde in der Wanne verbringen", lachte sie und verzog sich ins Zimmer. Ich war gerade ganz in Gedanken, da ging die Tür vom Bad auf und Maria stand in der Tür. Sie kam zu mir an den Wannenrand und sah mich an. Ich sah in die Wanne.

Der Schaum war schon fast weg, aber das Wasser war nicht ziemlich warm. Mein nackter Körper lag im Wasser und irgendwie spürte ich ihre Blicke auf meiner Haut. Meine Brüste guckten gerade so eben aus dem Wasser und der Waschlappen schwamm zwischen meinen Beinen. Ich hatte ein Bein aufgestellt und sah Maria an. „Na, Liebes? Ist schön, oder? Du? wenn du Lust hast, komm doch einfach mal ins Schlafzimmer. Ich habe eine super Idee!" Ich nickte. Sonja strich mir über die Haare und ging mit einem Lächeln. Ich sah ihr hinter her. Ihr Po war deutlich unter dem Negligé zu sehen, das sie trug. Es war aus beigefarbener Seide und ging ihr bis kurz über den Schoß. Tolle Beine hatte Sonjas Mutter. Ich fragte mich, was sie drunter trug.

Ich legte mich wieder zurück und schloss die Augen. Etwas Entspannung tat mir gut. Gerade wollte ich den Lappen nehmen und mir zwischen die Beine wischen. Aber das wäre fatal gewesen. Ich hatte über meine nasse Haut gestrichen. Zu Hause hätte ich das voll ausgenutzt und mir ein paar Gefühle beschafft. Doch bei Sonja in der Wanne traute ich mich nicht.

Als das Wasser nur noch lauwarm war, ließ ich die Hälfte aus der Wanne Laufen und stellte den Duschkopf an, um heißes Wasser in die Wanne zu füllen. Das machten Sonja und ich gewöhnlich so. Im selben Badewasser zu baden war kein Problem für mich. Ich mochte Sonja. Schließlich, sie war meine beste Freundin. Ich stieg aus der Wanne und trocknete mich ab. Meine Haare blieben nass. Ich rief Sonja, die prompt aus ihrem Zimmer stürmte und ins Bad kam. Mit einem Fuß testete sie das Wasser und gab mir einen Schmatz auf die Wange.

„Danke, schön warm. Du bist ein Schatz!" Ich zog Unterwäsche an und schlüpfte in meine Chucks. Ich wollte gerade in Sonjas Zimmer laufen, da sah ich, dass die Tür zu Marias Schlafzimmer einen Spalt offen stand.

Ach ja, da war ja noch was. Ich sollte noch zu Maria kommen. Ich schob den Kopf durch die Tür und sah Maria auf dem Bett sitzen. „Na komm!", sagte sie und zeigte aufs Bett. „Setz dich zu mir!" Ungeahnt, was sie von mir wollte, setzte ich mich neben ihr aufs Bett und sah sie an. Ihre Augen glänzten. „Oh, das ist gut. Du hast deine Haare nicht geföhnt. Perfekt! Komm! Lehn dich etwas zurück!", sagte sie und spreizte ihre Beine, damit ich dazwischen sitzen konnte. Sie hatte eine Haarbürste in der Hand. Überrascht sah ich in ihre Augen. „Was ist?", fragte sie. „Hast du Angst?" Ich schüttelte den Kopf. Nein, Angst hatte ich nicht. Es war bloß ein seltsames Gefühl, sich von einer fremden Frau die Haare kämmen zu lassen. Ich setzte mich mit dem Rücken zu Maria gedreht zwischen ihre Beine, die sie leicht aufstellte. Maria saß mit dem Rücken an der Wand. Meine Arme lagen links und rechts über ihren Beinen, die schließlich nackt waren, weil das Negligé durch das Aufstellen ihrer Beine die Oberschenkel runter gerutscht war. Ich saß etwas verkrampft, doch als sie anfing, meine Haare durch zu bürsten, entspannte ich mich. „Du weißt gar nicht, wie hübsch du bist, oder?", fragte sie und zog die Bürste ganz behutsam durch meine Haare. „Am liebsten würde ich dir Rastazöpfe einflechten, aber das dauert fast zwei Stunden bei deiner Mähne. Ich könnte dir mehrere Zöpfe in die langen Haare eng einflechten. Dann hast du morgen, wenn sie trocken sind, ein paar Locken drin!" Ich nickte und sagte: „Warum sind sie so nett zu mir?"

162

Maria legte ein paar Strähnen über meine Schulter und begann mit dem Flechten meiner Haare. „Nicht Sie, ich heiße Maria. Ich bin so nett zu dir, weil du mich lässt!" Sie legte ganz explizit Strähne für Strähne meine Haare zusammen. Dann kamen wir langsam ins Gespräch. Meine Arme lagen immer noch eng an ihren Beinen. Wir saßen dicht beieinander, Haut an Haut. „Und Sonja badet jetzt? Bin mal gespannt, wann die wieder aus der Wanne kommt!", sagte sie. Ich lachte. „Das wird ein paar Stunden dauern!" Da gab sie mir recht. „Dann hätten wir ja doch Rastazöpfe machen können! Was macht die nur immer so lange in der Wanne!" Ich schmunzelte. „Na, was Mädchen eben so machen, wenn sie allein sind!" Maria schwieg erst und drehte ihren Kopf zu mir herum. „Was? Machst du so etwas auch?" Wir sprachen es nicht aus, wussten aber beide, was gemeint war. Mein Gott, ich muss ein knallrotes Gesicht gehabt haben. „Ähm natürlich nicht!", sagte ich und wollte gleich auf ein anderes Thema lenken. „Woher kannst du das eigentlich mit den Rastazöpfen?" Maria hatte weiter geflochten und erzählte …

Das passt sogar zu dem Thema, das wir gerade hatten. Es war vor vielen Jahren im Kenia-Urlaub, als ich meinen Mann kennenlernte. Da gab es eine Frau in seinem Dorf, die hat mir das beigebracht ...

Gespannt hörte ich zu und lehnte mich zurück, denn Maria war fertig mit Flechten. Ich lag mit dem Rücken an ihrem Körper und beim Erzählen sanken ihre Beine ganz aufs Bett, sodass meine Hände auf ihren Oberschenkeln lagen. Sie hatte allen Mädchen im Dorf Rastazöpfe gemacht, aber das war nicht alles.

Bei den folgenden Besuchen in seinem Dorf erfuhr ich, dass diese Frau nicht nur für das Aussehen, sondern auch für die Erfahrungen der Mädchen sorgte. Geschlechtsreife Mädchen begaben sich in den Nächten zu ihr, um zu lernen, was es heißt, Frau zu sein. Keines der Mädchen wurde ohne anfängliche Erfahrungen in Sexualität auf die Jungs und Männer losgelassen. Sie zeigte den Mädchen unter anderem auch, wie sie sich selbst verwöhnten. Ich wollte es erst nicht glauben, aber die Mutter von meinem Mann hatte es mir selbst erzählt.

Ich lehnte meinen Kopf zurück und sah zu ihr auf. Und dir hat sie auch ... Maria lachte. Um Gottes Willen, nein! Natürlich nicht, aber ich besuchte die Frau und ließ mir so Einiges erzählen!

Marias Hände lagen auf meinem nackten Bauch und so allmählich strichen ihre sanften Finger über meine nackte Haut. Es war ein wohliges aber komisches Gefühl. Ich bekam eine Gänsehaut. „Siehst du?", sagte Maria. „Die Haut, eine unserer erogenen Zonen!" Sie nahm ihre Fingerspitzen und streichelte meine nackte Haut, am Bauch und etwas höher und meinen Hals. Ihre Finger waren zärtlich. Wenn ich kein Oberteil angehabt hätte, hätte sie garantiert auch meine Brust gestreichelt. Aber daran durfte ich gar nicht denken. Ich war ihr eh schon viel zu nahe gekommen. Ich hörte Bewegung aus dem Bad und setzte mich auf. Dann sah ich mich um und sagte Danke. Maria lächelte und sagte: „Gern geschehen!" Gerade wollte ich aufspringen, da hielt mich Maria am Arm fest. „Was denn? So eilig? Keinen Gutenachtkuss?" Erschrocken sah ich sie an. Da zog sie schon meinen Kopf zu sich und setzte einen ganz vorsichtigen Kuss auf meine Lippen.

Ich musste erst einmal schlucken. Als sich ihre Lippen lösten, sah ich sie geplättet an. „Und nun bekomme ich noch einen?", sah sie mich fragend an. Sollte ich ihr den abschlagen? Keine Zeit zum Überlegen, denn ihre Hand lag noch in meinem Nacken und zog ganz allmählich meinen Kopf dichter an sich heran. So dicht, bis sich unserer Lippen leicht berührten. Erst leicht und dann rutschten unsere Lippen aufeinander. Sie verweilte einen Augenblick und dann zog ich meinen Kopf weg. Ich fasste mit den Fingern auf meine Lippen und ging zur Tür. Ich drehte mich noch einmal um und sah Maria an. „Gute Nacht, junge Dame!", sagte sie und lächelte. Oh mein Gott, ich hatte eine Frau geküsst, eine erwachsene Frau. Besser gesagt, die Mutter meiner besten Freundin. Mein Herz klopfte und als ich sah, wie Sonja an mir vorbei flitzte an Marias Bett, ihr einen feuchten Schmatzer auf den Mund drückte und sagte: „Nacht, Mama", dachte ich, ich wäre im verkehrten Film. So etwas konnte auch nur mir passieren. Erst diese Ruhe und diese Romantik und plötzlich huschte Sonja hektisch an mir vorbei und zog mir an der Hand. „Lexi kommst du? Zeit fürs Bett!"

Sonja und ich gingen in ihr Zimmer. Erst hatten wir uns noch unterhalten und bekamen zwischendurch noch Besuch von Maria, die sich ins Bett verabschiedete. „Aber nicht mehr so laut, okay?", sagte sie und verschwand. Sonja und ich alberten herum und nebenbei, legten wie den zweiten Satz Bettwäsche auf das Bett. Sie zog sich ihr T-Shirt aus und sah mich an. „Was ist?", fragte ich und saß dabei noch auf der niedrigen Fensterbank, um die Sterne zu beobachten. Sonja hatte nur die Schreibtischlampe eingeschaltet. Das warf weniger helles Licht in den Raum.

Sonja tapste auf mich zu und sagte: „Na los, zieh dich aus. Wir gehen ins Bett!" Ich lachte und musste zu sehen, wie meine beste Freundin sich den Schlüpfer auszog. Dann stand sie nackt neben mir. „Och man, muss das sein?", fragte ich. Das hatten wir immer so gemacht, als wir noch jünger waren. Außerdem wusste ich, dass Sonja oft nackt schlief. Gequält zog ich mein Oberteil aus und sagte: „Dafür sind wir doch schon viel zu alt!" Die Zeiten, in denen wir nebeneinander masturbierten, waren lange vorbei. Seltsamerweise hatten wir uns nie gegenseitig … Sonja war richtig süchtig nach Selbstbefriedigung, aber das erledigte sie meist doch im Bad. Da hatte sie ihre Ruhe.

Sonja bestand auf völlige Nacktheit. Sie griff in meinen Slip und versuchte, ihn mir auszuziehen. „Bitte Sonja, den nicht!" Sie sah mich überrascht an. An dem Abend war es mir unangenehm. Warum, wusste ich auch nicht. Wir tobten herum und landeten auf dem Bett.

Ich legte mich auf den Bauch und plötzlich spürte ihre Fingerspitzen in meinem Nacken. Ich schüttelte den Kopf und zischte: „Nicht! Das kitzelt!" Dann fragte Sonja nach: „Wie geht' s Rene?" Ja, ich hatte Sonja von Rene und mir erzählt. Auch von unserem ersten Mal. Sonja liebte es, wenn ich von ihm erzählte. Mal abgesehen davon, dass Rene wirklich süß war, Sonja schien es sich bildlich vorzustellen. „Ich kann immer noch nicht glauben, dass du ihm einen geblasen hast!", lachte sie. Doch mir war nicht zum Lachen zumute. „Na klar, und nicht nur ein Mal!", seufzte ich. „Aber seit er nicht mehr da ist ..."

„Warum hat Karin sich denn von Thomas getrennt?", fragte Sonja.

Ich hob die Achseln, denn auch ich hatte keine Ahnung. Ich wusste nur, dass ich Rene sehr vermisste, obwohl es schon fast drei Monate her war. Thomas war samt Rene verschwunden. Kein Lebenszeichen von meinem Schwarm. Sonja legte ihr Bein über meines und nahm mich in den Arm. Dann zog sie die Decke über uns. Wir schliefen ein. Am nächsten Morgen weckte uns Maria. Ganz sanft mit einem Kuss auf die Wange und den Fingerspitzen, die zärtlich mein Gesicht streichelten. Ich drehte mich um und gähnte. Hä? Wo war Sonja? Bei Umdrehen hätte ich auf ihr landen müssen, aber das Bett war leer. Neben mir auf der Bettkante saß Maria, die mich anlächelte. Ich streckte mich und lag mit nacktem Oberkörper vor Sonjas Mutter. „Lexi, Engelchen!", sagte sie mit lieblicher Stimme und beugte sich noch mal über mein Gesicht. Warme Lippen setzten den Hauch eines Kusses auf meinen Mund.

Ich konnte ihren Lippenstift schmecken und roch diesen leichten Duft von Rosen in der Luft. Das war ihr Parfum, leicht, unaufdringlich und angenehm. Ich schlug meine Augen auf und sah in Marias Augen. Noch ein sanfter Kuss. Ich schmeckte diese warmen weichen Lippen, die auf meinen hin und her glitten. Marias setzte sich wieder auf und ich sah sie an. Wortlose Stille zwischen uns. Nur die Augen sprachen miteinander. Ihre Fingerspitzen tanzten über meine Haut vom Hals zwischen meinen Brüsten durch zum Bauchnabel. Dann verschwand ihre Hand. Ich sah Maria immer noch an. Die Frau war fast nackt, ein fast durchsichtiges Nachthemd. Ich konnte ihre Brust sehen. Und bei dem Ausschnitt konnte ich fast oben rein gucken. Nackte Haut zeigte sie mir viel. Sie stand auf und ging zur Tür. Ihre nackten Beine glänzten in der Morgensonne.

Sie lächelte und sagte: „Zeit zum Aufstehen, junge Dame!" Ich kam hoch und fragte: „Wo ist Sonja?" Maria sagte: „Sie sitzt am Frühstückstisch und wartet auf dich!"

Maria war in die Küche verschwunden. So ganz allmählich reckte und streckte ich mich, um dann aus dem Bett zu kommen. Gottseidank, ich hatte meinen Schlüpfer noch an und hatte mich nicht von Sonja überreden lassen, ihn auszuziehen. Es war ja auch schon schlimm genug, dass Maria mich mit nacktem Oberkörper sah. Das war ein ganz normales Schamgefühl, wie es bei uns zu Hause üblich war. Bei Maria sah das ganz anders aus, wie ich bemerkte.

Herrgott, diese Frau machte mich ganz irre mit ihrer Nähe und ihrer Freundlichkeit. Ich schnappte mir meine selbst gemachten Hotpants, einen knappen Schlüpfer und ein Tanktop. Die anderen Klamotten hatte Maria mit in den Wäschekorb gelegt. Dann stand ich vor dem Spiegel im Bad und zog mir dünne kurze Söckchen an. Es ging an meine Haare. Gummi für Gummi zog ich aus meinen Zöpfen und öffnete die geflochtenen Haare. Dann warf ich die Haare zurück und kam mit dem Kopf wieder hoch. Wahnsinn. Maria hatte recht.

Ich hatte eine richtig gewellte Mähne, die sich um mein Gesicht legte. Hammer, wirklich! Aber trotzdem … Es wurde Zeit, wieder nach Hause zu fahren, bevor mir Maria noch näher kam. So etwas war mir noch nie passiert. Etwas tapsig kam ich in die Küche geschlendert und pflanzte mich auf den Stuhl neben Sonja. Die sah mich an und meinte: „Mama, was hast du denn aus Lexi gemacht?"

Erschrocken drehte sich Maria um und sah mich mit großen Augen an. Dann lächelte sie. „Und? Lexi? Gefällt es dir?" Maria kam mit aufgebackenen Croissants und Kakao an den Tisch. Dabei musste sie an Sonja und mir vorbei. Ich konnte Marias Blicke wieder auf meiner Haut spüren. Sie ging hinter mir entlang und sah mir über die Schulter. Ich hatte mich richtig flegelhaft mit doch etwas gespreizten Beinen auf den Stuhl gesetzt. Marias Arm ging mit der Kakaokanne um mich herum, nachdem sie Sonja mit Kakao versorgt hatte. Sie sah mir bestimmt auf die Beine und auf meine Brust, da war ich mir sicher. Ich sagte: „Danke!"

Dann setzte sich Maria links von mir an das Tischende. „Siehst sexy aus!", sagte Maria. Was war das denn? Ein ungeniertes Kompliment? Sonja lachte. „Stimmt! So wird sie ihrem Schwarm noch viel besser gefallen!" Wie witzig Sonja … Ganz lustig. „Und? Was habt ihr heute vor?", fragte Maria. Ich biss in mein Croissant und sagte nach dem Bissen: „Naja, ich muss noch meine Sachen packen und irgendwann muss ich ja nach Hause.

Wir können das ja bald noch mal machen!" Sonja sah mich entsetzt an und fragte: „Was? Du willst schon gehen? Ich dachte, du bleibst bis Sonntag?" Ich sah auf den Tisch und seufzte, da sagte Maria: „Schade, ich wollte eigentlich heute mit euch an den Strand. Also, wegen mir darfst du natürlich gerne bleiben ...""

Sonja sprang auf und ging zum Kühlschrank, um ihre heiß geliebten Eszett-Schokoladentafeln raus zu holen. Dabei bettelte sie: „Och bitte, Lexi!" Ich sah zu Sonja an den Kühlschrank. Die steckte schon ganz mit dem Kopf darin und fluchte: „Mama, wo sind die …?"

In dem Moment legte Maria ihre Hand ganz sanft auf mein nacktes Bein und streichelte es mit ihren Fingerspitzen. „Überlege es dir doch noch mal!", sagte sie mit ganz lieber Stimme und zog die Hand wieder weg. Tja, da war meine Idee von der schnellen Abreise wohl hinfällig. „Und mein Badeanzug?", fragte ich. Maria lachte. „Lexi, Engel! Du hast doch einen Badeanzug bekommen, in dem du umwerfend aussiehst! Oder möchtest du lieber nackt ins Wasser springen?"

Etwas verlegen sah ich sie an und quälte mir ein Lächeln aus dem Gesicht. Sonja hatte ihre Schokoscheibchen gefunden und belegte das Croissant gleich doppelt. Vielleicht hatten die beiden ja recht. Zu Hause erwartete mich schließlich lange Weile, kein Rene … Und Mama? Die war immer noch zu Fuß mit ihren Gefühlen …

Am Vormittag ging es dann los. Maria hatte ihren sportlichen Kleinwagen aus der Garage geholt und packte die Sachen ins Auto. Auf den Picknickkorb konnten wir verzichten, denn Maria wollte Eis, Getränke und Imbiss direkt am Strand einnehmen. So hatte sie nur Sprudel, Badesachen, Sonnenmilch, Decke und Handtücher eingepackt. Sonja überließ den Beifahrersitz mir. Das hätte sie nicht unbedingt machen müssen, aber ich konnte ja schlecht sagen, dass ich lieber hinten sitzen wollte. Ich musste unauffällig bleiben. Ich hatte meine Sonnenbrille aufgesetzt und saß in meinem knappen Outfit und den Chucks auf dem Beifahrersitz. Maria stieg ein und sah mich an. Ihre Augen sprachen Bände. Sie freute sich, dass ich als Beifahrerin neben ihr saß. Dass es mir wie ein Feuerstuhl vorkam, konnte sie ja nicht ahnen.

Sie grinste und setzte sich auch ihre Sonnenbrille auf. Dann startete sie. Maria trug ein kurzes sehr dünnes Kleid. Wenn sie in der Sonne stand und man auf sie sah, durchleuchtete die Sonne das Kleid und man konnte ihre Figur sehen. Wie kurz das Kleid war, sah ich erst, als sie neben mir saß. Ich sah auf ihre Beine und schluckte. Das Kleid ging im Sitzen nur knapp über ihren Schoss. Die Oberschenkel waren fast nackt. Zum Autofahren trug sie Stoffschuhe und natürlich war das Kleid oben ziemlich weit ausgeschnitten. Wir fuhren über die B199 in Richtung Kappeln. Sie wollte wohl zum Steinberghaff, einem der Badestrände an der Ostsee. In Gelting fing Sonja an zu nerven, dass sie auf die Toilette müsse.

„Das war ja klar!", lachte Maria und steuerte eine der übervollen Tankstellen an. Sonja sprang aus dem Auto und flitzte in die Tankstelle, um den Toilettenschlüssel zu holen. Die Pinkelpause dauerte ewig, denn Sonja musste vor der Toilette warten. Vor ihr waren noch zwei Damen. Der Schlüssel war also unterwegs. „Meine Freundin!", schüttelte ich den Kopf. Maria nahm ihre Sonnenbrille ab und sah mich an. „Du?", fragte sie. Da nahm ich ebenfalls meine Sonnenbrille ab und sah sie an. Im Sonnenlicht sahen Marias Augen noch blauer aus. Sie glänzten.

„Was denn?", fragte ich. Da nahm Maria ihre Hand und legte sie auf meine. Dann sah sie mir tief in die Augen und sagte: „Ich will auch deine Freundin sein!" Ich lächelte und sagte ganz natürlich: „Das bist du doch!" Ich musste ihrem Blick ausweichen. Diese blauen Augen, das hielt niemand lange aus. Ich setzte die Sonnenbrille wieder auf und sah auf die Toilette. Eine Dame war noch vor Sonja.

Maria nahm meine Hand und legte sie auf ihren nackten Oberschenkel. Ihre Haut war heiß von der Sonne und meine Hand war schweißnass. Sie drückte ihre Hand auf meine, sodass ich sie wieder ansah. Mit der anderen Hand zog Maria mir die Sonnenbrille vom Gesicht und sagte: „Ich meine das ernst. Du musst keine Berührungsängste haben. Ich habe dich sehr, sehr gern. Dann zog sie ihre Hand weg und sah mir in die Augen. Meine Finger lagen innen an ihrem Oberschenkel. Ich war wie versteinert. Maria sprach leise und meinte: „Du musst meinen Körper nicht scheuen. Ich bin eine Frau, wie du auch!" Minutenlang verweilten wir so, bis Sonja von der Toilette kam.

Ich zog meine Hand von Marias Schenkel und setzte meine Sonnenbrille wieder auf. „Vielleicht sprechen wir später mal drüber, wenn wir allein sind!", sagte Maria, bevor Sonja das Auto erreichte. Ich nickte und ließ mir nichts anmerken. Die Fahrt ging weiter und wir erreichten anstelle des Steinberghaffs, Kronsgaard-Golsmaas, einen der Nebenstrände mit eigenem Parkplatz und Imbisswagen. Das Wasser dort war flacher und es gab kaum Steine an der Brandung. Nun wusste ich, dass ich nicht irrte. Maria flirtete mit mir und es fühlte sich nicht unangenehm an. Zumal ich Aufmerksamkeit bekam und Bestätigung von einer Frau hatte. Trotzdem mussten wir dringend darüber sprechen. Ich konnte ja unmöglich eine Affäre mit der Mutter meiner besten Freundin anfangen, zumal die ja auch noch verheiratet war. Wir mussten uns mit einem Handtuch um die Lenden umziehen. Ein Platz im heißen Sand war schnell gefunden. Ich hatte mein Handtuch ausgebreitet und wollte den weißen Bikini anziehen.

Sonja hielt das Handtuch um mich herum. Das Unterteil hatte ich an. Sonja zog das Handtuch weg und schnappte sich die Sonnenmilch. „Warte!", sagte Maria, als ich das Bikinioberteil anziehen wollte. Ich setzte mich aufs Handtuch und sah sie an. „Du musst dich eincremen!", sagte Maria. Sonja schmiss mir die Sonnenmilch in den Schoss und rief: „Ich springe jetzt ins Wasser. Lexi? Kommst du gleich?" Dann rannte sie los.

Typisch Sonja, die war natürlich als Erstes mit Sonnenmilch versorgt und war schon mit den Füßen im Wasser. Ich sah Maria an und die forderte mich auf, mich auf den Bauch zu legen. Dann goss sie einen langen Streifen Sonnenmilch auf meinen Rücken und massierte es mit ihren zärtlichen Fingern ein, dann an den Beinen. Ich schloss die Augen und ließ mich eincremen. „Na los! Dreh dich um!", sagte Maria. Ich drehte mich auf den Rücken und sah Maria an. „Das willst du jetzt nicht ernsthaft tun, oder?", fragte ich vorsichtig. Maria lachte und schob meinen Oberkörper runter aufs Handtuch. „Natürlich, oder meinst du, dass lasse ich mir nehmen?" Sie goss Sonnenmilch quer über meinen Oberkörper und massierte es mit ihren Händen ein. Sie berührte dabei jeden Zentimeter meiner Haut. An den Brüsten ließ es vorerst aus. Etwas unruhig fragte ich: „Und wenn Sonja das mit bekommt?" Maria sah ans Wasser und sagte: „Wird sie nicht. Sie taucht gerade. Und wenn schon? Ich creme dich ja nur ein!" Dann fuhren ihre warmen Hände über meine Brüste und massierten auch dort die Sonnenmilch in die Haut. Ihre Hände glitten über meine Brustwarzen und ich sah Maria mit einem leichten Seufzen an. „Ist schön?", fragte sie und lächelte. Ich nickte und dann nahm sie die Hände von meinem Körper.

Sie nickte in Richtung Wasser. Dann lachte sie. „Los! Ab mit dir!" Ich zog das Bikinioberteil an und gesellte mich zu Sonja ins Wasser. „Du lahme Schnecke!", lachte Sonja und machte mich ganz nass, bevor ich im Wasser war. Dann sprang ich in die kühle Ostsee und planschte ein bisschen mit Sonja herum. „Na, mich hat sie auch immer eingecremt, aber ich bin ja keine sechs Jahre alt mehr. Macht sich halt Sorgen um uns. Ich glaub, sie mag dich!", plauderte Sonja fröhlich. Dass Maria mit mir flirtete, kam Sonja gar nicht in den Sinn. Es schien für sie wohl gar nicht die Frage aufzukommen, warum Maria wie eine Mutter zu mir war. Nein, Maria war nicht wie eine Mutter, sie war mir näher, als eine Mutter.

Nach einer ganzen Weile kam Maria zu uns. Sie hatte den roten Bikini wieder an. Der sah wirklich toll an ihr aus. Sie machte sich nass und tauchte ihren Body ins Wasser. Dann schwamm sie an uns vorbei und ging tiefer rein. „Die blöde Kuh!", fluchte Sonja. „Ich kann ja nicht richtig schwimmen!" Ich sah, wie Maria ein paar Meter von uns weg schwamm. Dann stellte sie sich ins Wasser. Das ging ihr schon bis zur Brust. Sonja sollte ja nicht so weit ins Wasser gehen. Maria rief mir zu: „Na junge Dame? Kommst mit um die Mole schwimmen?" Ich sah Sonja fragend an. „Na, worauf wartest du? Tue ihr den Gefallen, ich kann ja nicht!", sagte sie. Ich holte aus und ließ mich auf dem Rücken durchs Wasser gleiten. Sonja rief noch hinterher: „Und Lexi? Du bist schneller! Zeig ihr, wer besser ist!" Ich drehte meinen Körper im Wasser und holte zum Kraulen aus. Den Stil nahm ich, bis sich bei ihr war. An dem Strand ragten lange Steinmolen ins Wasser. Sonja war in dieser Bucht zwischen den beiden Molen geblieben.

174

Maria hatte ich eingeholt und drehte meinen Körper wieder auf den Rücken. So konnte ich Maria ansehen, während sie in Bauchlage hinter mir her schwamm. Ihr Ehrgeiz, mich einzuholen, war sicher auch von dem Gedanken getrieben, mir nah zu sein. Doch ich lag aufgrund meiner kräftigen Schwimmzüge auf dem Rücken immer ein kleines Stück vor ihr. Noch einen kräftigen Zug und mein Body glitt kerzengerade um das Ende der Mole. Ich drehte mich und legte mich an die Steine. Maria machten ebenso eine Schleife und ließ sich an das Molenende und damit auf mich zu gleiten. Sie sah an mir vorbei und sagte: „Perfekt!" Man konnte uns wohl nicht vom flachen Wasser aus sehen.

Plötzlich stand sie vor mir. Ich legte mich zurück an die Steine, während ihre Hände an meinen Hüften lagen und sie sich an mich schob. „Und nun?", fragte sie. „Du hast gewonnen und ich bekomme den Trostpreis?" Ich sah sie an. Mein Herz klopfte. „Tro … Tro … Trostpreis!", stammelte ich. Plötzlich spürte ich, wie ihr Körper ganz nah an mich herankam. Ihr Oberschenkel war zwischen meinem. Sie legte die Arme um mich und zischte: „Ja! Trostpreis!" Ihre Lippen kamen näher. Schneller als am Morgen berührten sich unsere kühlen nassen Lippen.

Es schmeckte etwas salzig vom Meerwasser, aber als sich unsere Lippen gefunden hatten, schmeckte es einfach nur nach mehr. Wir knutschten, wie ein frisch verliebtes Paar, und ich legte meine Arme um ihren Hals. Die Frau hatte ein ganz schönes Nachholbedürfnis, denn wir knutschten sehr innig und wild. Das war der entscheidende Punkt, den ich anfangs verhindern wollte. In dem Moment allerdings war ich machtlos gegen ihre Küsse …

Ich schnappte nach Luft. Meine Lippen waren bestimmt knallrot. Ich hatte einen ganz trockenen Hals. Ich windete mich aus Marias Umarmung und glitt wieder hinter der Mole hervor. „Komm, schon! Wenn du es schaffst!", rief ich und kraulte in das flache Wasser zurück. Ich war bei Sonja angekommen und mein Körper war natürlich aufgeheizt. „Na, Lexi? Hast du Mama abgehängt?", lachte Sonja und sah mich an. Ich kam mit dem Oberkörper aus dem Wasser und wischte mir die Haare und das Wasser aus dem Gesicht. Die Wassertropfen perlten von meiner Haut und Sonja lachte. „Boah, deine Lippen sind voll rot! Kannst du das Wasser nicht ab? Komisch, ich hab voll blaue Lippen und du Rote!" Ich sah sie an. Sonja zitterte am ganzen Leib. „Reine Anstrengung!", sagte ich völlig aus der Puste. Maria war inzwischen im flachen Wasser angekommen und sagte: „Boah, Sonja! Sofort raus!" Wir trockneten uns ab und Maria holte etwas zu trinken und natürlich Pommes. Das gehörte zum Strandvergnügen natürlich dazu.

Strand ohne Pommes war ja auch nichts. Auf der Rückfahrt schwieg ich mich aus auf dem Beifahrersitz. Natürlich hatte ich meine Sonnenbrille auf und war ganz in Gedanken. Ich starrte Maria auf ihre schönen Beine. Dann biss ich auf meinem Finger, hatte es aber nicht wirklich mit bekommen. Sonja fragte mich drei Male, ob ich wüsste, was am Abend im Fernsehen lief. „Lexi? Träumst du?", fragte Maria. „Was? Wo?", sagte ich. „Was im Fernsehen läuft!", sagte Sonja und gab gleich die Antwort: „Dirty Dancing!" Sie liebte diesen Film. Maria und ich sahen uns an und seufzten: „Mal wieder!" Maria sah nach hinten und sagte: „Mäuschen, den Film kennst du doch auswendig!"

Ich nickte und vervollständigte: „Und außerdem schläfst du immer an derselben Stelle ein!" Da lachte Sonja. „Deshalb muss ich den ja gucken. Dann kann ich endlich mal wieder das Ende sehen!"

Es war immer noch tierisch heiß draußen und es fühlte sich an, als würde ich auslaufen. Marias Blicke konnte ich auf meiner Haut spüren. Wenn ich zu ihr sah, lächelte ich. Es war eine ganz beschissene Situation mit meiner neuen Freundin neben mir und meiner besten Freundin hinter mir. Zumal Sonja ja herum zappelte, wie ein Zitteraal, mich von hinten in Höhe der Kopflehne umarmte, und plapperte, wie ein Wasserfall. Endlich waren wir wieder zu Hause. Zum Abendessen gab es Lasagne. Wir aßen und als Sonja mich an die Hand nahm und meinte, „schön, dann können wir ja den Film sehen", meinte Maria: „Halt ihr beiden Grazien. Erst wird geduscht. Ihr spinnt wohl. Erst ins Salzwasser hüpfen und dann nicht duschen wollen!" Sonja bestand natürlich darauf, als Erste zu duschen, weil sie den Film nicht verpassen wollte. Maria meinte, das wäre ganz gut so. „Und Lexi, Mäuschen, wenn du willst, flechte ich dir deine Haare wieder ein!" Ich sah Sonja an. Die aber war sich ihres Vorhabens ganz sicher und meinte: „Ja, ja, macht ihr nur. Ich gucke den Film!"

„Aber das dauert doch sehr lange?", sagte ich zu Maria. „Ja, wer schön sein will, muss eben Leiden. Also wenn dir der Film wichtiger ist, lassen wir das einfach!", meinte sie. Auf das zwanzigste Mal Dirty Dancing hatte ich nun wirklich keine Lust: Ich hüpfte nach Sonja unter die Dusche. Ich hatte vergessen, meine Unterwäsche aus meiner Tasche zu holen. So musste ich nackt durchs Haus rennen.

Als ich bei Sonja im Zimmer ankam, lag die schon auf dem Bett und glotzte in den Fernseher. „Hey, was kommt denn da für eine süße Maus!", lachte Sonja. Ich zog mir Unterwäsche an und warf eine Bluse als Nachthemd über. „Du Sonni, ist dir doch recht, wenn ich mir noch schnell von Maria die Haare einflechten lasse?" Sonja nickte und meinte: „Klar, dann kannst du mich wenigstens wecken, falls ich einschlafe! Ihr braucht ja eh länger!" Warum sollte ich mir das auch entgehen lassen, wo ich doch sicherlich noch einen Gutenachtkuss bekommen sollte.

Ich schlenderte mit einem „Viel Spaß" in das Schlafzimmer von Maria. Maria lag auf dem Bett und las in einem Buch. Sie legte das Buch auf den Nachttisch und sah mich an. „Ich wusste, dass du kommst!", sagte sie und lächelte. Sie trug, so wie es aussah, nur ihr beigefarbenes Negligé. Ich sah mich um und zögerte. Es lag zwar eine Bürste auf dem Nachttisch, aber ob die zum Einsatz kommen würde, wusste ich nicht. „Komm zu mir!", sagte Maria. „Du hast doch keine Angst, oder?" Ich schüttelte den Kopf und setzte mich auf die Bettkante. „Na, komm ein bisschen näher oder hast du Angst, dass ich beiße?" Ich lächelte sie an. Angst, dass sie beißen könnte, hatte ich nicht, aber ich wusste, dass sie mich küssen wollte. Ich wollte sie auch küssen, traute mich aber nicht. Sie legte die Arme von hinten um mich und zog mich zwischen ihre gespreizten Beine. Das Negligé war natürlich wieder bis auf den Schoss gerutscht, weil sie die Beine etwas aufstellte. Als ich mich mit dem Rücken an sie lehnte, sagte sie: „Komm kurz hoch, Liebes!" Ich kam wieder hoch und drehte meinen Kopf zu ihr.

Sie zog den Stoffgürtel des Negligés auf und legte den Stoff zur Seite. Ich sah sie an. „Du bist ja nackt darunter!" Sie lächelte. „Komm, leg dich zu mir! Ich muss den aufmachen, sonst drückst du den Gürtel in meinen Bauch!" Ich legte mich wieder zurück und schmiegte mich in die Arme von Maria. Dann fing sie an zu plaudern.

Sie wollte meine Freundin sein und meine es ernst. Mit Herzklopfen hörte ich zu und sagte: „Aber, wir können uns nicht küssen und solche Dinge machen. Du bist Sonjas Mutter!" Maria strich durch mein nasses Haar und sagte: „Aber Lexi, was für Dinge meinst du denn? Ich meine, ich verstehe, dass du Bedenken hast. Ich kann nichts für meine Gefühle und du schließlich auch nicht ..." Natürlich ließen sich die Gefühle füreinander nicht wegdiskutieren. Maria erzählte mir von ihrer Ehe, die auf Eis lag, weil ihr Mann nie zu Hause war. Sie sprach über Einsamkeit und Sehnsucht. In mir hatte sie eine Freundin gefunden, in die sie sich verlieben konnte und die in der Lage war, ihre Liebe zu erwidern.

So ganz allmählich stellte sie ihre Füße innen neben meine Oberschenkel und fing an, meinen Bauch zu streicheln. Es war bestimmt schon eine dreiviertel Stunde vergangen. Plötzlich hörten wir aus dem Flur ein leises Schnarchen. Ich sah auf zu Maria und grinste. Wie aus einem Mund sagten wir beide: „Sonja!" Meine beste Freundin war wieder während des Films zur selben Stelle eingeschlafen, wie wir es voraussagten. Ich lehnte mich wieder zurück und wir plauderten weiter, wie beste Freundinnen. Sie wollte viel wissen, ob ich einen Freund hatte, wann mein erstes Mal war und natürlich, wie es war.

Ich hatte keine Hemmungen, ihr das zu erzählen, doch sie hakte nach. „War er denn zärtlich?" Dabei streichelte sie wieder meinen Bauch und flüsterte in mein Ohr: „Ich hab es immer genossen, zärtlich berührt zu werden!" Sie glitt mit ihren Fingerspitzen über meine Haut und ich genoss es. Ganz vorsichtig knöpfte sie meine Bluse auf und legte sie zur Seite. Ihre Finger strichen über jeden Zentimeter meiner Haut. „Ich weiß nicht, ob das richtig ist!", flüsterte ich. Doch Maria zog meine Bluse von meinem Körper und schob mein Bustier hoch. Dann konnte ich ihre warmen Hände auf meiner Haut spüren. Ich seufzte leise, als sie meine Brustwarzen berührte. „Du magst das, oder?" Anstelle eines leisen „Ja" seufzte ich wohlig.

Sie flüsterte mir ins Ohr. „Liebst du das auch sie, wenn deine Brustwarzen ganz hart werden und du genau weißt, du willst mehr?" Sie spielte an meinen Brustwarzen, bis sie steinhart waren. Dann wanderten die Finger der einen Hand wieder meinen Bauch runter und streichelten meine Oberschenkel. Sie lagen leicht auseinander, sodass sie immer wieder mit den Fingerspitzen über die Innenseiten meiner Oberschenkel fahren konnte. Erst streichelte sie nur die Innenseiten. Als sie aber wieder den Bauch ansteuerte, strichen ihre Finger über meinen Slip. Ich war natürlich auf Wolke 7 und schnaufte vor mich hin. Diese Liebkosungen am Bauch waren irre. Ich konnte Marias Atem an meinem Ohr spüren, bevor sie sanft an meinem Ohr küsste. Kurz gesagt, sie machte mich total an. Sie knabberte an meinem Ohr und wieder wanderten ihre Finger weiter nach unten. Sie schoben sich unter meinem Slip, wobei ich kurz aufatmete und meine Hand darauf legte. Mein Herz klopfte.

Ich hätte gehen sollen, aber ich konnte mich nicht bewegen. Ich lag in ihrem Arm und ließ mich streicheln. Ihre Finger waren in meinem Slip verschwunden. Du bist irre, dachte ich. Doch das Gefühl der Lust wurde immer stärker. Ihre Finger bahnten sich den Fing an meine Scheide. Ich war nass, das spürte sie wohl. Schnell verwöhnte sie mich mit einem Finger und küsste an meinem Hals. Ein leises Stöhnen kam aus meinem Mund. Ich wollte mich gerade fallen lassen, da flüsterte sie: „Liebes, komm hoch und ziehe dich aus!" Mein Herz klopfte immer lauter. Ich setzte mich auf und kniete mich dann hin. Die Bluse flog vom Bett, das Bustier auch. Marias Finger zog an meinem Slip. Sie sah mich an und zischte: „Na los! Zieh aus!"

Ich zog den Slip aus und sah Maria an. Sie war nackt unter dem Fetzen Stoff, der nur noch halb auf ihr lag. Sie zog ihn weg und warf ihn vom Bett. Dann legte ich mich neben sie. Ihr Mund näherte sich und dann bekam ich meinen heiß ersehnten Gutenachtkuss. Doch wirbelten innerhalb weniger Sekunden unsere Zungen miteinander herum, sodass ich schneller atmete. Innige wilde Küsse und viele sanfte Berührungen gab sie mir. Ihre Finger verschwanden zwischen meinen Beinen und ihre Lippen spielten zärtlich an meiner Brust. Ich legte den Arm um Maria, die mich sanft verführte. Bereitwillig spreizte ich meine Beine und ließ Marias Finger mit mir spielen. Sie waren nass … Ich war nass … Ich stöhnte und riss den Mund weit auf. „Na? Hast du Angst, mich zu berühren?", sagte Maria und sah mich an. Ihr Gesicht war dicht vor meinem Mund. Ein sanfter Kuss. Dann sagte sie: „Aha, ich verstehe. Das ist dein erstes Mal mit einer Frau!"

Sie küsste mich und dann schoben sich ihre Finger ganz langsam in meine Liebesmuschel. Das erotische Knistern und die Lust in mir ließen mich aufstöhnen und dann besorgte sie es mir mit der Hand. Sie machte das, was Sonja immer allein in der Badewanne vollzog.

Ich war hin und weg. Ich berührte Maria. Ich fasste sie an, ihre nackte Haut und ihre Arme, ihren Bauch und dann ihre Brust. Ich streichelte ihre Brust, während ich immer schärfer wurde. Maria sank auf meinen Bauch und küsste mich dort. Viele kleine Küsse setzte sie auf meine Haut und zog ihre nasse Zunge über mein Schambein, bis sie an ihren Fingern angekommen war. Es pochte und zuckte in mir. Ich griff in die Kissen und presste meine Lippen aufeinander. Dann durchfuhr mich ein Luststoß. Sie zog ihre Finger aus mir und setzte ihre Lippen auf meine Schamlippen. Da wusste ich auch, warum es French Kiss hieß. Ein saugender nasser Kuss, der mit meinem Lustgefühl aufging. Ich atmete schnell und ließ mich zwischen den Beinen küssen. Noch einmal durchfuhr mich die Lust, wie ein Stromstoß, dann entspannte sich mein Körper. Maria hatte mich zum Orgasmus gebracht. Sie küsste wieder hoch zu meinem Bauch und über die Brust. Ich legte die Arme um sie und zog sie an mich heran.

„Liebes, da warst du ja ganz schön erregt!", bemerkte Maria ganz richtig und gab mir einen Kuss. Mein Körper erholte sich nur langsam von dem Liebesspiel. Anschließend lag ich nackt in ihrem Arm und streichelte ihre Hände. „Du bist verrückt!", sagte ich. Maria lachte. „Ist das ein Wunder? Bei so einer lieben und hübschen Maus?", sagte sie. Ich hätte in ihren Arm einschlafen können, aber das ging ja nicht.

182

Ich zog meine Unterwäsche wieder an und schlich mich
zu Sonja ins Bett …

Federal Bureau of Intimities

Mein Name ist Anja Sperling.Ich bin 25 Jahre alt und arbeite in der Anwaltskanzlei Pansen und Lentner. Vor etlichen Jahren hat unser Anwalt Ignis Pansen zur Lösung seiner Fälle versucht eine private Ermittlungsagentur nebenbei aufzubauen. Anfangs waren es Silke und Gerrit, die als anfängliche Ermittler für die brisanten und pikanten Fälle der Agentur zuständig waren. Da die beiden ein Paar waren, hat unser Chef versucht, Nachfolger für diese Tätigkeit zu finden. Ich hatte gerade ausgelernt, als ich für diese Tätigkeit innerhalb der Firma abgeworben wurde. Mein Kollege Flo Muldeck war vor mir alleine tätig, nachdem er von Gerrit eingewiesen wurde.

Seit mehreren Monaten arbeiteten wir zusammen. Das war ein schwerer Job, denn es ging meist um sexuelle und familiäre Fälle. Mitunter blieb eine erotische oder sexuelle Beteiligung der Ermittler nicht aus. Zudem hatte unsere Kanzlei, als größte in Sackstadt, den Ruf, immer bis an ihre Grenzen zu gehen. Silke und Gerrit arbeiteten nun für Harro Lentner, unseren Notaren. Wenn es brenzlich wurde, sprang Silke manchmal mit ein, doch Gerrit hatte beschlossen diese Ermittlertätigkeit nicht mehr zu machen. Ich selbst war verlobt mit meinem Freund Mirko Nonsens und wartete eigentlich auf meine Hochzeit. Mein Kollege und guter Freund Flo war verheiratet und hatte eine Tochter von drei Jahren. Er war 28 Jahre alt und sehr gut aussehend. Die langen Abende in der Kanzlei gingen natürlich auf die Beziehungen der Mitarbeiter, aber Flo und ich hatten eben das Beste draus gemacht.

Mein Verlobter wusste lediglich, dass ich eine ReNo-Fachangestellte war, und bei Flo war es nicht anders. Und so war es wie so oft, dass wir uns noch abends um 20 Uhr in der Kanzlei auf einen neuen Fall vorbereiteten. Da ich am Vormittag mit Ignis bei Gericht war, trug ich das kurze Schwarze, das wohl angemessen für eine Verhandlung war. Ich hatte gar keine Zeit mich umzuziehen. Manchmal war es sogar so schlimm, dass wir während einer Observation fast 30 Stunden in den selben Klamotten waren. Ruhe war eingekehrt und Flo überprüfte die Akte für den neuen Fall, während ich mich unten im Bad frisch machte. Ignis hatte in der Kanzlei, das war ein umgebautes Loft, die obere Etage chick eingerichtet mit einem großen Glastisch, einem neumodischen runden Behelfssofa und zwei Internetanschlüssen.

Bei mir dudelte schon der Bildschirmschoner, während Flo noch recherchierte. Ich kam barfuß die schmale Wendeltreppe hoch in meinem schwarzen Kleid, das nur von den Brüsten bis kurz über meinen Schoss ging. Die Pailletten an den Seiten funkelten in dem spärlichen Licht. Flo sah auf und sah mich an. „Ach? Hast du auch schon deine Schuhe ausgezogen?", fragte ich und tänzelte barfuß zu meinem Laptop. Ich sah zu ihm und sagte: „20 Uhr!" Flo nickte und meinte, dass irgendwann ein Telefon klingeln würde. Natürlich war das mein Handy. Es war Mirko mit der lästigen Bemerkung: „So viel zu tun? Wann kommst du?" Ich lachte und sah Floh an. Er nickte und sagte: „Mirko!?" Ich verdrehte die Augen. „Natürlich!", sagte ich und tippte zurück. „Dann grüß ihn schön und sag ihm, dass du die Nacht heute mit mir verbringst!", scherzte Flo.

„Ja, ist klar!", seufzte ich und fragte ihn, was seine Frau wohl davon halten würde. In dem Moment summte sein Handy und ich sah zu ihm rüber. „Und einen lieben Gruß an deine Tochter!", sagte ich. Wild tippte Flo auf seinem Handy herum und meinte: „Wenn die wüsste, dass ich mit dir die halbe Nacht verbringe, würde sie mich umbringen!"

Ich sah zu ihm und stand auf. Dann schlenderte ich neben seinen Stuhl und legte meine Hand in seinen Nacken. „Genauso wie mein Verlobter … der wäre voll eifersüchtig!", sagte ich und schlich mich hinter seinen Stuhl. Ich massierte seinen Nacken und sagte: „Weißt du? Ich kann dich ja ein bisschen entspannen, wenn du willst! Wir können eh nicht eher abhauen, als dass wir irgendetwas finden!" Flo seufzte. „Seit wann trägst du denn deine langen braunen Haare offen?", fragte er. Ich griff noch mal richtig in seinen Nacken und sagte: „Marscherleichterung!" Da lachte er. Ich sah zu ihm herab und sagte: „Und warum hat der Herr keinen Schlips mehr um und trägt die obersten drei Knöpfe von seinem Hemd offen?" Er sah mich an. „Weißt du, wie warm es hier ist?" Ich grinste.

„Deine langen braunen Haare gefallen mir so offen. Neulich bei dem Horroreinsatz war das so stylisch gegelt. Das war aber sexy!", meinte Flo. „Und nun?", wollte ich wissen. „Und nun?!", sagte Flo. „Siehst du total romantisch süß aus!" Ich lachte. Romantisch süß? Das war ja ein Kompliment! Ich legte meine Hände auf seine Brust und ah zu ihm herab. „Also nicht mehr sexy?", fragte ich. Flo rollte mit den Augen und meinte: „Natürlich bist du sexy, mehr als das!"

Da war ich froh. Ich setzte mich auf seinen Schoss und schlug die Beine übereinander. Dann legte ich meinen Arm um seinen Hals. „Sag mir, was du gefunden hast!", sagte ich. Flo erklärte mir, was er über diesen Fall gefunden hatte …

Pass auf! Er ist ein widerlicher Typ, dunkelblondes Haar, schleppt junges Mädels ab und postet eindeutige Videos und Bilder, um damit im Internet Geld zu machen. Meinst du, du schaffst das? Oh hatte ich vergessen … Er hat ein paar Tattoos …

„Wo ist das Problem?", fragte ich. Flo sah mich an. „Du musst blond sein!", sagte er. „Ehrlich?", fragte ich. „Schon wieder? Mir fallen ja bald alle Haare aus!" Tom sah mich mitleidig an und meinte: „Du siehst mit echtem Haar einfach besser aus!" Ich sah ihn genervt an. „Schon gut! Ich stehe auf Tattoos!" Damit war alles gesagt. Er legte seine Hand auf meinen nackten Oberschenkel und sah mir tief in die Augen. „Er wird dich küssen!", sagte er. Ich rollte mit den Augen. Dann küsste er mich auf den Mund und legte den Arm um mich. „War das eine Anmache?", fragte ich. Flo lachte. „Nein, natürlich nicht. Aber er wird dich auf jeden Fall anfassen!" Dann sah ich Flo in die Augen und wusste schon da, dass ich meinen Verlobten auf jeden Fall betrügen würde, auch wenn es nur ein Job war. Flo schob seine Hand auf mein Dekolleté und schob mein kurzes Schwarzes hoch. „Und er wird dich unsittlich anfassen!", knurrte Flo. Ich spreizte meine Schenkel auf seinem Schoss und gähnte. Da war mein Kleid über die Brust nach unten gerutscht. Flo küsste meine Brust und meinte:

„Schade, dass ein so schönes Mädel von einem solchen Widerling angefasst wird!" Seine Hand lag auf meinen Schenkel. Mein Arm lag in seinem Nacken und sein anderer Arm lag hinten um meinen Body. „Komm schon! Tu es!", sagte ich!" Flo nahm all seinen Mut zusammen und schob seine Finger von oben in meinen Slip. Er küsste meine Brust, während seine Finger zwischen meinen Schamlippen lagen. Dann suchte er den Weg zu meinem Kitzler. Er massierte ihn. Ich seufzte. Dann machte er mich heiß. Nachdem er mich genug gereizt hatte, rutschte ich vom Stuhl. Ich ging auf die Knie und Flo stand auf. Seine dicke Beule in der Jeans war nicht zu übersehen. „Wirst du jetzt heiß, oder was?", fragte Flo und stand auf. Ich legte meine Hand auf die dicke Beule, die sich an seiner Jeans abzeichnete. „Nein! Ich bringe uns nur auf andere Gedanken!", sagte ich selbstsicher und packte seine dicke Rakete aus.

„Was machst du?", fragte Flo verwundert, ließ es ich aber trotzdem gefallen. „Ich brauche bestimmt noch Übung im Blasen!", scherzte ich und wichste seinen Dicken an. „Gerade du!", antwortete Flo und meinte, dass ich wohl jeden Mann herum kriegen würde. Außerdem hätte ich bei dem Job schon so viel geblasen, dass ich wohl wüsste, wie es ginge. Ich leckte derweil an seiner Eichel und ließ seinen Dicken zwischen meine Lippen wandern. Ich lutschte auch nur an seiner Eichel. „Puhhh!", seufzte Flo. „Wenn du gleich so zärtlich in die vollen gehst, ist das ja kein Wunder, dass dir alle Typen zu Füßen liegen!", schnappte er nach Luft.

Ich züngelte an seinem Bändchen und gab zu bemerken: „So, meinst du also!" Dann nahm ich seinen Dicken ganz in den Mund, aber der drohte ja schon fast zu explodieren. Ich kam wieder hoch und setzte mich auf die Glastischplatte. Meine Beine hingen an der Tischplatte hinunter und ich sagte zu ihm: „Du kannst dich ja revanchieren!" Dann legte ich mich zurück uns setzte ein Bein auf die Tischplatte. Flo kniete sich vor den Tisch und gab mir bereitwillig seine Zunge zwischen meine Beine. Das war ein geiles Gefühl. Und er war so zärtlich. Ich glaube, ich schnurrte richtig. Bereitwillig spreizte ich meine Beine und ließ mich von seiner Zunge verwöhnen. Meine versaute kleine Lusthöhle war beheizt in dem Augenblick. Irgendwann hatte er mich so nass geleckt, dass ich mit dem Kopf hoch kam. „Und?", sah ich ihn an. „Willst du nicht?", fragte ich.

„So!? Agentin Sperling will den Fall also lösen?", fragte er scherzhaft. Dann kitzelte er mit seiner Eichel meine Schamlippen. Und als er in mich eindrang, jauchzte ich auf. „Jaaaahhh!", schrie ich. Dann zog er ihn raus und gab mir seine Hand. Er zog mich durch das Loft und stoppte vor dem runden Behelfssofa, wo ich auf die Knie ging und seinen Steifen noch mal richtig anblies. Nach kurzer Zeit schnappte er nach Luft und sagte: „Du brauchst wirklich keine Nachhilfe oder Übung im Balsen!" Das klang wie ein Kompliment. „Mach es dir bequem!", forderte er mich auf und verwies mich auf das Sofa. Ich kniete mich auf das runde Teil. Mein Kleid war ganz hoch gerutscht. Dann hatte er sich seiner Jeans und seiner Unterhose entledigt und krabbelte zu mir aufs Sofa. „Warum kannst du eigentlich so gut lecken?", fragte ich direkt und griff hinter mich.

Ich hatte seinen Steifen sofort in der Hand, als er sanft an meinem Hals küsste und zischte: „Gibt auch noch andere Ermittler, die gut im Bett sind!" Dann beugte ich mich nach vorne und feuerte ihn an: „Okay! Zeig es mir!" Dann ging es los. Er schob ihn mir rein, dass mir Hören und sehen verging. Im schnellen Tempo stieß er zu, bis wir beide nach hinten auf die Seite kippten. Er steckte so schön tief in mir, so dass er es mit kurzen schnellen Stößen geben konnte. Irgendwann kniete er sich auf und ich legte ein Bein hinter seinen Body. Dann kniete er genau vor meinem Schoss.

Er drang noch mal in mich ein und nahm mich dieser Missionarsstellung mit tiefen Stößen. Ich legte meine Finger auf meine Klitoris und lehnte mich zurück. Er tobte in mir bis er ihn dann raus zog und seinen Schuss großzügig auf meinem Schambein verteilte. Dann scherzte er: „Agentin Sperling hat das Ergebnis ihrer Recherche genau vor sich liegen!" Ich sah ihn an und lachte, denn ich war ja schon gekommen, als er mich in der Doggystellung anbockte. „Ich ziehe mich jetzt mit den Beweismiteln zurück und werde sie auswerten!", sagte ich, um auf die Toilette zu gehen. Ich machte mich frisch und entfernte das Beweismittel von meinem Körper.

Wieder frisch, diesmal mit Slip, kam ich von der Toilette und setzte mich ganz normal an meinen Laptop. „Meinst du, es war richtig?", fragte Flo vorsichtig. Auch er hatte sich wieder angezogen. Ich sah lächelnd zu ihm rüber und sagte: „Arbeit ist halt Arbeit, gell?" Dann fragte ich ihm nach seinem schwersten Fall. Flo sah mich an.

„Aber nur weil du es bist. Dir wird es ja irgendwann nicht anders gehen!", sagte er und erzählte von einem Fall vor meiner Zeit …

In meinem damals schwersten Fall ging es um einen Typen der schwul war. Er hatte mit einer Freundin eine WG. Nach der Überprüfung der WG durch das Sozialzentrum konnte nicht festgestellt werden, ob das junge WG-Paar in Wirklichkeit auch liiert war oder ob der vermeintlich schwule Markus wirklich schwul war.
In den sozialen Netzwerken gab es keinerlei Anzeichen dafür und so zog man unsere Kanzlei zu Rate, um diesen Fall zu klären. Sollte es sich heraus stellen, dass die beiden doch liiert wäre, hätte das für beide Sozialleistungebetrug geheißen. Ich recherchierte lange und hatte endlich eine Spur. In einer Kontaktplattform für Homosexuelle wurde ich fündig und nahm Kontakt zu Markus K. auf. Über seine WG-Partnerin Silke B. Fand ich nichts. Also blieb mir keine andere Wahl. Ich musste Kontakt zu Markus aufnehmen. Das ging zu erst auf der Plattform und später auch über mein Diensthandy. Privat wäre auch gar nicht gegangen. Ich war schließlich verheiratet und hatte schon ein Kind. Ich lullte Markus richtig ein und sagte ihm, dass ich ihn kennenlernen wollte. Er willigte irgendwann ein und fragte mich, ob wir nicht zusammen mal DVDs gucken wollten. Das war eine gar nicht so schlechte Idee. Ich hatte natürlich die Dienstwohnung der Kanzlei zur Verfügung. Das war eine Art Penthouse. Für diesen Fall ließ ich alles so aussehen, als würde ich dort fest und alleine wohnen. Ignis spendierte ein schwarzes Ledersofa, Flachbildfernseher und einen Blueray-Player. Dann war es soweit.

Markus besuchte mich in meinem „neuen" Zuhause. Meine Frau wusste nur, dass ich auf Dienstreise war. Markus war dunkelhaariger schlanker Jeanstyp. Er begrüßte mich mit einem Kuss auf die Wange. Bei dem Fall musste ich mich zu 100% konzentrieren. Das Vertrauen, welches ich aufbauen wollte, musste echt aussehen. Wir machten es uns gemütlich auf dem neuen schwarzen Ledersofa. Markus drückte mir die DVDs in die Hand. Es waren schwule Hardcorestreifen, was auch sonst. Ich hätte vielleicht ein paar schwule Filme erwartet, aber er ging in die Vollen und ah mich grinsend an. „Du stehst doch auf Pornos, oder?" Ich antwortete mit: „auf jeden Fall!" auch wenn das nicht so recht stimmte. Da ich barfuß und nur mit Jeans und T-Shirt bekleidet war, zog auch Markus Schuhe und Socken aus.

Ich startete einen der Filme und goss uns ein Glas Cola ein. Dann schaute ich zum Film, zu Markus und wieder zum Film. Es war das, was man so erwartete. Aber dass es so schnell zur Sache ging in dem Film, fand ich doch er belustigend. „Nee ist klar!", lachte ich. „Steifen Schwanz aus der Hose holen und sofort blasen!" Auch Markus fand das ein bisschen überzogen und amüsierte sich ebenfalls. Dann zog er sein T-Shirt aus. Ich sah ihn fragend an. „Na, wenn du alles anbehalten willst beim Wichsen, dann ist das auch okay!", sagte er gelassen. „Wichsen?", fragte ich. „Ja, wichsen!", sagte Markus. „Oder holst du dir keinen auf Pornos runter?" Ich überspielte meine Unsicherheit und nickte nur. Dann zog ich auch mein T-Shirt aus. Wir schauten weiter und tranken einen Schluck. Dann schob Markus seine Hand in seine Jeans.

„Und? Bewegt sich bei dir schon etwas?", wollte er wissen. „Der Genießer schweigt!", sagte ich scherzhaft und schob auch meine Hand in die Jeans, um meinen Steifen etwas zu richten. Es war mir schleierhaft, warum ich bei Schwulenpornos eine Erektion hatte. Nun gut, ich hatte in der Jugend schon mal Kontakt mit Jungs. Ich hatte ausprobiert. Aber in dem Moment fühlte sich es an, als würde ich erneut ausprobieren. Dann zog Markus seine Jeans aus und sagte zu mir: „Komm, lass mal sehen!" Ich starrte auf seine dicke Beule in der weißen Unterhose. Dann winkelte ich ein Bein an und genoss den Rest des Films. Die letzte Szene mit zwei gutaussehenden Typen erregte mich zunehmend. Markus würgte in seiner Unterhose schon kräftig an seinem Rohr. „Komm, lass es uns zu Ende bringen, bevor der Film um ist!", sagte er und pellte seine Latte aus der Unterhose. Er streifte die Unterhose über die Beine und wichste.

Ich zögerte noch etwas, bevor ich meine schwarze Unterhose ganz auszog. Markus war recht gut bestückt. Er sah nett aus und war völlig okay. Letztendlich nahm ich doch mein bestes Stück in die Hand und wichste neben ihm. Ich wichste mit festem Griff und kam leicht keuchend zum Schuss. Markus beobachtete, wie ich immer weiter ins Sofa rutschte und mein Sperma aus der Spitze schoss, um sich großzügig auf meinem Bauch zu verteilen. Dann sah ich, wie Markus zuckte und sein Schuss sich über seine Hand verteilte. Ich ging ins Bad und holte uns beiden je ein Handtuch zum säubern. Dann machten wir uns frisch. Letztendlich hatte Markus noch alle Teile von Twilight, einer Vampirsaga mit.

Meine Frau kannte die Filme und schwärmte davon. So kam ich auf jeden Fall dazu schon mal den ersten Teil mit ihm zu sehen, bevor er ging. An der Tür fragte er mich: „Darf ich dir einen Kuss geben?" Ich hatte gar keine andere Wahl. Ich musste es ihm erlauben, sonst wäre der Abend umsonst gewesen. Und so küsste mich ein Typ auf den Mund. Er lächelte mich an und sagte: „Also sehen wir uns morgen Abend wieder hier? Twilight Teil 2?" Damit stand mein Date für den nächsten Tag. Etwas überrumpelt schlief ich in der angemieteten Wohnung und grübelte, ob er nun komplett schwul oder doch bisexuell war …

Am zweiten Abend saßen wir beide ziemlich dicht nebeneinander auf dem Sofa und schauten Teil 2 der Twilightsaga. Immer wieder schaute Markus mich an. Ich dachte den ganzen Film über, dass er mich jederzeit wieder küssen würde. Doch wir schauten den Film und sahen uns hin und wieder in die Augen. Nach dem Film ein bisschen Smalltalk und irgendwie kamen wir auf mich zu sprechen. Ich erzählte ihm, dass ich als EDV-Angestellter in einer Firma arbeite. Markus schlug sich mit 1-Euro-Jobs durch. Den Rest bekam er ja vom Amt. Ich wusste das ja, hörte aber gespannt zu. Ich weiß nicht, wie ich das erklären könnte. Es lag dieses Knistern in der Luft. Um etwas mehr zu erfahren, spielte ich mit ihm das Kartenspiel Schwimmen.
Er schlug vor es mit Ausziehen zu spielen. Und als wir angefangen hatten, sagte Markus noch, dass der Verlierer den Gegner befriedigen musste. Ich willigte ein, da ich es ja auch mit der Hand tun konnte, falls ich verlieren würde.

Und warum nicht, ich hatte sowieso einen Ständer, also beendete ich die erste Runde mit einem Knack. Markus musste seinen Pullover ausziehen. Dann verlor ich mit 28 zu 29 Punkten und opferte meine Strickjacke. Ich sah Markus an und zog ihn ein weiteres Mal ab. Es flogen T-Shirt und dann die Hose. Markus schwamm. Und schließlich verlor er und saß in Unterhose vor mir. „Na, dann zieh dich aus!", verlangte er von mir. Nackt setzte ich mich wieder aufs Sofa und sah, wie Markus seine Unterhose ebenfalls auszog. Dann kniete er sich vor meine Beine und legte seine Hand auf meinen Oberschenkel. Er sah mich an und sagte: „Flo, entspann dich! Es wird dir gefallen!" Ganz behutsam nahm er mein Glied zwischen seine Finger und richtete es auf. Dann näherte er sich mit seinen Lippen meinem Schaft und setzte einen Kuss auf meinen Steifen. Er leckte die Unterseite von unten nach oben ab und züngelte an meinem Bändchen. Ich schnaufte wohlig vor mich hin. „Schön, oder?", zischte er und nahm ganz behutsam meine Eichel zwischen die Lippen und schob sich meinen Steifen ganz langsam in den Mund. Ich riss den Mund auf und atmete hörbar laut aus. Ganz behutsam blies er mir einen.

So sanft konnte das nicht mal meine eigene Frau, ganz zu schweigen davon, dass sie es sowieso ganz selten tat. Ich schloss die Augen und genoss meinen Gewinn. Ich legte meine Hand in seinen Nacken, um zu spüren, wie lieb er mir einen blies. So fühlte ich auch mit geschlossenen Augen, wie er mit dem Kopf auf und ab ging.

Derweil nahm er sein Glied in die Hand und wichste dabei. Als er wieder hoch kam und nur noch seine Lippen um meine Eichel hatte, zuckte es in meinem Unterleib und ich schlug den Kopf zurück. Ich stöhnte auf. Aaaahhh … Und da packte er unter seinen Lippen meinen Schaft und wichste sich meinen Schiss in seinen Mund. Ich war gekommen und mein Körper entspannte sich. Markus öffnete seinen Mund und entließ mich. Er hatte es geschluckt. Das hätte meine Frau nie getan.

Er lächelte mich an und schaute auf meinen Unterschenkel, wo sein Samen an meiner haut runter lief. Er hatte mich beim Schlucken angespritzt. Ich schlug die Hände vors Gesicht und schüttelte den Kopf. „Markus! Das ist verrückt! Wir kennen uns doch gar nicht richtig!" Markus beugte sich zu mir hoch und gab mir einen Kuss auf den Mund. Seine nassen Lippen schmatzten dabei. Er sah mir in die Augen und meinte: „Wir lernen uns doch gerade kennen. Also mir gefällst du jetzt schon!" natürlich ließ er sich es nicht nehmen, für den nächsten Abend gleich wieder ein Date auszumachen …

Spät am Abend rief ich meine Frau an, um mich mal zu melden. „Und? Wie ist dein Hotel?", fragte sie. „Schön!", sagte ich. „Die haben sogar payTV. Ich hab die ersten beiden Teile von Twilight gesehen. Da musste sich die ganze Zeit an dich denken. Was macht unser kleiner Schatz?", wollte ich wissen. Meine Frau liebte mich zumindest noch. Und ich musste einen fremden Typen lieben. Das war mein Job.

Auf jeden Fall musste er das glauben. Am nächsten Abend war die Begrüßung schon wilder. Wir knutschten. Dabei frage ich mich immer noch, ob das alles so intensiv sein musste. Zumindest war Twilight gar nicht mal schlecht und ich freute mich auf den dritten Teil. Nach dem Film wollten wir eigentlich kniffeln, aber irgendwie lagen wir knutschend auf dem Sofa. Das heißt ich lag auf dem Sofa und Markus lag auf mir, während seine wilden Zungenküsse mich sprachlos machten. Ich streichelte seinen sportlichen Körper, wobei ich bei der ganzen Wrangelei immer mehr seiner Haut spürte. Irgendwann zog ich das T_shirt über seinen Kopf und er mir meines. Wir knutschten weiter und ich spürte auch, wie sich in meiner Hose etwas sehr schnell aufbäumte. Seine Latte war selbst durch die Freizeithose deutlich zu spüren. Wenn man sich so nah ist, bleiben Gefühle eben nicht aus und er fühlte sich gut an. Wir zogen die Hosen aus und Markus kam wieder über mich. Wir schmusten richtig miteinander.

Irgendwann griff ich zwischen uns und machte mich an seiner Unterhose zu schaffen. Ich pellte seinen Steifen aus der Unterhose, sodass das Bündchen an seinem Schaft lag. So halb aus der Hose guckend krabbelte er über meinen Brustkorb und legte mich seinen Dicken an die Lippen. Bereitwillig fing ich an, an der Latte zu lecken und dann zu lutschen. Ich kam mit dem Kopf hoch und schob meine Lippen auf seinen Schwanz. Markus griff hinter sich uns seufzte leise. Es schien ihm zu gefallen. Er wühlte meine Erektion aus der Unterhose und ließ sich einen blasen.

Dann kam er von mir runter und zog seine Unterhose aus. Ich zog meine Unterhose aus und kniete auf dem Sofa. Markus stellte sich vor mir auf die Sofafläche und schob seinen Steifen in meine Richtung. Er legte die Hand an meinen Kopf und schob mir seinen Schwanz zwischen die Lippen. Dann blies ich ihm einen. So tief hatte ich noch nie einen Schwanz in meinem Mund. Es war schon recht heftig. In so kurzer Zeit hatte ich mehr Sex, als mit meiner Frau in einem Monat. Dann kniete sich Markus hinter mich und schmiegte sich an mich. Ich spürte seinen harten an meinem Arsch. Dann gab er mir einen Schubs, so dass ich nach vorne kippte und mich mit meinen Händen auf dem Sofa abfing. „Keine Angst! Ich schlafe nicht mit dir! Noch nicht! Aber ich zeige dir einen Trick!", sagte Markus und legte seinen Schaft in meine Pofalte. Dann schob er ihn mit rhythmischen Bewegungen hin und her. Das machte er eine ganze Weile.

Das fühlte sich neu an. Dadurch dass ich ihm einen blies war er natürlich total erregt und dann hörte ich ich ihn stöhnen. Er presste seinen Body an mich und ein warmer Schwall seines Ejakulats verteilte sich auf meinem Rücken. Es lief an meiner Hat hinunter. Ich sank aufs Sofa und seufzte: „Was machen wir hier nur?" Markus amüsierte sich. „Komm!, sagte er und nahm ein Handtuch. „Das war doch gar nicht so schlecht für den Anfang! Sollten wir irgendwann in der Stellung miteinander schlafen, spritze ich dir genau so auf den Rücken. Das finde ich voll geil!"

Er ging also davon aus, dass wir es auf jeden Fall tun würden. Ich war mir da nur nicht so sicher.

Vielleicht konnte ich ihn ja vorher entlarven ...

Ich sah auf die Uhr und erschrak. „Flo? Weißt du eigentlich, wie spät es ist?", fragte ich meinen Kollegen. Er sah mich geschockt an. „Anja! Es ist halb drei durch! Was ist denn los? Wirst du zu Hause vermisst, oder was?" Ich sah ihn mit rollenden Augen an. „Der bringt mich sowieso um!", sagte ich lächelnd. „Ich geh dann mal!", sagte ich und zog meine Schuhe wieder an. „Quit pro quo, Agentin Sperling!", sagte Flo und sah mich an. Ich rollte mit den Augen und sagte: „Was? Flo!" Er lachte. „Nun bist du dran mit deinem schwersten Fall. Du darfst es auch kurz machen!" Ich tat genervt, fügte mich dem aber und begann zu erzählen ...

Mein schwerster Fall ... Erwin Lümmel. Der Mittvierziger von der Bratwurstpresse. Alleine sein Laden, also seine Bude ist schon sexistisch. „Erwins lange Lümmel!" ... Flo sah mich an. „Und? Hatte er einen? Ich meine ... langen Lümmel?"

Ich fuhr fort ...

Melissa Rainer fühlte sich ausgenutzt. Sie war gerade mal 18 Jahre alt und hat sich von dem Typen aufreißen lassen. Nach einer wilden Affäre, ließ er sie fallen und sie war total angepisst. Dann erzählte sie Ignis von den Machenschaften mit angeblich minderjährigen Mädchen und ich wurde auf ihn angesetzt. Er stand also auf junge Girls. Melissa wohnte noch zu Hause. Er kam sie einfach mal besuchen nach dem Dienst in seiner Bratwurstbude und kam lässig mit Rucksack, Jogginghose und Kapuzenjacke in ihr Haus.

Warum hatte sie bloß aufgemacht in Top, Jeanshemd und Slip? Sie wusste es nicht besser. Ihr Slip muss nass gewesen sein, sonst hätte sie ihn nicht geknutscht. Sie hob ihr Bein und hatte noch ihre Freizeitschuhe an. Er hatte Dreitagebart und roch nach Frittenfett. Durch wilde Küsse und wildes Fingern hatte er sie in Flammen gehabt. Sie wollte mehr und das gab er ihr. Beide waren nackt und sie kniete vor ihm und blies ihm einen. Da merkte sie erst, was für einen steifen großen Schwanz er hatte.

Er hielt ihren Kopf und stopfte ihn bis zum Anschlag in ihrem Mund. Sie sagte, sie hätte fast gewürgt. Er fickte ihren süßen Mund und holte sie dann hoch. Er stand hinter ihr und hob ihr linkes Bein auf die Anrichte. Dann stieß er in sie rein. Sie lag schon auf der Anrichte und anschließend machten sie es im Stehen, im Liegen und im Sitzen. Ich glaube, der hat die richtig durchgeknallt. Letztendlich auf dem Fußboden presste er sie gegen eine Wand und besorgte es ihr. Ich glaube, sie musste heftig gekommen sein. Und dann kam ich ins Spiel vor seiner Bude „Erwins lange Lümmel". Ich fuhr auf Discorollern mit hautenger Röhrenjeans. Und grünem Bikinioberteil. Ich hatte eine Sonnenbrille auf und rollte mit derzeit schwarzen langen Haaren an seinen Imbisstand. Ich sah wirklich jung aus. „Hey Meister, deinen langen Lümmel hätte ich gerne mit Senf!", sagte ich keck. Er stand selber im Wagen und sagte: „Meinen oder einen langen Lümmel?" Ich grinste und sagte: „Du hast mich schon verstanden!" Prompt gab er mir eine Riesenbratwurst aus und löste seine Schicht mit seiner Mitarbeiterin ab. Dann zog er sich seine Discoroller an und ich hatte meine Wurst schon aufgegessen.

Ich rollte vom Stand weg und sah ihn irgendwann hinterher kommen. Er war so, wie Melissa ihn beschrieben hatte. Er glotzte mir auf den Arsch und hatte mich in Nullkommanix eingeholt. Ich zog meinen Mittelfinger unter der Nase entlang und er sah mich an. „Coole Sau!", sagte er und tänzelte um mich herum. Ich zeigte ihn meinen prallen Arsch, was ihn noch heißer machte. „Wolltest du nun meinen langen Lümmel oder nicht!", drängelte er. Ich sah so cool aus mit meinem Cappy verkehrt herum auf dem Kopf und rollte mich um einen Laternenpfahl. Da hatte er mich und fasste mich geil an. Er konnte galant mein Bikiniunterteil aus dem engen Hosenbund ziehen und sagte: „Ich reiße ihn einfach kaputt!" Das tat er auch. Der war wirklich schräg, aber nicht uninteressant. Wir rollten zu ihm und er ließ mich rein. Ich wusste, dass das Äußerste passieren würde. „Wie alt bist du?", fragte er. Ich gab mich unschuldig und sagte: „16!" Das war mein einziges Ass im Ärmel. Er sah mich an und sagte: „Das passt schon!"

Dann stand ich vor dem riesigem Bett. Er kam von hinten und betatschte mich. Ich legte meinen Kopf nach hinten. „Du magst es hart, oder?", fragte er und packte mir an die Brust. Dann lag seine Hand an meinem Kehlkopf. Mit der anderen zog er meine langen Haare nach hinten. Sein Body schmiegte sich an mich und seine riesige Beule drückte sich gegen meinen Po. Dann riss die Jeans hinten am Po auf. Scheiß „KIK-Ware!", sagte ich. Ich hätte eine Größe größer nehmen sollen. Er legte meinen Oberkörper nach vorne aufs Bett und faste in meine gerissene Jeans. Die riss immer weiter auf. Dann hatte ich seine Finger in mir. Hallo, dachte ich.

Hat der den G-Punkt schon gefunden?, wollte ich wissen. Dann stopfte er seinen langen Lümmel Stück für Stück in mich rein. Irgendwann kippte ich auf die Seite und er lag hinter mir und fickte mich. Ich hatte meine Rollschuhe noch an, er nicht! Ich gab mich dem hin und ließ mich begatten. Er konnte auch noch so geil küssen, aber ich hasste seinen Dreitagebart. Dann lag ich auf dem Rücken. Er rammte ihn noch mal rein. Ich ritt auf ihm, vorwärts und rückwärts. Letztendlich lag ich auf dem Bett und lutschte ihm einen. Meine Beine mit den Discorollern angewinkelt, schoss er mir seinem Samen in den Mund. Ich hätte kotzen können …

Floh sah mich an. „Flieg, Flieg, Flieg, Agentin Sperling!", sagte er und verabschiedete ich bis zum nächsten Morgen …

Die Mutter meiner Freundin

Ich hatte mich mit meinem Freund Stefan gezofft und fuhr Wut entbrannt nach Hause. Dieser Spinner wollte schon wieder mit seinen Freunden auf die Piste. Nie hatte er Zeit für mich. Als Krönung wollte er noch mal kurz über mich rüber steigen. Wir waren erst zwei Monate zusammen und ich hatte mich ihm so gut es ging verweigert, weil mein erstes Mal schön sein sollte. Ich wollte mir Zeit nehmen. Nun hatte er es aber übertrieben. Wer war ich denn, dass ich mich einfach von ihm bumsen ließe.

Ich hatte es mir vor meinem Fernseher gemütlich gemacht und hatte auch noch das Pech, dass „Vom Winde verweht" lief. Bei dem Film musste ich immer heulen wie ein Schlosshund. Schnell zog ich mir eine Jeans, ein lässiges Oberteil an und warf mir die Fleece-Jacke über. Mit verheulten Augen suchte ich das Haus von meiner besten Freundin Katja auf. Sie wohnte mit ihren neunzehn Jahren noch bei ihren Eltern. Ich war ein Jahr älter als Katja und musste wegen Meinungsverschiedenheiten bei meinen Eltern ausziehen. Es war nicht mehr zu ertragen. Völlig down stand ich vor dem Bungalow von Katjas Eltern und klingelte. Es dauerte ziemlich lange, bis jemand die Tür öffnete. Es war Katjas Mutter, Frau Stendahl. Sie hieß Sabine und war 39 Jahre alt. Aber was war das? Sie war nur mit einem Handtuch bekleidet und hatte nasse Haare. Die Wassertropfen zogen Spuren an ihren schlanken Waden. Sie hatte wohl geduscht. Ich wischte mir die Tränen aus den Augen und schniefte: „Hallo Frau Stendahl, ist Katja da?" Sie schüttelte den Kopf und zog die Tür auf.„Komm doch erst mal hinein.

Du bist ja ganz verweint!" Sie ließ mich hinein und meinte, sie müsse nur kurz ihre Haare etwas trocknen. „Sonst sehe ich aus, wie ein wild gewordener Handfeger!", schob sie noch hinter her und ging ins Bad. Bei ihrer rotbraunen Lockenmähne wäre das mit dem Handfeger auch kein Wunder. Ich stand wie eine Parkuhr an der Badezimmertür und sah ihr zu, wie sie sich die Haare föhnte. Dabei löste sich das Handtuch und die Mutter meiner Freundin stand splitternackt vor dem Spiegel. Mir steckte ein Kloß im Hals. Die Frau hatte mit Ende dreißig eine Figur, wie eine Zwanzigjährige. Schlanke lange Beine, einen tollen Knackpo, einen tierisch glatten Bauch und eine runde volle Brust musterten meine Augen. Als sie sich zu mir drehte, sah ich dass sie zwischen den Beinen blank rasiert war. Ihre Taille war fraulich, nicht so mager, wie die eines Modells. Sie lächelte.

Ich war ins Badezimmer gekommen und hob das Handtuch auf, gab es ihr und sagte: „Bitte, sie haben das fallen lassen!" Frau Stendahl lächelte mich an und wischte mir mit den Fingerspitzen unter den Augen entlang. „Herzchen, du hast geweint. Was ist denn los? Katja ist leider nicht da. Sie ist bei ihrer Oma, der geht es momentan nicht so gut!" Da kullerte mir wieder eine Träne über die Wange. Frau Stendahl nahm mich in die Arme und ich fing ein zu weinen. Mein blöder Freund machte mir ganz schön zu schaffen. Ich lag mit dem Kopf an ihrer Brust und meine Fleece-Jacke hatte die Haut der Dame schon getrocknet. Sie hatte eine warme und ganz weiche Haut. Sie roch nach ihrem Duschgel, welches einen leicht blumigen Duft versprühte.

Sanft strich sie mir über den Kopf und hielt meinen Kopf fest an ihren Oberkörper. „Ach, Gott! Ich würde dir ja gerne helfen, aber ich weiß ja nicht einmal was los ist!", sagte sie und sah mich an. Als ich zu ihr aufblickte, sah ich sie wieder lächeln. „Komm!", sage sie. „Ich mache uns einen Kaffee und dann bringen wir dich auf andere Gedanken!" Ich nickte und kam hinter ihr her in die Küche. „Ähm … Frau Stendahl...!" Sie sah mich an. „Ja, ich sollte mir vielleicht etwas anziehen! Aber erst mache ich uns einen Kaffee!" Sie füllte die Senseo-Maschine und machte uns einen Schokokaffee, den wir mit nahmen. Auf dem Weg in ihr Schlafzimmer versuchte sie wieder, mich davon zu überzeugen, dass ich ihr erzähle, was mich bedrückt. Ich war wirklich überwältigt von ihrer freundlichen Art. Als ich das Schlafzimmer betrat, nahm sie mir die Tasse aus der Hand und stellte beide auf den kleinen Nachttisch. Sie bot mir das Bett zum Sitzen an und öffnete die großen Spiegeltüren ihres Kleiderschranks. Dann drehte sie sich um und grinste mich an.

„Du kannst mich mal beraten und sagen, was man heute Abend zum Empfang in der Firma meines Mannes anziehen könnte!" Da musste ich lachen. „Aber Frau Stendahl. Ich?" Sie sah mich an und kam näher. Dann tippte sie mit dem Finger auf meine Brust. „Nach vier Jahren Freundschaft mit meiner Tochter wird es doch sicherlich langsam Zeit, dass du Sabine zu mir sagst, oder Bine!", lachte sie und sah mir tief in die Augen. „Ja, natürlich du! Du bist jung und hast Ahnung von Sachen, die man gut tragen kann oder?" Ich nickte und dann drehte sie sich um, um im Schrank nach etwas geeignetem zu suchen.

205

Zuerst holte sie einen Spitzenzweiteiler heraus und zog sich das Höschen an. Dann den BH. Das Teil war fast durchsichtig aber äußerst sexy. Ich presste die Lippen aufeinander und sah sie mir genau an. Ihre langen rotbraunen Haare waren trocken und aufgewirbelt wie eine Löwenmähne. Mit ihren blauen Augen sah sie mich an und fragte: „Was?" Ich sah skeptisch zu ihr. „Nichts! Nur meinen sie … ähm … meinst du nicht, dass das ein bisschen zu gewagt ist?" Sie schmollte und sah an sich herunter. „Du findest es scheiße oder?" Um Gottes Willen, es war atemberaubend und das sagte ich ihr auch. „Nein, du siehst sehr sexy darin aus, aber passt es auch zu dem was du drüber ziehen willst?" Sie überlegte kurz und holte ein schwarzes schulterfreies Minikleid aus dem Schrank. Sie breitete es aus und fragte:

„Na, was sagst du?" Ich schüttelte den Kopf. Dann ging ich zum Schrank. „Hast du Hüfthosen?", fragte ich. Sie zog eine Jeans aus dem Schrank und zeigte sie mir. Ich nickte und sah ihr zu, wie sie sie anzog. Dann hob ich den Daumen und sagte: „Perfekt!" Sie freute sich über die Wahl und warf mir das Kleid zu. „Zieh es an!", forderte sie mich auf.

Ich schüttelte den Kopf und meinte, dass ich es unmöglich anziehen könne, weil es doch ihr Kleid war. „Ach, was. Zieh es an. Ich will sehen, wie es dir steht!" Dann setzte sie sich aufs Bett und nippte an ihrem Kaffee. Vorsichtig und etwas schüchtern zog ich meine Fleece-Jacke aus und das knappe Oberteil. Ich hatte keinen BH an, weil meine Brust fest genug war und ich auch gar nicht drüber nach dachte, bevor ich ich auf den Weg machte.

Dann sah ich dieses Flimmern in den Augen von Sabine. Ganz langsam öffnete ich die Jeans Knopf für Knopf und schob sie auf meine Oberschenkel, bis sie an den Beinen runter fiel. Gespannt sah Bine mich an und lächelte. „Du machst das aber auch spannend", lachte sie und sah, wie ich mir das Kleid über zog. Dann zog ich es zurecht und es passte, wie angegossen. Sabine fiel die Kinnlade herunter und sie brachte nur noch ein tiefes „Wow". Ich dachte ich hatte mich verhört. „Wow?", fragte ich. „Ja!", meinte sie. „Du siehst aus, wie ein sexy Bonbon, süß und lecker. Ich schüttelte den Kopf und setzte mich auf die Bettkante. „Dein Kaffee wird kalt!", sagte Sabine und strich mir mit den Fingernägeln über den Nacken. Das verursachte eine Gänsehaut bei mir. Schnell nippte ich an dem Kaffee und spürte ihre Fingerspitzen meinen Hals streicheln. Ich stellte die Tasse weg und sah sie unschuldig an. Sabines Augen hatten einen sehr tiefgehenden Blick. „Lehne dich zurück!", sagte sie. „Und erzähl mir, was dich bedrückt!"

Etwas zögerlich lehnte ich mich langsam und ganz vorsichtig zurück zwischen ihre Beine, so dass ich mit dem Rücken auf ihrer Brust lag. Mein Kopf lag neben ihrem und sie streichelte meine Wange mit den Fingern, als sie mich sanft an sich drückte. „Mach die Augen zu und schieße los!" Ich schloss die Augen und fühlte ihre Hand, die meinen Bauch streichelte. Dann erzählte ich ihr, dass mein Freund unbedingt mit mir schlafen wollte und ich eigentlich mehr Zeit bräuchte. „Aber er scheint dich zu lieben. Du bist sexy, jung und absolut süß. Warum sollte er nicht mit dir schlafen wollen?", flüsterte sie in mein Ohr.

Ihre Hände streichelten meine Taille und meinen Bauch, während ich weiter erzählte. Ich konnte ihren heißen Atem an meinem Hals spüren. „Ja, schon!", sagte ich. „Aber..." Dann fühlte ich ihre Lippen an meinem Ohr, sie schienen mein Ohrläppchen zu berühren. Sabines Hände strichen über meine Beine, meinen Bauch und dann an meinen Hüften hoch. „Aber?", flüsterte sie mir ins Ohr. Diese Nähe machte mich wahnsinnig. „Aber, du hast Angst, dass es weh tun könnte?" Ich nickte etwas und spürte ihre warmen Lippen an meinem Hals. Sie küsste ganz sanft meine Haut und flüsterte weiter. „Weißt du, ich habe meinen Mann vier Monate hin gehalten, bevor er mich anfassen durfte. Ich trug das Kleid, welches du gerade anhast!" Ich öffnete die Augen und drehte meinen Kopf zu ihr. Sie war so dicht vor meinen Augen, dass sich unsere Lippen berührten.

Dann setzte sie einen ganz leichten Kuss auf meine Lippen und ließ ihre Hände über meinen Körper wandern. Ganz vorsichtig schob sich ihre Zunge zwischen unsere Lippen, als wir uns küssten. Ihre Zunge war warm und weich. Sie schnappte sich meine Zunge und spielte mit mir. Immer weiter öffneten sich unsere Lippen. Sie raubte mir den Atem, so dass ich durch die Nase schnaufend nach Luft schnappte. Vorsichtig fuhren unsere Lippen wieder zusammen und ihre Zunge zog sich zurück. Es schmatzte leicht, als sich unsere Lippen voneinander lösten. Ich schlug die Augen auf und sah ihr direkt in ihre blauen schönen Augen. Ich spürte ihren Atem auf meinen Lippen und öffnete leicht meine Lippen, als ihre Finger sich unter dem Kleid sanft in meinen Schritt schoben. Ein leises „Ah" hauchte ich ihr ins Gesicht und schloss die Augen.

Dann hatte sich einer ihrer Finger zwischen meine Schamlippen geschoben und strich sanft dadurch. Ich bemerkte zwar, dass ich feucht war, aber meine Schamlippen waren ja noch zusammen gepresst. Erst als ihr Finger sie leicht öffnete, kam die Scheidenflüssigkeit und schmierte sich auf die Innenseiten meiner Oberschenkel. Sabine küsste mich und streichelte mit den Finger zwischen meinen Schamlippen. Zwischen den heißen feuchten Küssen flüsterte sie: „Und dann hatte er mich angefasst. Ich war total erregt, hatte aber Angst, dass er mir weh tun würde.

Als sich sein harter Penis in mein Inneres schob, hatte er mich mit leidenschaftlichen Küssen schon völlig willenlos unter sich liegen." In dem Moment schob sich ihr Finger vorsichtig in meine nasse Scheide. Ich schluckte und stöhnte leise „Hmmm". Mit der anderen Hand befreite sie meine Brust von dem Kleid und massierte meine Brustwarze, als ich leicht zur Seite von ihr rutschte. Ihre nassen Lippen schnappten nach der Brustwarze und küssten diese, während ihre Finger damit beschäftigt waren, mich in Ekstase zu streicheln. Meine Lippen öffneten sich etwas und ein leises „Ah" kam aus meinem Mund.

Es zog sich zu einem genüsslichem Schnaufen hin, als sie meine kleine Lustperle entdeckte und mit dem Daumen darauf massierte. Ich war völlig erregt und ließ mich wieder zu einem leidenschaftlichem Kuss einladen. Ihre Zunge spielte mit mir und leckte mir die ganze Mundhöhle aus.

Dann leckte sie über meine Lippen und schob einen weiteren Finger in meine enge nasse Lusthöhle. Ich erlag ihr komplett und ließ mich zum Höhepunkt streicheln und küssen. Mit den Fingern nahm sie meine Brustwarze und rieb sie zwischen Daumen und Zeigefinger, so dass diese dick und hart auf meiner Brust stand. Ich wurde wahnsinnig und stöhnte laut, als sie meinen Kitzler mit den Fingern reizte. Mein Höschen war nass und ich wollte schreien. Dann überkam mich ein Lustgefühl, dass so intensiv war. Sabine küsste an meinen Ohren, was mich noch schärfer machte und mich letztendlich aufschreien ließ.

Ich drückte meine Brust heraus und ließ den Kopf nach hinten fallen. Sabine hörte einfach nicht auf mich zu reizen. Mit einem lautem Schrei zuckte ich zusammen und überließ mich ganz ihren Händen. Ich kniff die Beine zusammen und rief „Oh Gott, warum machst du das?" Dann vibrierte es in meiner Scheide und ich presste gegen den Druck ihrer Finger. Ein heftiges schnelles Atmen raubte mir den Verstand und benebelte meine Sinne. Ich zuckte zwischen den Beinen und hatte ihre Hand zwischen meinen Schenkeln eingeklemmt. Dann sah ich sie an und öffnete leicht meine Schenkel. Sie hatte meinen Kitzler zwischen ihre Fingerspitzen genommen und sah mir tief in die Augen. Dann spürte ich nochmal einen heftigen Ruck in mir und machte meinen Mund weit auf. „Ja, lass es raus, Sandra!", sagte sie und überließ mich den letzten Orgasmuswellen. Ich sank zurück in ihre Arme und seufzte leise. Sanft streichelte sie meine Brust und grinste mich an. „Weißt du? Ich war genauso erregt bei meinem ersten Mal.

Ich hatte nicht mehr gemerkt, dass er mein Jungfernhäutchen durchstieß! Deine Freundin ist in der Nacht entstanden." Ich grinste Sabine an. Dann fing sie an, mir das Kleid auszuziehen. Fast nackt saß ich vor ihr. Sie streichelte meinen Rücken und fragte: „Bekomme ich noch einen Kuss?" ich drehte mich zu ihr und legte mich vorsichtig auf sie. Ihre Hände streichelten meinen Rücken, als wir uns wild küssten.

Nach einer Weile sagte sie, sie müsse noch essen machen, bevor ihr Mann nach Hause kommt. Ich stand auf und zog mich an. Sabine drückte mir das Kleid in die Hand. „Hier, leih es dir aus. Du kannst es mir ja irgendwann mal zurück geben!" Ich nahm das Kleid und zog mir die Fleece-Jacke wieder über. Sabine nahm sich ein enges Oberteil aus dem Schrank, zog es über und brachte mich zur Tür. Beim Verabschieden fragte sie: „Soll ich Katja etwas ausrichten?"

Ich schüttelte den Kopf und gab ihr einen flüchtigen Kuss. „Danke, Nein. Ich werde mich bei ihr einfach melden!" Dann sah sie mir nach, wie ich über das Grundstück zum Bürgersteig schlenderte. Mein Handy klingelte. Es war Katja. „Hi Süße! Sorry, ich hatte ganz vergessen, dich zurück zurufen. Was war den los? Hoffentlich nichts Schlimmes?"

„Nein Katja, ich wollte nur mal reden. Aber im Moment ist schlecht, ich kann jetzt gerade nicht!"

„Ist gut, ruf mich doch einfach morgen nochmal an oder komm vorbei! Tschau Süße. Hab dich lieb!"

Dann hatte sie aufgelegt. Ich sah immer noch zur Tür und blickte auf Sabine, die mir hinter her sah. Sie hatte gewunken und mir einen Kuss angedeutet. Ich war völlig verwirrt. Was hätte ich Katja denn sagen sollen? Sorry, ich kann nicht mit dir reden, ich habe gerade mit deiner Mutter geschlafen und bin fix und fertig?

Wasser Marsch

Es war ein sehr heißer Tag. Mein Freund Mario und ich hatten eine Wolldecke in unseren Garten auf den großen Rasen gelegt und öffneten eine Flasche Rotwein. Schon die ganze Zeit hatte Mario es auf meinen Po abgesehen. Seit Wochen versuchte er mit mir über Analsex zu reden. Sicherlich war ich nicht prüde und keinesfalls schloss ich Analsex zwischen uns aus, aber ich war wohl noch nicht soweit. An dem Tag in unserem Garten startete er einen weitere Versuch und ich glaubte schon, die Stimmung würde kippen. Es war wirklich unerträglich heiß und ich lief mit einem Trägershirt nur in Unterhose durch den Garten. Mario trug ein T-Shirt und eine grelle kurze Sporthose. Eigentlich wollten wir etwas im Garten machen. Der Gartenschlauch war auch schon ausgerollt und unsere Rosen brauchten dringend Wasser. Mario war los gelaufen, um am Haus den Wasserhahn anzustellen. Als er zurück kam hatte ich natürlich schon den Schlauch in der Hand, aus dem das Wasser lief. E gab mal eine Gartenspritze dazu, aber die war verloren gegangen.

Mario näherte sich und es war klar, dass wir mit dem Wasser herum spielten. Ich hielt den Schlauch in seine Richtung und bevor er, „Wehe, du machst mich nass!" sagen konnte, hatte ich den Schlauch vorne halb mit dem Daumen verschlossen, so dass eine komplette Dusche meinen Freund nass machte. Er sagte: „Na, warte!" und kam auf mich zu. Ich spritzte ihn komplett nass und hielt den Schlauch nach oben. Er nahm den Schlauch und machte auch mich komplett nass. Als er so nass hinter mir stand und mich am Hals küsste, war ich total erregt.

Das kühle Nass auf meiner haut und seine warmen Küsse erregten mich. Er küsste mich am Hals und auf den Mund, als ich meinen Kopf etwas zu ihm drehte. Den Schlauch hielt ich nach unten und ließ mich von seinen Zungenküssen anmachen. Er fasste von hinten an meine Brüste und knabberte an meinem Ohr. „Ich glaube, das Wasser können wir wieder ausmachen, auch wenn die Rosen nichts abbekommen haben!"

Mario ging noch mal zum Hahn und stellte das Wasser ab. Ich ging zur Wolldecke und setzte mich, nass wie ich war, darauf. Mario schlich sich von hinten an mich ran und fing wieder an, an meinem Hals zu küssen. Er schob seine Hände um meinem Bauch und schob mit den Händen mein auf der nassen Haut klebendes Oberteil nach oben. Dann kam er über meine Schulter mit seinem Kopf und küsste meine Brust. „Du bist ein schlimmer Finger!", sagte ich und ließ es mir gefallen. „Was sollen bloß die Nachbarn denken?", fragte ich. Er zog mir das Oberteil aus und kam zwischen meine Beine. Mario leckte meinen Slip ab, der auch klatschnass war, bevor er mir ihn auszog. Dann fing er an, mich zu lecken. Ich genoss es und fragte ihn noch mal. „Schatz, wenn die Nachbarn das sehen!?" Die saßen schließlich im Garten nebenan zum Grillen mit ihren Freunden. Er kniete sich hin und sagte:

„Wieso die Nachbarn? Unsere Thujahecke ist 1,80 m hoch. Außerdem grillen die!" Darauf hin zog ich seine völlig nasse Sporthose runter und fing an ihm einen zu blasen. Ich liebte seinen Steifen. Mario hatte die nasse lästige Sporthose ausgezogen und kniete hinter meinem nackten Body.

„Ich will dich ficken!", knurrte er und gab mir einen leichten Schubs, so dass ich mit meinem Oberkörper nach vorne fiel und mich mit den Händen auf der Decke abstützte. Mario rieb seinen Steifen an meinem Po und schob seine Eichel in Richtung meiner Schamlippen. Dann drang er in mich ein. Ich hatte wohl ein wenig gequiekt, als er seinen Steifen sanft in mich schob und anschließend meinen Po packte und mich dann bumste. Ich wollte ihn einfach nur spüren. Der Gedanke, dass sie Nachbarn uns durch die Hecke beobachten könnten, gab mir ein leicht erregendes Gefühl. Um es einfach auszudrücken, ich war ziemlich geil.

Mario hatte so einen langsamen schönen Rhythmus, der mich schier irre machte. Nach einer Weile kippte ich auf die Seite und Mario rutschte aus mir. Zwischen meinen Beinen war alles nass. Dann spürte ich, wie Mario mit seiner Eichel an meinen Schamlippen glitt. Er massierte seine Eichel an meinem Spalt und plötzlich spürte ich seine Spitze an meinem Hintereingang. Mit leichtem Druck presste sich seine Eichel in meinen Po und ich zischte: „Schatz!?" Doch es war zu spät.

Ganz langsam drückte sich seine Spitze in meinen engen Muskel und plötzlich steckte er in mir. Mario war ganz aufgeregt und angestrengt, weil er mir nicht wehtun wollte. Ich lag auf der Seite und seine Spitze steckte schon in mir. Er legte seine Hand auf meinen Oberschenkel und sah mich an. Ich atmete heftig und öffnete meinen Mund, als er seinen Steifen ganz behutsam weiter in meinen Po schob. Dann musste sich stöhnen, was ich sonst nie so laut tat. Mario legte sich hinter mich und dann war er ganz in mir.

Zu meiner Verwunderung erregte mich das, aber es war anders. Bei vaginalem Sex war ich sofort im Lustrausch. Jetzt wo er hinten in mir steckte, kam es ganz langsam. Mit jeder Bewegung, die so intensiv war, machte er mich heiß. Er traute sich gar nicht richtig zu zu stoßen. Ganz langsame kurze Stöße verpasste er meinem Arsch und ließ mich stöhnen.

Ich fasste mit der Hand hinter mich und tastete seinen Schwanz und meinen Po ab. Ich konnte fühlen, wie tief er ihn in mich schob. Ich drückte meinen Po zu ihm und Mario zog mich mit, als er sich auf den Rücken legte. Ich stützte mich hinterrücks ab und hockte dann mit etwas Abstand auf seinem Schoss, während sein Schwanz zur Hälfte in meinem Po steckte. Ganz sanft ließ ich meinen Body sinken, was seinen Steifen nur noch weiter in meinen Po trieb. Dann saß ich und atmete schnell. Ich legte mich zurück und streckte die Beine aus. Unter mir hauchte Mario seinen warmen Atem an meinen Hals. „Du bist verrückt!", keuchte er. Ich wusste, dass er schneller kommen würde, als ich es wollte. Er umklammerte meinen Body und drückte sein Becken gegen meinen Po. Ich denke, er wollte es genießen und mir gefiel es. Er drehte sich und wir lagen wieder in der seitlichen Stellung. Gekonnt wand er sich hinter mir raus und ich lag auf dem Rücken. Dann winkelte ich meine Beine an. Mario stieß in mich rein. Es war ein heftiger und sehr intensiver Stoß.

Er tat es noch ein paar Male und stützte sich auf meinen Beinen ab, als ich ihn in mir zucken spürte. Ich war erledigt. Die paar Stöße hatten mich geschafft.

Mein Freund ejakulierte, als seine Eichel noch in meinem Muskel steckte. Der Rest spritzte gegen meinen Arsch bei Herausziehen. Ja, das war mein erstes Mal und es war schön. Ziemlich erledigt schnappten wir unsere Sachen und verzogen uns ins Haus, bevor die Nachbarn doch noch etwas mit bekamen …

Erwischt

Ich kann mich noch genau daran erinnern, wie es war, als meine Stiefschwester Steffi zu Hause ausgezogen ist. Ich hatte meiner 32jährigen Stiefschwester geholfen vom Umland in die Stadt zu ziehen. Es war schon ein seltsames Verhältnis zwischen uns. Ich war gerade mal 18 Jahre alt geworden und durfte sogar ihr Auto fahren während des Umzuges.

Steffi war Lehrerin und hatte sich zu der Zeit an unserer Berufsschule als Lehrerin für BWL und EDV beworben. Noch hatte sie kein Bescheid, aber sie rechnete mit einer Zusage. Nachdem sie ja fast zehn Jahre mit ihrem Freund in Neumünster wohnte und nach der Trennung endlich wieder nach Kiel wollte, hatte sie die Wohnung schon vor der Einstellung als Lehrkraft. Ich weiß noch genau, dass ich als Junge immer in ihrem Zimmer war, weil sie die geileren Sachen hatte. Wir lagen auch oft zusammen auf ihrem Bett und hatten Musik gehört. Sie war schon echt hübsch, aber zu der Zeit hatte ich noch überhaupt keine Gefühle zu Mädchen, bis vielleicht die freundschaftlichen Gefühle zu meiner Stiefschwester Steffi. Über Wochen hatten wir die Wohnung zurecht gemacht und es stand das letzte Wochenende an, an dem wir nur noch ein paar Sachen nach hatten. Ein Zimmer hatte sie als Gästezimmer eingerichtet oder für ein vielleicht noch folgendes Kind. Ich brauchte nur noch die Tür für das Gästezimmer in dunklem Blau streichen und wollte damit einen Kontrast zur hellblauen Wand schaffen. Steffi war mit dem Einräumen der restlichen Sachen beschäftigt.

Ich war über das ganze Wochenende eingeladen, da ich von ihr aus viel besser und schneller in die Stadt konnte, um noch ausgehen zu können. Während wir am Freitag noch zu tun hatten sprachen wir, wie in alten Zeiten über alles Mögliche. Auch darüber, warum ihre Beziehung kaputt ging und warum ich keine Freundin hatte.

Ich hatte bereits ein paar Freundinnen, aber irgendwie reichten die Beziehungen nicht für eine feste Zukunft. Vielleicht waren die Mädels auch einfach zu jung. Ich wusste ja, dass man sich austoben musste oder sollte, bevor man fest mit einem anderen Menschen eine Zukunft plante. Das war auch das Problem von Steffis letzter Beziehung. Im Allgemeinen war der Tag sehr interessant und wir erfuhren Vieles voneinander. Ich hatte sie ja auch selten gesehen in den zehn Jahren. Ich beobachtete sie, als sie sich des Öfteren streckte, nachdem sie lange Zeit auf dem Boden hockte, um die Sachen einzuräumen. Dann drehte die sich um und fragte, was ich denn so tun würde, jetzt wo ich ja keine Freundin hatte. „Wichsen!", sagte ich lachend und wandte mich wieder der Tür zu. „Und du? Du hast ja auch keinen Freund mehr!", bemerkte ich oberschlau. Sie sah mich an und sagte: „Genau, wie du! Wichsen!" Da fingen wir beide an zu lachen. Sie war schon eine Marke.

So frech und doch ziemlich gebildet. Steffi war echt in Ordnung. Sie hatte lange rotbraune Haare und eine normale Figur. Ganz schön große Titten hatte meine Stiefschwester. Aber das konnte ich ihr natürlich nicht so sagen.

Nach dem wir uns am Band eine Pizza bestellt hatten, bis in die Nacht gemeinsam auf dem Sofa liegend fern schauten und herum alberten, verabschiedete ich mich ins Bett. Ich durfte im nagelneuen Gästezimmer schlafen und hatte mich schön ins Bett gekuschelt. Es roch noch ganz leicht nach Farbe, aber das machte mir bei geöffnetem Fenster nichts aus. Der Style in dem Zimmer war etwas verrückt. Ein alter Holztisch mit blau-rot karierter Decke, hellblaue Wände, ein alter Holzsessel, ein Metallstuhl und dunkelblaue Dekoartikel schmückten den Raum. Nichtsahnend sprang ich am Morgen aus dem Bett und ging nur mit Unterhose bekleidet durch die Wohnung. Ich stiefelte ins Bad, wo Steffi in BH und Slip vor dem Spiegel stand. Ihre rotbraunen Haare standen zu Berge. Sie starrte in den Spiegel und konnte mich hinter sich stehen sehen. „Stefan!", sagte sie mit ernster Stimme. „Du musst dich wohl ein paar Minuten gedulden!" Ich grinste und sagte: „Ist schon recht. Ich warte draußen!" Sie drehte sich um und meinte: „Das meinte ich nicht. Du sollst mir bloß nicht so einen Schrecken einjagen!" Ich lehnte mich gegen die Tür und sagte: „Wieso, ich hab dich doch wohl nicht beim Wichsen erwischt?"

„Natürlich nicht!", sagte sie. „Das würde ich nie tun, wenn noch jemand in meiner Wohnung ist!" Ich sah an ihr herunter und musterte meine doch reichlich ältere Stiefschwester. Für Anfang dreißig hatte sie eine ziemlich geile Figur und sie trug Nylonstrumpfhosen. „Sieht geil aus!", versuchte ich ihr ein Kompliment zu machen. Sie setzte sich provokant auf den Toilettendeckel und zog sich die Nylonstrumpfhose in Hautfarben von den Beinen, warf sie mir zu und lachte:

„Hier, wenn es dich glücklich macht!" Ich fing die Hose auf und drehte mich fairerweise nach draußen mit den Worten: „Du trägst Nylons?"

„Und du hast einen Steifen. Stefan? Ich warne dich, ich habe keinen Bock dich in meiner Wohnung beim Wichsen zu erwischen!" Ich beruhigte sie mit „Was denkst du von mir?!" Dann ging ich und schloss die Tür vom Badezimmer, denn Steffi wollte duschen. Normalerweise hätte ich die Nylonstrumpfhose direkt im Schlafzimmer in den Wäschekorb geworfen, aber dafür war noch Zeit. Allerdings nicht für das, was ich vorhatte. Ich war etwas unter Strom und hatte es mir seit Tagen nicht besorgt. Steffi stand unter der Dusche und ich hätte nicht lange gebraucht.

Eigentlich war es die perfekte Situation. Erst wollte ich mich anziehen, aber allein das Hemd ließ ich offen und meine Jeans lag noch im Badezimmer. Die Nylonstrumpfhose hatte ich in Gedanken über die Lehne vom Holzsessel gelegt. Ich überlegte, ob ich noch mal ins Badezimmer tapern sollte, um meine Hose zu holen, aber da hörte ich schon, dass die Dusche an war. Ich ließ mich in den Sessel fallen und schob meine Hand zwischen die Beine. Eine mächtig fette Latte, die sich gerade durch meine Unterhose drückte. Ich befreite mein bestes Stück aus der Unterhose und fing an, es mit der Hand zu massieren. Während ich mich zurück lehnte, fiel mir Steffis Nylonstrumpfhose auf die Brust. Ich nahm sie und sah sie mir an. Ich hatte anfangs noch aufgepasst, dass ich die Dusche hörte, damit ich wusste, wann Steffi fertig war.

Doch als ich dieses dünne Stück Stoff in der Hand hatte und es langsam über meinen Steifen gleiten ließ, machte es mich plötzlich dermaßen an, dass ich alles um mich herum vergaß. Schneller als ich gedacht hatte, stand Steffi frisch geduscht, mit ihrem Hausanzug an und nassen Haaren im Zimmer und starrte mich an. Entsetzt schrie sie „Stefan!" Ich hatte derzeit schon meine Hand in der Nylonstrumpfhose und massierte damit mein bestes Stück. Ich fühlte mich so was von erwischt. „Ka … kannst du nicht anklopfen!", motzte ich zur Abwehr meine Stiefschwester an. „Ich glaub mein Schwein pfeift ...", motzte sie. „Das ist immer noch meine Wohnung. Ich brauche nicht anklopfen. Und was machst du mit meiner Nylonstrumpfhose. Kannst froh sein, dass du deinen Sabber da nicht rein gespritzt hast. Das hättest du vor meinen Augen abgelutscht. Das schwöre ich dir!" Sie war außer sich. Ihre blauen Augen waren weit aufgerissen.

Ich versuchte Steffi zu beruhigen. Sie setzte sich auf den Metallstuhl und nahm mir die Strumpfhose aus der Hand. Ich wollte gerade meine Unterhose wieder hoch ziehen, da sah sie mich mit gehässigem Blick an und sagte, „was soll das denn werden mein Freund?" Ich sah sie an und sagte: „Steffi, es tut mir leid. Ich werde mich dann mal anziehen!" Sie sah auf mein voll erigiertes Glied und sagte: „Nix da, mein Kleiner. Zur Strafe bringst du es jetzt zu Ende, vor meinen Augen!" Ich zeigte Steffi einen Vogel und konnte nur hoffen, dass sie es nicht ernst meinte. Doch das war ihr voller ernst. Sie auf meinen Steifen und sagte: „Und Damenstrumpfhosen machen dich also an? Findest du das nicht etwas pervers?"

Eingeschnappt motzte ich: „Weißt du was? Vergiss es, ich mach das nicht!" Steffi wurde deutlicher. „Ach nein? Stell dir vor, alle in deiner Klasse würden erfahren, dass du dir heimlich auf Nylonstrumpfhosen einen runter holst! Und vergiss nicht, wenn ich genommen werde, bekomme ich das sogar live mit, wie die dich runter machen!" Ich konnte nicht glauben, dass sie so eine fiese Ziege sein konnte. „Das würdest du nicht tun!", sagte ich in der Hoffnung, sie würde ihre Meinung ändern. „Da kannst du mal sehen, wie schlecht du mich kennst!", sagte sie und schob ihre Hand in ein Bein ihrer Nylonstrumpfhose. Damit schnappte sie nach mir wie diese Erstklässlerpuppe „Fu".

„Ich würde das tun. Wenn du aber ganz lieb weiter machst, dann könnte ich den Vorfall vergessen. Vielleicht helfe ich dir ja sogar dabei?!" Ich sah zu ihr auf und nahm mein Glied wieder in die Hand. Das drohte schon zu erschlaffen. „Ach eines noch. Vielleicht möchtest du doch lieber eine Strumpfhose mit Inhalt als Anreiz haben?" Sie zog die Hose ihres Hausanzugs etwas über den Po, sodass ich ihr direkt in den Schritt sehen konnte. Dann zog sie meinen Kopf an ihren Bauch und sagte: „Los, küss sie!" Sie zwang mich dazu, ihre am Leib befindliche Nylonstrumpfhose zu küssen. Dass die unter der Nylon nichts trug, sah ich erst, als sie meinen Kopf gegen ihren Schoss drückte. Sie zog ihre Hausanzugshose aus und forderte mich auf, weiter zu wichsen. Dann wollte sie, dass ich das Hemd und auch die Unterhose ganz ausziehe. „Vielleicht fällt es dir leichter, wenn ich auch fast nackt bin!", sagte sie und zog die Nylon ganz über ihren rechten Arm.

Sie setzte sich auf den Metallstuhl und fasste sich selbst zwischen die Beine. Sie sah mich fragend an. Dann fing ich wieder an, zu Onanieren. Wie gefesselt hing ihr Blick an meiner Hand, die auf und abging. Ich schloss die Augen, denn von ihr beobachtet werden, war eh schon Ablenkung genug für mich. Steffi fing wohl an sich zwischen den Beinen zu streicheln, während sie mich beobachtete. „Ich wollte immer schon mal sehen, wie ein Typ es sich selbst macht. Dass ich dabei so scharf werde, hätte ich nicht gedacht!", seufzte sie. Ich öffnete meine Augen wieder und sah sie an.

Ich seufzte, „du wolltest es ja so. Selbst schuld!" Mittlerweile gefiel es mir nicht mehr so schlecht, denn ich konnte genau auf Steffis Scheide sehen. „Hast du etwas dagegen, wenn ich dir helfe?", fragte sie plötzlich und griff mit der Nylon bedeckten Hand an meine Hand. „Bitte, wenn du darauf stehst?", sagte ich und überließ Steffi das Onanieren. Sie umfasste meinen Steifen und rutschte vom Stuhl. Mit beiden Armen auf meinen Beinen fing sie an, vorsichtig mit der in Nylon gehüllten Hand meinen Schaft zu massieren. Der Stoff fühlte sich richtig geil an. Dann war meine Eichel umhüllt von dem dünnen Nylonstoff. Sie schob ihre Lippen auf meine bedeckte Eichel.
Da fing ich an, zu stöhnen. Beim Nachuntenziehen rutschte der Stoff von meiner Eichel und meine Schwanzspitze landete zwischen ihren warmen Lippen. Ich stöhnte auf und ließ mich fallen. Dann nahm sie die andere Hand und packte richtig zu. Sie umfasste mein Glied, wie eine Schraubzwinge und leckte an meinem Bändchen. Ich stöhnte wieder auf. „Aaaah … Steffi … aaahh", kam es aus meinem Mund.

Sie umschloss meine Eichel wieder mit den Lippen und fing an mir einen zu blasen, während sie mich weiter mit der Hand bearbeitete. Mittlerweile war ihre Hand zwischen ihren Beinen in der Nylonstrumpfhose verschwunden. Sie wechselte wieder die Hand und schnappte mit den warmen Lippen noch mal nach meiner Eichel, um sich meinen Dicken richtig tief in den Mund zu schieben, während ihre Hand mir den Rest gab.

Ein lautes „Aaaahhhh ... Steffi", kam aus meinem Mund. Die Eichel war nur noch zur Hälfte in ihren Lippen. Mein heißer Liebessaft schoss aus der Spitze und benetzte meine Eichel, ihre Lippen und der Rest lief an ihrer Hand hinunter. Mein Sperma verteilte sich auf ihrer Nylonstrumpfhose. Lächelnd zog sie den spermaverschmierten Mund weg und zog ihre Hand zwischen ihren Beinen heraus. „Steffi, du bist nicht ganz dicht!", sagte ich lächelnd und strich ihr über die noch nassen jetzt fast roten Haare. „Ganz schön harter Schwanz für so einen jungen Kerl!", grinste sie. „Nun kann ich wieder ins Bad!", beschwerte sie sich. „Aber nicht, um zu wichsen oder?", fragte ich scherzhaft.

„Nicht nötig! Ich bin absolut befriedigt", lachte sie und zog die Nylonstrumpfhose von ihrem Arm, warf sie mir zu und wollte das Zimmer in Richtung Bad verlassen. „Steffi?", rief ich sie zurück. Sie drehte sich grinsend zu mir. „Aber das bleibt unter uns!", sagte ich verunsichert. „Dachtest du wirklich, ich hätte das irgendjemanden erzählt?", lachte sie und verschwand im Bad ...

Ich war den Tag über in der Stadt, um Steffi aus dem Weg zu gehen. Die Vorstellung, meine Stiefschwester, die auch noch fast 15 Jahre älter war als ich, könnte was von mir wollen, irritierte mich. Auch wenn ich sie total süß fand und ich immer mit ihr reden konnte. Sicher, sie hatte derzeit keinen Freund und ich war auch ohne Freundin.

Aber das war noch lange kein Grund mit Steffi anzubändeln. Gar nicht auszudenken, wenn das irgendjemand mit bekommen würde. Ich glaube nicht, dass meine Eltern damit einverstanden gewesen wären. Und würde werden, wenn Steffi nun tatsächlich die Lehrer-Stelle bekäme? Meine Stiefschwester, Lehrerin und Geliebte zugleich?

Das war riskant und nicht wirklich die perfekte Konstellation. Okay, wir waren volljährig, aber …

Ich legte mir schon Worte zurecht, die ich Steffi sagen würde, wenn es am Abend zum Gespräch käme. Wir mussten auf jeden Fall noch mal darüber reden. Das, was sie tat ging über eine Freundschaft ja weit hinaus. Zu meiner Freude traf ich meinen Klassenkameraden Erkan im Elektrofachmarkt, als ich mir einen neuen Kopfhörer für meinen MP3-Player holen wollte. Ich stand bei den CD´s und hörte mir ein paar Alben an. Da klopfte er mir auf die Schulter. „Hey, Stefan. Alles okay?" Ich zog die großen Kopfhörer vom Kopf und begrüßte ihn. „Ich dachte, du hilfst deiner Schwester beim Umzug!", sagte er. „Klar, aber ich muss das ja nutzen, schneller in die Stadt zu kommen, oder?" Das sah er ein. „Und ehrlich?", meinte er. „Du siehst auch aus, wie ein frisch geficktes Eichhörnchen!"

Wie nett von ihm. Gerade den Spruch hätte er sich auch verkneifen können. Ich wusste sowieso nicht, warum sich alle meine Freunde ständig an den frechen Sprüchen meines Onkels bedienten.

Erkan, der türkischer Abstammung war, war ganz okay. Wir schlenderten durch die Einkaufspassage und derweil erzählte ich ihm, dass mir ein seltsames Erlebnis mit einer älteren Frau passierte. Ich fragte ihn nach Rat. Natürlich konnte ich ihm nicht auf die Nase binden, dass es sich dabei um Steffi handelte. „Boah, krass!", sagte er und meinte, das würde er auch gerne mal erleben.

Ich war weniger glücklich mit der Gesamtsituation und meinte: „Ernsthaft, was soll ich denn jetzt machen?" Erkan sah mich an und war der Meinung: „Schau mal, eine Frau die so etwas mit dir macht, mag dich zumindest und was spricht dagegen, dass du deinen Spaß hast. Wenn sie mehr will, dann kannst du dir das ja immer noch überlegen, oder?" Da hatte er recht. Es hätte ja auch ein einmaliges Erlebnis bleiben können. „Und du hältst mich auf dem Laufenden, klar?" Ich lachte. „Klar!", antwortete ich und machte mich auf zum Bus. Erkan begleitete mich. Er musste in dieselbe Richtung. Ich stieg an meiner Haltestelle aus und verabschiedete mich von ihm. Langsam schlenderte ich zurück zu Steffis Wohnung. Das, was Erkan sagte, gab mir zu denken. Und es war unbedingt wichtig, dass es ja keiner erfuhr. Ich dachte dabei natürlich auch an Steffi, die reichlich Probleme hätte bekommen können, wenn diese Liebschaft ans Tageslicht gekommen wäre. Ich klingelte und Steffi machte mir auf. Ohne ein Wort zu sagen ging sie in die Wohnung.

Ich glaube, sie war mächtig sauer, dass ich den ganzen Tag in der Stadt war. Ich rechnete auch schon damit, dass ich meine Sachen packen würde und am besten nach Hause fuhr. Vielleicht wäre das die beste Idee für uns beide gewesen. Steffi war sauer. „Du bist so ein Arschloch!", brüllte sie, während sie zwei Becher auf den Küchentisch stellte und verärgert erst mir und dann sich einen Kaffee einschenkte. Sie wusste genau, dass ich süchtig nach Kaffee war. Da stand ich nun in meiner beigefarbenen Jeans und dem schwarzen Muskelshirt. Steffi wischte sich ihre roten offen getragenen Haare aus dem Gesicht und sah mich an. Dann nahm sie einen Schluck aus der Tasse, wobei sie sich fast die Lippen verbrühte. „Scheiße ist das heiß!", motzte sie und sah mich fragend an. „Darf ich mal fragen, was mit dir los ist?", fragte ich und setzte mich an den Tisch. Was mit mir los ist? Du verpisst dich den ganzen Tag und ich kann sehen, wie ich zurecht komme?! Du hast noch nicht ein mal gesagt, wo du hingehst, geschweige denn, wann du wieder kommst! Ich bin stinksauer!" das sah man. Sie schüttete sich den Rest Kaffee in den Hals und stampfte sauer ins Wohnzimmer.

Dort stand sie dann in ihrem paillettenbesetzten schwarzen Kleid, das ihr eben so bis über den Schoss ging. Sie sah aus dem Fenster und ich sah sie an. Ehrlich gesagt, sah ich ihr auf den Arsch und die Beine, die wieder in eine hellbraune Nylonstrumpfhose gehüllt waren. „Steffi, wenn ich gehen soll, dann sag es einfach!", sagte ich leise und wollte gerade meine Sachen packen gehen.

„Du kapierst gar nichts, oder?", sagte sie und drehte sich um. Sie kam auf mich zu und sagte: „Das mit heute Morgen ist eine Sache. Aber ich habe mir schließlich Sorgen gemacht! Und das ..." Ich sah sie an, wie ein begossener Pudel und meinte: „Und das bleibt unter uns, schon klar!"

Da fing sie an zu lächeln. Ich ging ein paar Schritte auf sie zu und da nahm sie mich in den Arm. Ich schmiegte mich an ihren Hals und legte meine Arme um ihren Body. Sie legte ihre Arme um meinen Hals und flüsterte in mein Ohr: „Du Dummkopf! Hat es dir denn gar keinen Spaß gemacht, heute Morgen?" Ich hob den Kopf und sah sie an. Sie war ja einen halben Kopf größer als ich, auch ohne ihre hohen Absätze. Ich lächelte. Mir war vorher gar nicht aufgefallen, dass Steffi total hübsche Augen hatte. Und jetzt zwinkerte sie damit und versuchte in meinen Augen zu lesen. „Wieder Freunde?", fragte sie vorsichtig. Ich nickte und dann passierte es. Ganz langsam näherte sie sich meinen Lippen und ehe ich etwas dagegen tun konnte, drückte sie einen ganz sanften Kuss auf meinen Mund. Als ich ihre Lippen von meinen löste, löste ich meine Arme von ihrem Körper und sah sie fragend an. Ich konnte nichts sagen. Auch Steffi war ziemlich verunsichert. Ich kann nicht sagen, dass mir der Kuss nicht gefiel, aber ich war einfach überfordert mit der Situation. Ich zwirbelte in meinen Haaren mit dem Finger und musste mich erst mal auf das Sofa setzen.

„Du … du … ich … ich ...", fing ich an zu stammeln. Steffi setzte sich zum mir und war ähnlich aufgelöst.

Sie strich mit ihrer Fingerspitze über mein Hosenbein und sagte: „Ja, ich weiß … das gehört sich nicht … Ich weiß auch nicht, was in mich gefahren ist!"

Dann drehte sie sich zur Seite von mir weg und schmollte. „Du magst das nicht, stimmt´s?" Doch, ich mochte es, aber ich wusste nicht, ob es richtig war. Ich legte meine Hand auf ihre nackte Schulter. „Hübsches Kleid!", sagte ich, um überhaupt etwas nettes zu sagen. Steffi legte den Arm nach hinten auf meinen Oberschenkel und drehte ihren Kopf nach hinten. „Findest du wirklich?", fragte sie. „Ja! Es ist sexy!", hauchte ich leise in ihren Nacken, woraufhin sie sich etwas zurück lehnte. „Ich habe auch wieder eine Strumpfhose an, wie heute Morgen. Die fandest du doch so gut!" Ich kicherte.

„Ja, stimmt! Das steht dir total!" Steffi lehnte sich weiter zurück, bis ihr Rücken meine Brust berührte. Einer der dünnen Träger war schon von ihrer Schulter gerutscht. „Hältst du mich fest?", fragte sie mit lieber Stimme. Ich schob meinen Kopf auf ihre Schulter und legte meine Arme um sie. „Klar, wenn du willst?", sagte ich. Ganz sanft streichelte ich mit den Fingern über das Kleid und seufzte: „Weißt du? Es ist nur ungewohnt, dich so im Arm zu haben!" Sie lächelte und gab mir einen Kuss auf die Wange. Dann flüsterte sie in mein Ohr:

„Weißt du? Viel lieber hätte ich das Kleid gar nicht an. Es sieht gut aus, kratzt aber wie verrückt!" Ich lachte. „Was?"

„Da brauchst du gar nicht lachen! Es kratzt wirklich!" Ich küsste sie und setzte noch einen drauf. „Tu dir keinen Zwang an!" Mittlerweile lag ihr Arm so bequem über meine Beine, dass sie halb auf mir lag und ihre Finger schon eine ganze Weile an den Innenseiten meiner Oberschenkel hoch und wieder runter streichelten. „Ich würde ja gerne, aber nicht dass du wieder einen Steifen bekommst!", scherzte Steffi und schob ihre Hand auf meinen Reißverschluss.

Die Erektion war natürlich vorprogrammiert und ein Steifer war damit nicht mehr zu verhindern. Es war schön, ihre Hand einfach nur auf der dicken Beule zu spüren und die Finger, die ganz sanft darüber strichen. Ich ließ meine Fingerspitzen über ihre Schulter gleiten und zog auch auf der anderen Seite den dünnen Träger von ihrer Schulter. Dann zog ich ganz vorsichtig das Kleid etwas runter, so dass ihre Brust zum Vorschein kam. „Und du weißt sicher, was du da tust?", fragte sie ganz ruhig. Ich schmunzelte und streichelte ihre Brust, worauf hin sich Steffi ganz langsam zum mir drehte. „Solange du weißt, was du da gerade machst!", konterte ich. Ich küsste sie noch mal und setzte dann zwei Küsse auf ihre Brustwarzen. Steffi fing an, den Reißverschluss meiner Jeans runter zu ziehen und öffnete den Knopf.
„Sag mal! Tut das gar nicht weh, wenn der so eingequetscht ist?", fragte sie und pellte meinen Steifen aus den Unterhose. „Doch! Manchmal!", sagte ich und konnte nun die nackte Haut an ihrer Seite streicheln, während sie ganz sanft meinen Steifen in ihre warmen Finger nahm und meinen Liebesstab sanft streichelte. Dann legte sie den Kopf auf meinen Bauch und setzte einen Kuss auf meine Eichel.

Ihre Finger wickelten sich um meinen Schaft und ich fing an wohlig zu seufzen. „Das magst du gerne, oder?", fragte Steffi. Dann legte sich Steffi zurück in Richtung Seitenlehne und sagte: „Wieso ziehst du dich nicht aus? Ich stand auf und warf mein Muskelshirt auf den Tisch. Dann ließ ich meine Hose fallen. Steffi hatte derweil ihre Hände zwischen ihre Beine gelegt und spreizte die Schenkel. Da sah ich, dass sie wieder keinen Slip unter der Nylonstrumpfhose trug. „Du hast ja keine Unterhose an!", sagte ich.

„Aber du!", sagte sie und meinte: „Irgendwie unfair oder?" Ich zog meine Unterhose aus und setzte mich wieder aufs Sofa. „Bekomme ich noch mal so einen Kuss, wie heute Morgen?", fragte sie und schob ihre Finger in die Nylonstrumpfhose. Ich beugte mich über ihren Schoss und setzte einen Kuss auf die Innenseite ihres Oberschenkels. „Hast du Lust, mich zu lecken?", fragte sie und spielte mit ihren Fingern unter der Strumpfhose an ihrer Scheide.

Ich leckte an der Stelle, wo ihre Finger waren über die Strumpfhose und als sie die Finger weg nahm, berührte ich kurz ihre Schamlippen durch den Nylonstoff. Steffi hob die Beine und schob mit ihren Händen die Nylon auf ihre Oberschenkel, sodass ich ihr einen Kuss auf ihre nassen Schamlippen setzen konnte. Ich küsste unbeholfen an ihrer nassen Scheide und wusste nicht so recht, wie sie es wollte. Steffi seufzte leise vor sich hin und flüsterte: „Lass ihn mich wenigstens ein Mal spüren!" Ich kniete mich vor sie. Ganz vorsichtig legte ich meine Schwanzspitze an ihre Schamlippen und versuchte zögerlich in sie einzudringen.

„Keine Angst! Nur ein Mal spüren!", seufzte sie und zog ihre Beine noch weiter auf ihren Oberkörper. Meine Eichel war schon zwischen ihren Schamlippen, da zog sie mit einer Hand die Nylonstrumpfhose etwas weiter und atmete schnell. Dann war meine Eichel in ihrem Scheideneingang verschwunden. Steffi hob ihr eines Bein und legte es an meine Schulter. Ein kleines Stück drang ich in sie ein, aber das erregte mich so sehr dass ich drohte zu kommen. „Warte!", zischte Steffi. „Leg dich mal hin!", forderte sie mich auf. Ich zog mich zurück und legte mich mit dem Kopf auf die andere Seitenlehne. Dann kam Steffi über mich gekrabbelt und kniete sich über meinen Schoss. Sie sah mich an und lächelte. „Vielleicht ist es so besser?", sagte sie und griff zischen ihre Beine, um meinen Steifen aufzurichten.

Sie setzte sich ganz vorsichtig auf meine Eichel, sodass diese wider zwischen ihren Schamlippen saß. Dann stützte sie sich neben meinem Kopf mit den Händen ab und schob ihr Becken ganz langsam auf meinen steifen Liebesstab. Es war ein unglaubliches Gefühl. Ich riss den Mund auf und fing an zu stöhnen. Ich hatte meinen Arm unter ihrem Bein liegen, mit dem sie auf dem Boden stand. Ich streichelte ihren Po und spürte, wie Steffi mich Stück für Stück in sich aufnahm. Sie war wahnsinnig eng und es fühlte sich heiß in ihr an. Ich stöhnend unter ihr, das war schon ziemlich geil. Sie warf die Haare zur Seite und fuhr mir mit den Fingerspitzen über meine Lippen. Sie sah mich an, aber ich hatte so einen Schlafzimmerblick, dass ich ihr kaum in die Augen sehen konnte.

„Du bist ja ein Genießer!", lächelte sie und senkte ihr Becken ganz ab, bis ich tief in ihr steckte. „Das fühlt sich schön an!", zischte sie und hob ihren Body wieder. Das machte sie ein paar Male, bis ich es nicht mehr aushielt. „Steffi … Steffi …", keuchte ich und spürte, wie es in mir hoch kam. Sie zog ihr Becken hoch und entließ mich aus ihrer Lusthöhle. Sie griff hinter sich und legte ihre Hand auf meinen Schaft. Damit drückte sie ihn an ihren Po, während sie sich aufsetzte. Keuchend kam ich und mein Liebessaft landete an ihrer Pobacke. Als ich wieder in der Lage war, meine Augen zu öffnen und sie anzusehen, grinste sie mich an. „Du bist echt süß! Mit ein bisschen Übung bekommen wir das schon hin!"

Ich lächelte sie an, ohne wirklich verstanden zu haben, was sie da sagte. Steffi stand auf und stolzierte zufrieden in Richtung Flur. Da merkte ich erst, was sie sagte. „Was soll das heißen? Steffi … Steffi?", rief ich ihr hinterher. Steffi verschwand lachend im Bad. Den Rest des Abends verbrachten wir zusammen, eng umschlungen auf dem Sofa. Natürlich hatten wir uns frisch gemacht und die Klamotten wieder angezogen. Wir sahen fern. Es gab die ersten drei Teile von Highlander am Stück.

Zwei Kannen Tee und eine Tüte Chips hatten wir in uns rein geschlungen, als der dritte Teil anfing. Ich hatte mich derweil aufgesetzt und war kurz auf der Toilette. Als ich wieder kam, setzte sich mich auf die Sofalehne. Anfangs hatten Steffi und ich noch gequatscht und uns wirklich gefragt, wie das alles enden sollte. Es war klar, dass wir uns irgendwie ineinander verguckt hatten.

Nur, ob wir eine reelle Chance hatten, wussten wir beide nicht. „Und was heißt eigentlich, mit ein bisschen Übung kriegen wir das schon hin?", fragte ich sie. Da lachte sie. „Ich finde es wirklich süß von dir, dass du es so genießt, aber meinst du nicht, dass wir beide es irgendwann auch so hinkriegen, dass ich eher komme, als du?" Da war ich baff. Das würde natürlich heißen, dass wir nicht zum letzten Mal intim waren. Gegen halb zwei nachts saß ich eben da auf der Lehne und gähnte schon allmählich. „Ich gab Steffi einen Kuss auf den Mund und sagte:

„Ich glaube, ich gehe ins Bett!" Natürlich hätte ich auch bei Steffi im Bett geschlafen, aber wir fanden beide, dass es das noch schwerer zwischen uns machen würde. Außerdem wusste ich ja nicht, ob sie mich die ganze Zeit an ihrer Seite haben wollte. „Du willst Sex? Um die Zeit?", fragte ich scherzhaft. Da lachte Steffi und schnappte nach meinen Lippen. „Ich will dich, und zwar jetzt!", sagte sie völlig von sich überzeugt. „Ich weiß nicht, ob ich das jetzt noch hin bekomme!", lächelte ich und strich ihr durch die Haare. „Na ja, ich weiß ja, wie ich dich auf Touren bekomme!", lachte Steffi und zog mich an sich. „Du bist schließlich zwei Mal in meiner Hand gekommen. Und ich …?" Da zog sie einen Schmollmund. Ich machte mir einen Spaß daraus und sagte: „Dann lecke ich jetzt deinen ganzen Körper ab!"

Ich holte aus und zog eine Spur mit meiner Zunge seitlich an ihrem Hals. „Okay!", lachte sie und zog sich die Träger ihres Kleides von den Schultern, um ihre Brust frei zu machen.

235

Ich küsste mich von ihrem Hals bis runter zur Brust. Wohlig jaulte Steffi auf: „Ohhh … jaaa … Aber keine Stelle vergessen!" Ich streichelte mich mit den Fingern sanft zwischen ihre Beine, wo eine Wärme zwischen ihren Schenkeln zu spüren. „Meinst du diese Stelle?", fragte ich und machte mich über ihre Brustwarzen her, die sich vom Lecken und Küssen aufrichteten. Ein lautes „Aahh" stieß sie aus ihren Lippen.

Dann schob ich die Hand in ihre Nylonstrumpfhose und streichelte mich vor bis zu ihrer Liebesmuschel. Ich küsste ihre Oberschenkel und spielte mit den Fingern an der kleinen dicken Perle, die ihr Gefühle verschaffte. Dann legte sie die Hand auf meine über den Nylonstoff. Ich wollte gerade vorsichtig hinein happsen. Da erwischte ich ihren Finger, an dem ich sanft leckte. „Soll ich das auch mal machen?", fragte sie und setzte sich auf. Ich stand auf und sah sie an. „Was machen?", wollte ich wissen. „Na, deine Nippel so hart lutschen?" Ich fing an zu lachen. „Los, T-shirt aus!", sagte sie.

Ich zog mein Shirt aus und sah Steffi an mich heran kommen. Sie küsste meinen Bauch und anschließend machte sie sich über meine Brustwarzen her. Mit einer Hand griff sie zwischen meine Beine und so allmählich spürte ich, dass das Lecken und Saugen an den Brustwarzen nicht nur ihr gefiel, sondern auch mir. Als sie spürte, wie sich mein Glied aufrichtete, öffnete sie meine Hose und ließ sie samt Unterhose zu Boden fallen. „Gibt es also doch ein paar Dinge, die wir gemeinsam haben?", lächelte sie und fing an, mir einen zu blasen. Sie hatte ihn so steif geblasen, dass ich richtig Lust bekam.

Dann legte sie ihn zwischen ihre Brüste und rieb ihn etwas. „Oder willst du auf meine Titten spritzen?", fragte sie ganz ungeniert. „Wieso!", fragte ich. „Stehst du darauf?" Steffi lachte. „Auch, aber ich weiß etwas viel Geileres! Setz´ dich mal hin!", sagte sie. Ich setzte mich auf das Sofa und Steffi kam zu mir, kniete sich über meinen Schoss und setzte sich auf meinen Steifen. Diesmal ging es schneller. Meine Eichel schob sich zwischen ihre Schamlippen und Steffi setzte sich ganz. In Nullkommanix war ich in ihr. „Siehst du?", zischte sie. „Alles nur reine Übung!" Das Schöne war, jetzt wo wir beide saßen, konnte ich weiter an ihren Nippel lecken und saugen, was Steffi total scharf machte. Sie fing an auf mir zu reiten. Ich war froh, dass ich schon zwei mal zuvor zum Orgasmus gekommen war, weil ich es diesmal genießen konnte.Steffi kam von mir und kniete sich neben mich, streckte mir ihren Po entgegen und stützte sich mit den Armen auf der Seitenlehne des Sofas ab.

„Komm und nimm mich!", feuerte sie mich an. Ihre Nylonstrumpfhose war halb runter gezogen und ich sah, wie sie mit dem Arsch wackelte und auf mich wartete. Ich kniete mich auf und schob meinen Dicken zwischen ihre Beine. „Jaaa …!", sagte Steffi. „genau da sollst du hin. Ich setzte meine Eichel gegen ihre nasse Liebesmuschel und drang in sie ein. Steffi war scharf, wie eine Rasierklinge. In dem Moment fing sie auch an zu stöhnen. Ein lautes kräftiges Jaulen und Stöhnen, als ich anfing, zu zustoßen. Sie war völlig erregt, krabbelte aber trotzdem von dem Sofa auf den Teppich. Es war etwas eng auf dem Sofa.

„Hey, wo willst du hin?", fragte ich und krabbelte hinter her. Steffi lag auf der Seite. Ein Bein lag lang, das andere war hoch gelegt und angewinkelt. Sie zog an ihrer Pobacke und sah mich an. „Stefan, besorg´es mir!", zischte sie. Das ließ ich mir nicht noch mal sagen und kniete mich über ihr Hinterteil. Ich strich mit dem Finger durch ihre nasse Mulde und schob dann meinen Steifen genau in die richtige Position. Als ich dann in sie eindrang, schrie sei laut auf. „Aaaahhh … Ich hab es geahnt!" Ich schmunzelte und fing an sie kräftig zu stoßen. „Was geahnt!", fragte ich etwas angestrengt. Mit jedem Stoß schrie sie lauter auf und versuchte mir zwischendurch mitzuteilen, dass sie es geahnt hatte, dass ich sie so kriege. Ich stieß zu, immer fester und richtig tief, bis Steffi am Ende ihrer Kräfte einen Orgasmus bekam und alles in ihr auf einem mal richtig eng wurde. Sie schnaufte und seufzte, bis sich auch bei mir die Lust abbauen wollte.

Mein Glied zuckte und pochte, als ich es aus ihr zog und es in die Hand nahm. Ein satter Schuss weißes warmes Liebesgut verteilte sich auf ihrem Arsch … zum zweiten Mal an dem Tag. Ich sank auf Steffi und nahm sie in den Arm. „Scheiße, was war das denn?", flüsterte ich. Steffi lachte. „Du bist echt süß!" Die Nacht war dementsprechend kurz. Ich wusste ja nicht, dass Steffi so ein Nachholbedürfnis hatte. Zumal sie ja auch noch meine Stiefschwester war und bald vielleicht auch eine meiner Berufsschullehrerinnen. Ich erwachte am Sonntagmorgen im Gästezimmer von Steffis Wohnung. So sexuell ausgeglichen war ich schon lange nicht mehr. Ich stand auf, ging ins Bad und machte mich fertig.

Komplett angezogen stand ich im Wohnzimmer und sah aufs Sofa. Steffi, meine Stiefschwester lag auf der Couch und las eines ihrer Krimiromane. „Guten morgen!", sagte ich noch halb schläfrig. Steffi sah zu mir auf und grinste. „Guten Morgen, Süßer!", warf sie mir an den Kopf und wies mich darauf hin, dass in der Küche noch Kaffee stand. Ich nahm aus Anstand ihren Becher mit und schenkte uns einen Kaffee ein. Dann setzte ich mich neben Steffi auf das Sofa und nippte an meinem Kaffee. Ich nahm die Fernbedienung und zappte im Fernseher hin und her, bis ich Nachrichten erwischte. „Sag mal, guckst du keine Nachrichten morgens?", fragte ich erstaunt und tippte ihr auf den Krimiroman. Sie legte das Buch runter und schüttelte mit dem Kopf.

„Aber Stefan, ich lese doch gerade. Das ist viel spannender!" Ich zeigte mich neugierig und fragte nach dem Inhalt ihres Buches. Steffi lachte nur. „Intrigen, Mord und verbotene Liebschaften … klingt interressant, oder?"
Ich sah sie irritiert an. „Verbotene Liebschaften?", fragte ich und verzog mein Gesicht. Steffi klappte das Buch zu und setzte sich auf. „Och Herzblatt!", sagte sie. „Du machst dir ernsthafte Gedanken über uns? Hab doch nicht so viel Schiss. Schau mal, du magst mich doch, oder etwa nicht?" Ich nickte leicht nervös. Da umarmte mich Steffi, die wieder eine von diesen Nylons trug und eine Art Morgenmantel in Schwarz-weiß-Muster. Aus dem Augenwinkel erkannte ich, dass sie keinen BH darunter trug. „Und ich hab noch nicht einmal einen Kuss bekommen!", beschwerte sie sich.

Widerwillig gab ich ihr einen Schmatzer auf die Wange und drehte mich weg. Doch Steffi hatte ihre Hände schon unter meinem T-Shirt und schob es mir über den Kopf. Ich wollte zumindest erst einmal über uns reden, aber so wie es aussah, hatte Steffi etwas ganz anderes im Kopf. „Du weißt, dass ich heute Abend nach Hause muss?", warf ich ein und sah sie an. Steffi verzog das Gesicht und nahm sich ihre Wolldecke. Sie legte sich zurück und motzte: „Dann eben nicht!" Sie zog sich die Wolldecke über den Body, so dass nur noch ihre in Nylon gehüllten Beine heraus guckten. Ich streichelte mit meinen Fingerspitzen über ihr Bein und sagte: „Nun sei doch nicht gleich eingeschnappt. Wir können doch nicht immer zusammen Sex haben!"

Steffi tat so, als wäre sie müde und wischte sich die Augen. Als sie die Wolldecke über sich zog, meinte ich gesehen zu haben, dass sie unter der Nylon keinen Slip trug. Ich streichelte mit meinen Fingern weiter und hob mit der anderen Hand die Decke etwas an.
Ich legte ihre Beine frei und grinste. „Was ist?", fragte sie. „Hast du irgendwas entdeckt, was dir gefällt? Ich denke, du hast keinen Bock?" Ich ließ meine Fingerspitzen über ihre Oberschenkel wandern, was sie anscheinend genoss.

Ihre intimste Stelle konnte ich durch den dünnen Nylonstoff sehen, und den Streifen Schambehaarung, den sie über dem Schambein stehen lassen hatte. „Ja schon, das gefällt mir sehr!", sagte ich. „Sie hat heute noch keinen Kuss bekommen!", sagte Steffi und spreizte die Beine etwas. Darauf zu antworten, kam mir irgendwie komisch vor.

Ich beugte mich über ihren Oberschenkel und setzte einen Kuss auf ihr Bein. Da spürte ich schon, dass in meiner Hose etwas sehr eng wurde. Ich griff mir in den Schritt und richtete meinen Steifen, sodass es nicht mehr zwickte. „Zeig ihn mir!", forderte Steffi mich auf. Ich sah sie an und bemerkte ihren erwartungsvollen Blick. Zögerlich öffnete ich den Knopf und den Reißverschluss meiner Hose, um meinen Steifen aus der Lästigen Verpackung zu befreien. Ich nahm ihn in die Hand und spürte, wie er steifer und steifer wurde. „Ist das nicht herrlich. Du hast jeden Morgen eine Latte!" Sie grinste und wollte, dass ich ihre intimste Stelle küsste. Ich kam hoch zu Steffi und holte mir einen innigen Zungenkuss ab. „Ich bin total geil!", zischte sie mir ins Ohr und ließ sich den Morgenmantel öffnen.

Systematisch küsste ich mich runter bis zur Brust und saugte sanft an ihren Nippeln. Dann legte sich Steffi wieder zurück und ließ sich den halben Körper mit Küssen bedecken, bevor ich wieder an ihrem Oberschenkel war. Ich küsste mich hoch bis zu ihrer süßen Liebesschnecke, die durch den Nylonstoff noch nicht wirklich zugänglich war. Steffi hatte ihre Hand in die Nylons geschoben und spielte an ihrer Liebesmuschel, als ich einen Kuss auf ihre Finger setzte.

Sie zog die Hand weg und ich setzte noch einen Kuss auf den Nylonstoff, so dass sie ihn ganz eben auf ihrer Liebesschnecke spüren konnte. Steffi seufzte und zog mit beiden Händen die Nylonstrumpfhose etwas runter, so dass ich ihre intimste Stelle sanft küssen konnte. Als ich i9hre Schamlippen berührte, stöhnte sie auf und ließ den Bund der Nylonstrumpfhose los.

Mein Kopf steckte jetzt in ihrer Strumpfhose. Ich leckte mit der Zunge über ihre Schamlippen und zog den Kopf wieder aus dem Stoff. Ich stand auf und zog mich aus. Dann kniete ich mich über Steffis Oberkörper. Ich bot ihr meinen Steifen an, den sie erst mit einem Kuss auf die Eichel begrüßte, ihn dann ableckte und zum Schluss in den Mund nahm. Das war ein unglaublich geiles Gefühl. Dann entließ sie mich aus ihrem Mund und zog die Wolldecke weg, um sie auf den Boden zu werfen. Sie wühlte ihre Arme aus dem Morgenmantel und und befreite sich von dem unnötigem Stück Kleidung.

Dann hob sie die Beine an und forderte mich auf. „Komm, Süßer! Zeig es mir!" Ich ließ mir das nicht zwei mal sagen. Die Nylonstrumpfhose hing bereits nur noch auf den Oberschenkeln. Ich kniete mich vor Steffi und zog meine Eichel durch ihre nasse Spalte. Steffi wurde energischer. „Du Fiesling. Worauf wartest du? Fick mich endlich!" Schon dieser Befehl machte mich total an. Ich versenkte meine Eichel in ihrer nassen Spalte und drang in sie ein. Steffi fing sofort an zu stöhnen. Sie war wirklich ziemlich erregt. Dabei hatten wir noch nicht ein mal ein langes Vorspiel. Sie war sofort bereit und wollte Sex.

Nicht, dass ich es nicht auch wollte, aber das ging wirklich sehr schnell. Ich versuchte mich ein bisschen zu beruhigen, um nicht sofort zu kommen. So stieß ich ganz langsam zu und ließ meinen Dicken in ihr hin und her gleiten, was sie ziemlich geil fand. Dann hob ich eines ihrer Beine und küsste an ihren Fesseln, während ich in ihr war. Steffis anfängliches Stöhnen endete in einem wohligen Seufzen.

Während wir es trieben auf ihrem Sofa, drehte sie sich ganz langsam um, sodass sie auf der Seite lag und ich hinter ihr. Mit sanften Stößen ließ ich unserer Lust freien Lauf. Steffi zog an ihrer Nylonstrumpfhose, damit sie uns nichts abschnürte. Ich leckte ihre Brustwarzen und fühlte mich wohl in ihr. „Aaahhh!", stönte sie. „Ich hätte nicht gedaaaaaacht, dass du so ein geiler Liebhaber bist!" Das war das schönste Kompliment, das ich je gehört hatte. Steffi krabbelte auf alle Viere und streckte mir ihren Po entgegen. „Komm! Nimm mich!", sagte sie. Ich kniete mich hinter sie und zog meine Eichel wieder durch ihre Schamlippen. Dann drang ich wieder in sie ein. Das fühlte sich wieder anders an. Ich stieß zu und baute Tempo auf. Steffi schrie auf. Dann kam sie, als ich ganz in ihr steckte. Sie seufzte völlig aus der Puste: „Ist das nicht herrlich, so etwas Schönes am Morgen?"

Ich stieß weiter zu und spürte es in mir hochkommen. Ich zog meinen Dicken aus ihr und nahm ihn in die Hand. Jetzt stöhnte ich auch auf und hielt meinen Dicken fest in der Hand. Dann kam ich. Ein gewaltiger Schuss spritzte auf ihren Rücken. Es dauerte einen Augenblick, denn ich war so dermaßen erregt, dass ich erst dachte, es würde nicht aufhören. Steffi griff hinter sich und nahm sich meinen Schwanz, der immer noch pumpte. Sie massierte ihn, bis der letzte Tropfen auf ihre nackte Haut platschte. „Donnerwetter!", zischte sie. „Das war ja mal ein richtiger Orgasmus ...

Ich konnte es nicht wirklich fassen, aber ich hatte ein sexuelles Verhältnis mit meiner über dreißigjährigen Stiefschwester.

Ich hatte nicht geahnt, das sie sexuell so offen war. Ich denke auch, ich war mächtig verknallt, aber das hätte ich nie zugegeben. Ich war ja wieder zuhause eingekehrt. Die Alten waren nicht da. Nach den Tagen bei Steffi war ich mal wieder froh zu Hause zu sein. Ich nutzte natürlich die ersten freien Stunden für ein genüssliches Wichsen und dieses Mal endlich alleine, ohne die Chance erwischt zu werden. Ich saß in meinem Sessel und hatte mir eines meiner Pornohefte gegriffen. Ich höre noch Steffis Worte. Ich komme nachher noch mal vorbei. Aber so schnell war selbst Steffi nicht. Ich sehnte mich regelrecht nach der Einsamkeit in der ich mal vernünftig Hand anlegen konnte. Ich vermisste einfach meine Pornohefte und den Sex mit mir selbst. Keine Frage, mit Steffi war es schön, aber …

Seite 1, eine spanische Schönheit mit tollen Titten und einer unrasierten nassen … Kann man sich denken, oder? Seite 2, eine vollbusige athletische Schönheit. Seite 3 … Die beiden Damen treffen aufeinander … Nackt in der Sauna? … Moment mal … Jetzt wird es interessant! … Seite4, meine Hose ist auf. Seite 5, ich hab etwas befreit.
Seite 5, Der ist ganz schön steif … Seite 7 … Seite 8 … Seite 10 … Komm schon … Zwei Minuten und ich bin fertig … Seite 11, ich liebe lecken … Moment mal?! Schritte im Flur? Quatsch! Stefan, du hast Halluzinationen! Tapps, tapps … Die Alten? Quatsch, die arbeiten noch! Komm schon, vielleicht noch eine Minute … dann … Aaahhh … Ja … Gleich komme ich …

Eine ganz liebe Stimme: „Hast du das wirklich nötig?"
Ganz vorsichtig drehe ich meinen Kopf zur Tür. Steffi?
Meine herzallerliebste Stiefschwester in einem Jeans-
Mini und einem gelben Oberteil mit weitem Ausschnitt.
Moment mal, sie trägt eine Nylonstrumpfhose in
hautfarben? Nein … nein … Ich will wichsen … alleine
…

Doch Steffi glotzt auf mein Pornoheft. „Krass!", sagt sie
plötzlich. „Was willst du hier?", frage ich entsetzt, den
Steifen noch in der Hand. „Was?", wollte ich wissen.
Meinte sie die Tatsache, dass ich onaniere? „Na, die
Weiber in deinem Heft? So etwas hast du und sagst mir
nichts?" Bei der Frage glitt sie mit den Fingern über ihre
Brust und leckte sich über die Lippen. „Hau ab!",
motzte ich frech. Aber Steffi kniete sich neben mich und
glotze auf das Heft. „Mach weiter!", sagte sie und schob
sich die Finger unter den Rock. Sie riss mir das Heft aus
der Hand und sah sich die weiteren seiten an. „Sag mal!
Spinnst du?", fragte ich genervt. „Och komm, lass dich
nicht stören. Ich will nur gucken!" Ich dachte, ich stehe
im Wald. Ich konnte doch nicht onanieren, wenn Steffi
sich nebenbei Pornohefte reinzog.

„Steffi, verpiss dich!", schimpfte ich aber irgendwie
doch halb ironisch. Ich meine, mein Schwanz stand ja
schon. „Pass auf, wir machen einen Deal. Du lässt mich
dein Heft angucken und ich helfe dir beim Wichsen!"
Wie ein winselndes Kind zog sie an meiner herunter
gelassenen Jeans. Normalerweise wartet man ja eine
Antwort ab, aber Steffi kniete sich vor meine Beine,
stoppte meine Handmassage, indem sie mit ihrer Hand
meine Hand samt Schaft auf meinen Bauch drückte.

Dann holte sie mit der Zunge aus und leckte meine Hoden und anschließend den Schaft. „Oh man …", sagte ich seufzend und ließ sie machen. Schnell hatte sie meinen Harten in der Hand und massierte den Schaft kräftig, bevor sie ihre Lippen auf meine Eichel setzte. Okay, das Gefühl einen geblasen zu bekommen ist wirklich einmalig, aber … Steffi hatte auch Bedürfnisse und so stand sie schnell wieder auf und hob ihren Rock. Unter der Nylonstrumpfhose trug sie einen knappen roten Slip. Sie rieb mit ihren Fingern darüber und sah mich lüstern an. „Machen wir es gemeinsam?", fragte sie. Sie zog meinen Kopf in ihren Schoss. „Und? Du weißt, sie gehört nur dir, wenn du willst!" Ich zog meinen Kopf weg und sagte: „Steffi, bitte! Was ist, wenn die Alten kommen?"

Dann hob sie den Rock und setzte sich mit dem Rücken zu mir direkt auf meinen Steifen. Sie rieb sich an mir und seufzte: „Nun komm schon! Ich brauch nur meine Hose etwas runterziehen. Die Alten arbeiten eh noch!" Dann zog sie sich die Nylons halb über den Po und schob den Slip zur Seite. Sie setzte sich wieder und rieb sich an meinem Steifen.
Mit ein paar Bewegungen ihres Beckens glitt ich in ihre nasse Muschel. Steffi stöhnte auf und hob die Beine an. Sie setzte ihre hohen Pumps auf meine Knie und dann war ich in ihr. Ich schob meine Hände an ihren Seiten entlang und landete direkt unter ihrem Top an den Brüsten. Ich streichelte ihre Brustwarzen mit meinen Daumen und genoss es doch mehr, als ich zuerst dachte. Steffi war heiß. Sie unterstützte ihre Erregung mit den Fingern unter ihrem roten Slip. Sie massierte ihre Perle, während ich tief in ihr steckte.

Doch ich hatte noch ein Ass im Ärmel. Steffi hatte Feuer gefangen und stand auf. Sie zog die Nylonstrumpfhose samt Slip noch etwas runter und kniete sich auf den Sessel. Dann feuerte sie mich an. Ich sollte sie nehmen. Ich zog ein Kondom aus der Jeans und wedelte lächelnd damit. „Boah, du bist ein fucking Spielverderber. Alter, wenn du das machst ...", beschwerte sich Steffi. Doch Rache war süß und so zog ich mir das Kondom über meinen Harten und näherte mich ihrem Hinterteil.

„Na toll!", seufzte sie und sah mich gelangweilt an. „Nicht, dass du noch schwanger wirst!", grinste ich und war froh, dass ich noch ein Kondom hatte. Na ja, Billy Boy mit Noppen ... Aber das Spermizid zögerte mein Kommen etwas hinaus. Und das konnte ja nicht verkehrt sein. Ich drang von hinten in sie ein und irgendwie gefiel es ihr doch, trotz Kondom. „Was sind das für welche?", fragte sie schnaufend, aber die Antwort meinerseits blieb aus. Ich stieß zu und trieb es mit ihr, wie sie es wollte. Steffi schrie auf und dann spürte ich es in mir hoch kommen. Ich zog ihn heraus und schnaufte erregt. Steffi drehte sich um und griff sich mein bestes Stück. Sie zog das Kondom ab. Der Lusttropfen war schon im Auffangsäckchen.

Dann schob sie ihre Lippen über meine Eichel und holte sich den eigentlichen Schuss. Ich spritzte ihr direkt in den Mund. Ich meine, das war wirklich das höchste der Gefühle. Steffi schob das Sperma mit der Zunge über ihre Lippen und ließ es aus dem Mund laufen. Es tropfte auf ihre Hand. Alles war verklebt.

Ihr Mund, ihre Hand und auch mein bestes Stück. Sie versuchte mit den Fingern diesen Lusttropfen aus dem Kondom zu quetschen.

„Das du mir das vorenthalten hast, nehme ich dir übel!", grinste sie und schob ihre Zunge in das Kondom. Das war dann wohl die Rache für das Stören!"Ich bekam sogar noch einen Kuss. Aber der schmeckte eher nach einer Mischung aus Spermizid und … So, wie Steffi gekommen war, war sie auch wieder verschwunden und ich saß halb nackt auf meinem Sessel.

Tapps … Tapps? Schritte im Flur? Die Alten … Das Wichsen war wohl doch nicht so eine gute Idee …

Lass uns duschen

Im Grunde hatte ich es auf Tim, den Freund meiner Schwester abgesehen, weil es sich so ergeben hatte. Das mit dem Bad war ja gar keine böse Absicht. Ich wollte ihn anfangs nur necken. Als ich dieses erotische Knistern in der Luft spürte, kam es schließlich doch anders, als ich dachte. Da ich ja noch zu Besuch bei meiner Schwester war, wegen dem Umzug, und da schlief, begegnete ich Tim natürlich jeden Tag. Er hatte ja auch Urlaub.

Nach ein paar Tagen, meine Schwester war schon zur Arbeit, war es spürbar, dass Tim und ich mehr voneinander wollten. Natürlich war er älter und der Freund meiner großen Schwester, aber gegen Gefühle konnte man eben nichts machen. Ich hingegen gab mich so, wie ich auch wirklich war … jung, verspielt und ständig geil!

Das gefiel Tim natürlich. Ich hatte morgens meine neue Unterwäsche anprobiert. Es war ein Bustier in Pink mit schwarzen Punkten und schwarzer Spitze. Dazu hatte ich einen pinkfarbenen Satinslip und ziemlich geile rosafarbene Kniestrümpfe mit Blütenmuster. Meine braunen Haare hatte ich frech zu zwei Zöpfen zusammen gebunden und schlenderte ins Bad. Ich wollte die neue Dusche ausprobieren. Plötzlich stand Tim in der Tür und sah mich an. Ich nahm diesen kleinen Kirschlolli aus dem Mund und hielt ihm den entgegen, weil er zu mir: „Hmmm, lecker!", sagte.

„Willst du auch einen? Stehen auf dem Küchentresen!", sagte ich keck und schob die Plexiglastür der Duschkabine zur Seite. Ich knickte ein Bein ein und sah ihn mit meinen braunen Augen an, als er den Lolli aus meiner Hand nahm und ihn weiter lutschte. „Nee, ich meine dich mit lecker!", sagte er und sah an mir hinab. Ich posierte vor ihm und sagte: „Sieht geil aus, oder? Hab ich neu!" Er nickte und lutschte weiter auf dem Lolli. Ich schob mein Bustier ein Stück hoch und sagte: „Ich wollte gerade duschen!" Tim sah mich an und grinste: „Aber dann musst du deine hübschen Klamotten ja ausziehen!" Ich sah ihn an und rollte mit den Augen. Ich setzte meinen linken Fuß auf den geschlossenen Toilettendeckel und schob zwei Finger in den Bund von meinem Kniestrumpf.

Dann schob ich den Strumpf ganz nach unten und zog ihn aus. „Ach nee, Schlaumeier!", gab ich motzig als Antwort zurück. Ich nahm den Fuß wieder runter beugte mich nah vorne und rollte den anderen Strumpf nach unten, um ihn auszuziehen. „Jetzt bist aber genug mit Spannen!", lachte ich und schob mein Bustier über die Brust nach oben. Tim lachte. „Was? Wo es doch gerade interessant wird? Fass mal deine Nippel an. Sind die hart?", wollte er wissen. Ich strich mit den Fingern über meine Brustwarzen, die sich wirklich gerade aufstellten. „Wieso? Macht dich das scharf? Oder hast du auch jetzt einen Steifen?" Dabei zog ich meinen rosafarbenen Slip aus und ließ ihn unter meinen Füßen liegen. Das Bustier zog ich wieder runter und öffnete den Toilettendeckel. Ich setzte mich auf die weiße Brille und spreizte die Beine etwas. „Was wird das jetzt?", fragte er. „Ich muss mal!", entgegnete ich trocken und sah ihn an.

„Wie machst du das eigentlich, wenn du erregt bist? Wenn ich einen Steifen habe, kann ich nicht pinkeln!", fing er ein wirklich seltsames Gespräch an. „Du willst doch etwa nicht zu gucken, oder?", fragte ich. „Warum nicht? Stört dich das?", wollte er wissen. Ich schüttelte den Kopf und musste lachen. „Was ist?", fragte Tim. Es war nicht immer so, dass ich so offen war. Aber bei Tim schockte mich eigentlich nichts und ich hatte auch kein Schamgefühl, weil er mir beim Pinkeln zusehen wollte. Ich wollte pinkeln und konnte nicht, weil ich wirklich erregt war. „Ich müsste es heraus pressen!", lachte ich.

Vor lauter lachen kam dann doch ein Strahl und ich konnte pinkeln. Ich streckte die Hand aus. Erst begriff Tim gar nichts, aber dann gab mir einen feuchten Waschlappen. Ich wischte mir meine Scheide vor seinen Augen ab und feuerte den Waschlappen in das Waschbecken. „Brav! Charly!", scherzte Tim. „Dafür bekommst du jetzt auch einen Lolli!", sagte er und gab mir den ziemlich runter gelutschten Kirchlolli. „Oh Danke!", lachte ich und steckte den Lolli mit seinem Speichel in meinen Mund. „Aber lass mir etwas dran!", schob er hinterher. „Schade, dass du keine harten Nippel mehr hast!", bemerkte er. Ich zog das Bustier nach unten und spielte mit dem angelutschten Lolli an meinen Brustwarzen, worauf hin die sich sofort wieder aufstellten. „Siehst du? Jetzt habe ich deinen Sabber an meinen Brustwarzen!", sagte ich und grinste. „Au ja, darf ich den Lolli jetzt wieder haben?", wollte er wissen. Ich zog ein Bein hoch und setzte es mit dem Fuß auf dem Wachbecken ab, so dass meine Beine weit gespreizt waren. Dann rutschte ich mit dem Po ganz auf den vorderen Rand der Toilettenbrille.

„Moment! Kannst du gleich haben!", sagte ich und wanderte mit dem klebrigen Lolli an meiner Haut hinunter is zwischen meine Beine. Ich spreizte meine Schamlippen mit den Fingern und legte den Lolli dazwischen. Tim sah mich entsetzt an und sagte: „Charly, du bist eklig. Da kam doch gerade dein Pipi heraus!" Mal abgesehen davon, dass ich meine Scheide gesäubert hatte, wusste ich eigentlich nicht, was er hatte, denn ich würde seinen Schwanz ja auch lutschen, ohne vorher zu wissen, ober er pinkeln musste. Ich schob mir den Lolli in die Spalte und stöhnte gekonnt auf. Ich zog den Lolli wieder aus meiner Scheide und gab ihn das gute Stück mit den Worten: „Wieso? Du würdest mich doch auch lecken! Also? Hier, lass es dir schmecken! Schmeckt garantiert nach mir!"

Ich streifte mir das Bustier vom Körper und stolzierte in die Dusche. Ich schloss die Tür und drückte meinen Body an die Plexiglaswand. „So, du Spanner! Das muss für den Anfang reichen!", rief ich aus der Dusche … „Charly? Das ist doch jetzt nicht dein Ernst, oder? Erst heiß machen und dann einfach zur Tagesordnung übergehen?", beschwerte sich Tim.

Ich riss die Tür auf und stellte das Wasser auf warm. Das warme nass prasselte auf meinen nackten leicht überhitzten Körper. „So besser?", fragte ich. Ich seifte mich ein und duschte mich ab, alles vor seinen Augen. Dann stellte ich mich unschuldig an die Plexiglastür und sah in an. „So jetzt bin ich feucht!", lachte ich. Tim schüttelte den Kopf. Ich schob eine Hand zwischen meine Beine und fragte ihn: „Was? Glaubst du mir nicht? Ach, du wolltest mit dusche? Hast du dafür nicht zu viel an?"

Tim kam näher und sah sich an, wie das lauwarme Wasser auf meinen Körper prasselte. Dann hatte er es verstanden und zog seine Sachen, Stück für Stück aus. Als er die Unterhose nach unten zog, wusste ich, warum er so reagierte. Er hatte eine Morgenlatte. Ich schaute auf seinen Schwanz und grinste. Tim kam zu mir in die Dusche und gab mir einen Kuss. „Wo ist eigentlich der Lolli?“, fragte ich. „Den hab ich aufgegessen. Du hast recht, der schmeckte nach dir!“, lächelte er. „Ich will mehr von dir!“, sagte er und zog mich an sich heran, um mich zu küssen. Wir knutschten und ich griff zwischen uns seinen Schwanz. In dem Moment hatte ich richtig Bock auf ihn. Er wollte meinen Hals küssen, aber ich war schon so erregt.

Ich ging auf die Knie und schnappte mir seinen Harten. Ich schob meine Lippen auf das jetzt nasse Stück Mann und fing an, ihm einen zu blasen, worauf hin er das Wasser ausstellte. Er genoss es so mit einem lauten Seufzen, doch ich wollte ihn spüren. „Lass mich ihn nur einmal kurz spüren!“, zischte ich und kam wieder hoch, um mich um zudrehen und ihm meinen Po hin zuhalten. Tim packte mich an den Hüften und ich hielt mich an der Wand und am Türrahmen fest. Dann drang er von hinten in meine bereits nasse Muschi ein und ich schrie auf. „Jaaa … Fick mich!“, verlangte ich von ihm.

Dann zog er in aus mir und sagte: Wollen wir nicht lieber im Bett weitermachen?“ Sauer stieg ich aus der Dusche und wickelte mir ein Handtuch um. „Wenn du nicht willst? Dann nicht!?“, motzte ich und setzte mich auf den Toilettendeckel. Wie ein Trottel taperte er mit einem Steifen aus der Dusche und sagte: „Ach komm schon;Charly! Das war doch nur eine Idee!“

Ich sah ihn an und sagte: „Okay! Wichs dir einen! Vor meinen Augen!" Etwas gequält sah er mich an und griff seinen Schwanz. Dann wichste er. Ich öffnete das Handtuch und sah ihm dabei zu. Scharf wurde ich von alleine wieder. Ich wollte ihm eigentlich einen blasen, kostete meine Überlegenheit in diesem Moment aber aus. Ich zog die Beine hoch und sagte ihm: „Und jetzt lecke mich!" Bereitwillig kniete er sich vor das Toilettenbecken und leckte mir meine nasse Scheide aus. Was war das für ein geiles Gefühl.

Dann kam ich vom Toilettendeckel und ließ ihn sitzen. Verkehrt herum setzte ich mich auf ihn und er war sofort in mir. Ohne noch mal etwas zu sagen hielt ich mich an der Duschkabine und an dem kleinen Sims fest, um ihn kräftig ab zureiten. Dann kam ich mit einem lauten Schrei. Ich kam von ihm und Tim stand auf. Er wollte seinen Schuss in die Dusche wichsen, aber ich kniete mich davor und bot ihm meine Brust an. Ein kräftiger Schuss landete auf meinem Oberkörper. Tim ließ mich etwas irritiert allein im Bad zurück. Zufrieden duschte ich erneut ...

Ich hatte nie geglaubt, dass Tim und ich einmal ein paar werden könnten. Doch es hatte sich so ergeben. Anfangs, als er mit meiner Schwester auseinander war, hatte er mich immer besucht, wenn meine Eltern und meine Schwester nicht im Haus waren. Ich sah so jung und unschuldig aus, das war ich aber nicht. Ziemlich geil fand Tim immer meine Klamotten. Und so kam es, dass er mich auch schon mal im rosafarbenem Oberteil, rosa Slip und pinkfarbenen Nylonkniestrümpfen vorfand. Er war total begeistert. Im Grunde mochte ich es, wenn wir Sex machten.

Es war aber interessanter, wenn es nicht in meinem Zimmer war. Er fingerte schon in der Diele an mir herum. Nebenbei zeigte ich ihm meinen neuen Perlenvibrator. Das Ding war echt eine Wucht. Er hielt ihn sich vor die Hose und sagte ganz erschrocken: „Der ist ja dicker als meiner!" Ich lachte und meinte: „Aber nicht länger!" Dann kam eines zum anderen und er hatte mich. Er leckte mich auf dem Bistrotisch und fickte mich anschließend auf dem weißen Fellteppich …

Das war auch die Zeit in der ich sexuell viel ausprobierte. Ich hatte mir ein paar schöne kleine Sexspielzeuge angeschafft. Der Perlenvibrator war nur einer der angenehmen Helfer. Dann hatte ich noch einen Glasdildo, eine Analkette und einen pinkfarbenen Analdildo mit einem Ring als Haltegriff. Den hatte ich allerdings noch nicht benutzt. Am besten war der kleine Schmetterlingsauflagevibrator. Der hatte so Bänder zum Umschnallen. Da kam es schon mal vor, dass ich mal in meinem Zimmer auf dem Bett lag mit hoch geschobenem Top und ohne Slip im kurzen Röckchen. Einmal hatte meine Mutter beim Gehen Tim ins Haus gelassen. Ich lag auf dem Bett und hatte Kopfhörer auf. Der kleine Schmieterling ratterte auf meinem Kitzler und ich spielte mit der Geschwindigkeit. In meinen Ohren klangen sexy Beats und ich bekam gar nicht mit das Tim schon eine Weile im Raum stand und mich beobachtete. Ich bekam es erst mit, als ich mir vor lauter Lust bei schnellem Tempo des Schmetterlings die Kopfhörer von den Ohren zog und Tim sich über mich beugte, fragte, ob er mir dabei helfen sollte und seine Hand auf den Schmetterling legte. Der presste sich auf meine Klit und ich schrie auf. Dann verzog sich mein Schreck in ein Grinsen.

Er gab mir einen Kuss und sagte: „Ich wusste gar nicht, dass du solche Dinge besitzt!" Er wusste so Einiges von mir wohl nicht …

Marks Mutter

Es war Freitagabend, als ich bei meinem Freund Mark und seiner Mutter an der Tür klingelte. Mark war mein bester Freund. Seine Mutter Marlene öffnete die Tür und ließ mich rein. Mit einem Kuss auf die Wange begrüßte mich die attraktive Frau, die sich vor Jahren von ihrem Mann trennte.

„Mark ist noch nicht da!", sagte die Frau mit den langen dunkelbraunen Haaren. „Aber komm doch erst ein mal rein!", sagte sie und begleitete mich gleich in das Gästezimmer, wo ich meine Sachen ablegen konnte. Dann gingen wir ins Wohnzimmer, wo schon die Karaokeanlage von Mark stand. Ich setzte mich auf das lange Ende des hellen Ledersofas. Marlene, die ich ja bereits ein paar Jahre kannte fing an ein wenig Smalltalk zu halten und fragte mich viele Dinge. Ich erzählte und wir lachten viel. Mittlerweile war die Uhr schon fast halb acht, als Marlene sagte: „Ich weiß auch nicht wo Mark bleibt. Normalerweise würde er anrufen, wenn es später wird!" Marlene ging in die Küche und kam mit zwei Gläsern Cola wieder an die Couch. Sie drückte mir ein Glas in die Hand und sagte: „Na dann warten wir noch einen Augenblick!" Erst schwiegen wir eine Zeit lang, aber dann fing Marlene wieder an, mich auszufragen. Sie wollte wissen, ob ich eine Freundin hatte. Die Frage konnte ich eindeutig mit nein beantworten. Natürlich war ich etwas verlegen, weil Marlene mir Komplimente machte. Ich sei ein ganz süßer Typ und ähnliches bekam ich zu hören. Dann stand sie auf und schaltete den Fernseher und die Anlage an. Sie drückte mir ein Mikrofon in die Hand und sagte, dass wir ja schon mal testen könnten.

Das war eine vernünftige Idee. Ich steuerte mit dem Controller durch das Menü und hatte im Handumdrehen die 70er Jahre-CD gestartet. Ein paar Feineinstellungen, die ich auf dem Boden kniend erledigte, während das Haustelefon klingelte. Marlene ging ans Telefon und nach einer Weile stand sie direkt vor mir auf dem Teppich im Wohnzimmer. Ich sah erst nur die schwarzen Pumps, aber als ich an ihr hoch blickte, sah ich diese schwarzen gestrapsten Nylonstrümpfe.

Sie stand so günstig, dass ich unter ihrem kurzen schwarz-goldenen Reißverschlusskleid einen weißen Slip für kurze Zeit sehen konnte, als ich mich umdrehte. Ich kam hoch und stand vor ihr. Die Karaokeanlage lief. Staying alive von den BeeGees lief gerade an. Marlene hob ihre Arme in Tanzposition und fragte lächelnd: „Tanzt du mir mir?" Eine so lieb formulierte Bitte konnte ich schlecht abschlagen und nahm Marks Mutter in den Arm. Also, tanzen konnte die Frau auf jeden Fall. Es hatte schon etwas Nähe, dieses Tanzen mit Marks Mutter. Zumal sie beim Tanzen ganz langsam ihren Body gegen meinen geschoben hatte. Während einer dieser leichten Drehungen kam sie mit ihrem Mund verdächtig nah an meinen Hals und hauchte: „Das am Telefon war Mark. Der kommt leider nicht.

Er ist bei seiner Freundin geblieben und lässt sich entschuldigen. Er hofft, dass du jetzt nicht sauer bist!" Ich sah Marlene an und sagte: „Dann fällt das Karaokesingen ins Wasser? Schade! Ich hatte mich ja auf ein ganzes Wochenende mit Mark eingestellt!" Wir stoppten den Tanz. Ich hielt Marlene noch im Arm. Ihr dezent anziehendes Parfum stieg in meine Nase.

Marlene löste ihre Hand aus meiner und wir lösten die ganze Tanzhaltung. Das war mir ganz recht, denn während des engen Tanzens hatte sich bei mir in der Unterhose etwas geregt und ich hoffte, dass sie nicht gleich mit bekam, dass ich eine Erektion hatte. „Also, wenn du willst darfst du gerne bleiben. Das war ja so verabredet. Außerdem können wir ja noch ein bisschen mit der Anlage herum experimentieren, wenn du willst. Dann sind wir für das nächste Mal gerüstet!" „Ich kann eh nicht so gut singen! Vielleicht kann man ja den Gesang mitlaufen lassen. Dann fällt das nicht so auf!", sagte ich und setzte mich auf das Sofa. Marlene griff sich die Bedienungsanleitung und setzte sich auf das kurze Ende der Couch. Ich nahm den Controller und sah sie an. Sie lächelte mich an. Da fiel mein Blick zwischen ihre Beine. Beim Setzen war ihr Kleid etwas hoch gerutscht und man sah ihren Slip. Das wirkte sich natürlich auf meine Erektion aus und hielt diese steif.

Ich hatte zwar eine Jeans an, aber da zeichnete sich eine fette Beule ab, die gegen den Reißverschluss drückte. „Du bedienst die Anlage und ich sehe nach, wie man den Gesang dazuschaltet, okay?", fragte die und blätterte in der Anleitung. Ich schaltete durch das Musikprogramm und suchte etwas Schönes zum Träumen. „A whiter shade of pale" schien mir die perfekte Wahl. Während ich noch den ziemlich erotischen Titel „Je t´aime" dahinter programmierte. Das war allerdings nur, weil ich das Lied selbst ziemlich gut fand. Aus dem Augenwinkel sah ich, wie Marlene sich ganz kurz mit der Hand zwischen die Beine fasste. Dabei sah sie zu mir rüber. Ich denke sie hatte meine Beule in der Hose bemerkt.

Dann erklärte sie mir, wie ich den Gesang dazuschalten konnte und verlangte bereits bei den ersten Tönen von dem ersten Titel, dass ich mitsingen sollte. Es war ihr Lieblingslied. Ich griff das Mikro, sah sie an und versuchte nicht allzu laut mit dunkler etwas kratziger Stimme den Titel für die zu singen. Da fingen ihre Augen an zu leuchten und nach dem Refrain zog sie an dem Kabel des Mikros. „Komm!", sagte sie. „Dafür bekommst du auf jeden Fall einen Kuss. Das war so schön!" Ich rutschte vorsichtig zu ihr rüber bis ich direkt neben ihr saß. Da legte sie den arm um meinen Hals und sah mir in die Augen. Sie tippte auf der Fernbedienung, bis es langsam lauter wurde. Ich dachte erst, sie würde mir einen Kuss auf die Wange geben, aber ihre dezent geschminkten Lippen landeten auf meinem Mund.

Ich war nicht wirklich darauf gefasst, aber es war so, wie bei meiner letzten Freundin. Wie von selbst rutschten unsere Lippen übereinander und aus dem eigentlich flüchtigen Kuss wurde eine wilde Knutscherei. Ich ließ von ihren Lippen ab und sah sie fragend an. Auch Marlene wirkte etwas überfahren. „Oh mein Gott! Du kannst ja richtig geil küssen!", flüsterte sie in mein Ohr. Das erotische Knistern, was sich bereits beim Tanzen entwickelte, füllte den Raum. Unsere Körper pressten sich regelrecht aneinander. Ihre eine Brust drückte sich gegen meinen Oberkörper und auch der Reißverschluss ihres Kleides vergrößerte etwas den Ausschnitt. Ich konnte die Konturen ihrer Brust erkennen. Meine Hand lag auf ihrer Schulter, während ihr Arm immer noch um meinen Hals lag. Sie holte sich gleich noch einen Kuss, während ich in ihren Armen schwach wurde.

Meine Hand rutschte auf ihr Kleid, genauer gesagt auf ihre Brust, die ich durch das Kleid spüren konnte. Sie kraulte mit den Fingern in meinem Nacken und holte sich einen Kuss nach dem anderen. Ihre Hand fuhr am Nacken unter meine Strickjacke und mit der anderen Hand zog sie ihren Reißverschluss auf, bis meine Hand auf ihrer nackten Brust lag. Wir knutschten und Marlene lehnte sich zurück. Ich streichelte ihre Brust, während sich ihre Zunge durch unsere Lippen schob und ich einen geilen fordernden Zungenkuss von ihr bekam. Dann lösten sich unsere Lippen wieder und ich küsste Marlene am Hals. Dann fiel ich über ihre Brust her.

Als ich mit der Zunge ihre Brustwarze leckte, ging ihre Hand automatisch zwischen meine Beine und öffnete zuerst meinen Gürtel, dann den Knopf und anschließend den Reißverschluss. Sie befreite meinen dicken Prügel aus meiner zu eng gewordenen Unterhose. Der stand jetzt völlig steif und sie streichelte ihn mit ihren Fingerspitzen. Ich lehnte mich zurück. Marlene sah mich an und nahm den Controller in die Hand. Den zweiten Titel schaltete sie auf Wiederholung. Dann griff sie sich das Mikro und tanzte vor meinen Beinen, bis sie sich beim ersten Stöhnen auf meinen Schoss setzte und mit ihrem Slip genau auf meinem Steifen landete. Sie setzte sich und bewegte langsam ihr Becken, während sie einmal laut ins das Mikro stöhnte. „Das hört sich ja geil an!", seufzte ich und legte meine Hände an ihre Hüften. „Vielleicht solltest du die Hose ausziehen!", sagte sie und setzte sich neben mich. Sie half mir, sowohl Jeans als auch Unterhose auszuziehen und legte sich quer aufs Sofa, mit ihrem Oberkörper über meine Beine. Dann spürte sich, wie sie meinen Steifen sanft in die Hand nahm und ihre Kopf senkte.

Ich hatte das Mikro noch in der anderen Hand und flüsterte hinein. „Marlene … hmmm … ahhh … Was machst du da?" Das Gefühl, welches sie mir bescherte, ließ das Mikro aus meiner Hand fallen. Es landete auf dem Boden. Marlene ließ ihre Zunge an meiner Eichel spielen. Es war unglaublich. Mein Arm lag auf ihrer Seite. Sie zog meine Hand zwischen ihre Beine und schob sie auf ihren Slip. Sie zeigte meinen Fingern, dass sie dort gestreichelt werden wollte. Ganz sanft streichelte ich mit den Fingerspitzen ihre intimste Stelle durch den Slip. Sie zog den Slip etwas zur Seite und meine Fingerspitzen landeten auf ihren Schamlippen.

Ganz zärtlich streichelte ich Marlene dort, bis meine Finger sehr schnell ziemlich nass wurden. Derweil legten sich Marlenes Lippen um meine Eichel und sie nahm meinen Steifen ganz in ihren Mund. Sie schob die Lippen am Schaft runter, bis ich ganz in ihrem Mund war. Ein lautes „Aaaahhh" stieß ich aus meinem Mund. Dann zog sie den Mund langsam zurück und entließ mich wieder. „Boah! Shit!", sagte ich, während Marlene aufstand und sich auf mich setzte. Sie zog den Slip zur Seite und setzte sich auf meine Eichel. Ich glitt sofort in ihre nasse Scheide. Dann küsste sie mich und ließ sich ganz langsam nach hinten fallen. Ich kam aus der Sofalehne hoch und hielt sie fest. Ihr Rücken hing am Sofa runter. Ihr Kopf lag auf dem Fußboden. „Tut mir leid!", stöhnte sie. „Aber ich musste ihn einfach spüren. Ich spürte es schon, als wir tanzten!"

„Ich hätte nicht gedacht, dass ...", versuchte sich etwas zu sagen. Marlene rutschte weiter auf den Boden und krabbelte von mir weg.

„Komm und hol mich!", sagte sie. Ich rutschte auf meine Knie und packte an ihre Hüften. Sie kniete mit dem Po zu mir gedreht vor mir und griff sich das Mikrofon. „Komm und fick mich!", hauchte sie darein. Das ließ ich mir nicht zwei Mal sagen. Ich schob meinen Steifen zwischen ihre Beine und drang von hinten wieder in sie ein. Daraufhin stieß sie einen langen Seufzer ins Mikro und ließ mich ein paar Male langsam zustoßen. Es gefiel ihr, aber sie machte einen Satz nach vorne und drehte sich auf den Rücken. „Ich will deine Zunge Spüren!", forderte sie mich auf, sie zu lecken. Ich krabbelte zwischen ihre gespreizten Beine und näherte mich ihrer Liebesmuschel mit dem Mund. Sie war unten herum völlig nass. Ich setzte einen Kuss auf ihre Schamlippen und schob anschließend meine Zunge zwischen die nassen Schamlippen. Marlene seufzte wohlig vor sich hin. Ich nahm meinen harten Schwanz in die Hand, um ihn auf derselben Steife zu halten. Diese Frau war einfach unglaublich. Sie genoß meine Zunge, bis ich letztendlich ganz zwischen ihre Beine krabbelte.

Ich kam über sie und beglückte sie in der Missionarsstellung. Ein paar Male schaffte ich es zu zu stoßen, bis Marlene laut und heftig kam. Ich kam von ihr runter und zog mir meine geöffnete Strickjacke aus. Marlene legte sich aus Sofa und zog ihren Slip von den Beinen. Sie zog mich an sich und lag unter meinem noch steifen Schwanz. Mit der Zunge spielte sie an der Eichel und schob ihr Becken gegen die Seitenlehne des Sofas. Dann schob ich ihr meinen Dicken noch mal zwischen die Lippen. Sie lutschte daran und meinte:

„Komm! Fick mich noch mal!" Eigentlich hatte ich gedacht, sie wäre schon gekommen. Ich ging auf die andere Seite und stellte mich an die Seitenlehne dann packte ich mir ihren Körper und versenkte meinen Schwanz noch mal in ihrer noch zuckenden Lustgrotte. Er glitt ganz schnell in sie. Ich war auf dem Höhepunkt meiner Lust und stieß zu. Marlene dankte es mit langanhaltendem Gestöhne, bis ich spürte, dass ich kam. Ich zog mein Becken zurück. Mein Steifer flutschte aus ihr. Anstatt noch einmal in sie zu stoßen, glitt er über ihre Schamlippen nach oben bis an ihren Kitzler und dann schoss es auf ihr Schambein. Ich schrie auf. „Aaahhh … Shit!" Marlene sah mich an und grinste. „Wie geil!", sagte sie. So einen schönen Sex hatte ich lange nicht mehr ...

Marlene stand auf und schüttelte den Kopf. „Was haben wir da bloß gemacht? Machst du die Anlage und den Fernseher aus? Ich gehe duschen ..." Ich nickte und war ziemlich erleichtert. Der Karaokeabend war ein voller Erfolg auf ganzer Linie. Eine so attraktive Frau hatte ich mir nicht im Traum erdenken können. Ich räumte die Sachen beiseite und schaltete alle Geräte aus. Es war klar, dass ich über Nacht bleiben würde. Das Gästezimmer hatte sie mir ja angeboten. Nackt, wie ich war kramte ich alle Sachen zusammen und spazierte durch den Flur. An der halb geöffneten Badezimmertür machte ich kurz halt und warf einen Blick ins Bad. Marlene stand in der Duschwanne und spülte sich mein Sperma vom Körper. Ich lächelte und machte mich auf dem Weg ins Gästezimmer, als Marlene mich zurück rief. „Junger Mann! Du darfst ruhig rein kommen. Musst du nicht auch noch duschen?" Ich spazierte zurück und legte meine Sachen auf die Waschmaschine.

Dann sah ich Marlene zu, wie sie sich einseifte und den Schaum von ihrem Körper spülte. Sie sah mich an und grinste. „Traust dich wohl nicht, was?" Ich stieg mit in die Duschwanne und seifte Marlene den Rücken ein. Dann drehte sie sich um und seifte mich komplett ein. Wir alberten herum und duschten uns ab. Ich nahm sie in den Arm und küsste sie am Hals. Sie küsste meinen Hals und unsere nassen Körper glitten aneinander. Wir tollten eine ganze Weile herum unter dem Wasserstrahl. Dann plötzlich sagte Marlene: „Das glaube ich jetzt nicht!"

Ich sah sie an und fragte, „was denn?" Sie griff mir zwischen die Beine und sagte: „Dass du schon wieder einen Steifen hast!" Sie schüttelte den Kopf. Ein Steifer? Das war etwas übertrieben, fand ich, denn er regte sich nur ein bisschen. Eine wirkliche Erektion war es noch nicht. Sie drehte sich um und griff sich ein Handtuch. „Stefan? Vergiss es! Du hast mich schon geschafft!", lachte sie. Aber ich provozierte es. Ich rieben meinen halb Schlaffen an ihrem Po und lachte. Ich schob meine Hand unter ihrem Arm durch und streichelte ihre Brust. Als ich an ihre Brustwarze kam, war mir alles klar. Sie hatte zwar nicht wirklich Lust, war aber sehr leicht erregbar. Aber sie machte es mir nicht leicht. „Wenn du was willst, dann hole es dir doch einfach!", sagte sie mit energischer Stimme. „Also, wenn ich mir es richtig überlege … vielleicht habe ich doch noch Lust!", scherzte ich. Ich strich durch ihre zusammen gebundenen Haare, die sie noch nicht nass gemacht hatte. „Und wenn ich ganz lieb frage? Vielleicht auch nur mit dem Mund?"

„Dann wirst du mich zwingen müssen! Los, zwing mich dazu, dann bekommst du, was du willst!", sagte Marlene ziemlich deutlich. Ich griff in ihren Zopf und zog ihren Kopf zu mir. Marlene war richtig in Fahrt. „Los, du Schlappschwanz! Steck mir doch deinen Pimmel in den Mund! Vielleicht stehe ich ja darauf?!", schimpfte sie. Dann ging sie von selbst auf ihre Knie und ich schob ihr meinen langsam erwachenden Schwanz an den Mund. Erst presste sie die Lippen zusammen. Doch je fester ich in ihre Haare griff, desto williger öffnete sie ganz leicht die Lippen und schnappte sich meinen Schwanz. Sie blies mir einen, sodass ich wieder einen Steifen bekam, und was für einen. Beim Blasen wurde auch ich etwas mutiger und sagte: „Wenn du so weiter machst, dann ficke ich dich gleich noch mal!" Das ließ sie sich nicht ohne weiteres sagen und ließ von mir ab. Sie drehte sich um und beugte sich nach vorn. „Nur zu! Das schaffst du eh nicht bis zum Schluss!" Provozierte sie mich nur oder wollte sie das wirklich?

Ich packte ihren Po und schob meinen Dicken zwischen ihre Schamlippen. Sie war noch genauso heiß wie vor einer halben Stunde im Wohnzimmer. Ich stieß kräftig zu und hörte sie nur leise seufzen: „Mein lieber Mann, da hat aber einer richtig Bock auf mich!" Ja, das hatte ich wohl. Sie ging immer weiter nach vorne und während wir es trieben krabbelten wir aus der Wanne auf den Boden. Sie lag auf dem Bauch und ich steckte tief in ihr. „Na? Willst du noch mehr?", fragte ich. „Ich bin jetzt genau da, wo ich hin wollte!" Sie schmunzelte. „Wenn du mich los lässt, zeige ich dir, wie nass ich bin!" Ich kam von ihr runter und setzte mich auf den Toilettendeckel.

Marlene setzte sich auf die Waschmaschine und stellte ein Bein auf das Waschbecken rechts und das Andere auf die Duschwanne links. Sie schob sich einen Finger zwischen ihre Lippen, leckte ihn ab und sah mich an. „Und nun stell dir vor, das ist deine Zunge!" Sie schob den Finger über ihr Schambein zwischen die Schamlippen und schob ihn ganz in sich. Sie riss den Mund auch und stöhnte. „Das kannst du haben!", sagte ich und kniete mich vor die Waschmaschine. Ich küsste ihr Schambein und sie zog meinen Kopf an sich heran. Dann schob ich meine Lippen auf ihre Schamlippen, schob meine Zunge dazwischen und drückte sie so weit es ging in ihre nasse Spalte. Das gefiel ihr. Aber ich hatte es auf etwas ganz anderes abgesehen. Ich suchte nach ihrem Kitzler den ich dann ausgiebig mit der Zunge bearbeitete.

Schnell war Marlene wieder in Fahrt. Es dauerte nicht lange, da zuckte ihr ganzer Unterleib und ich schaffte es, mit meiner Zunge einen klitoralen Orgasmus über ihren Körper zu jagen. Marlene atmete schnell und als Abschluss setzte ich einen dicken Kuss auf ihre Schamlippen. Ich setzte mich zurück auf den Toilettendeckel und fing an meinen Steifen mit der Hand zu massieren. Ich hatte keine Ahnung, ob ich überhaupt kommen würde und wie lange es dauern würde. Marlene kam zu mir und zog meine Hand weg. Sie sah mich an und lächelte. Dann setzte sie ihre Lippen auf meinen Steifen und ließ ihn in ihren Mund wandern. Sie blies mir einen. Aber diesmal konnte ich es richtig genießen. Es dauerte auch gar nicht mal so lange. Als sie ihn ganz im Mund hatte sah sie nach oben zu mir und beobachtete, wie ich leicht meine Lippen öffnete. Ich seufzte.

Aus dem Seufzen wurde ein Stöhnen und aus dem Stöhnen fast ein Keuchen. Ich spritzte ab, als sie nur noch die Eichel in ihrem Mund hatte. Sie öffnete den Mund und wischte mit ihren Lippen über meine Eichel. Dann lächelte sie mich an. Ihre Lippen waren voller Sperma. Sie lehnte sich an die Waschmaschine und sah mich an. Dann wischte sie sich das Sperma von den Lippen und sagte: „So einen geilen Liebhaber wie dich hatte ich noch nie!" Ich grinste. „Und nun ab ins Bett mit dir, mein Süßer!", sagte sie und gab mir einen Klapps auf den nackten Arsch. Ich griff meine Klamotten und ging ins Gästezimmer ...

Ich war ins Bett gegangen. Völlig erleichtert war ich eingeschlafen im Gästezimmer. Was war das für ein Abend gewesen? Die Mutter meines besten Freundes hatte mich einfach überrumpelt. Oder war ich etwa Schuld an der ganzen Geschichte? Ich wusste es nicht. Am nächsten Morgen erwachte ich mit gemischten Gefühlen. Ich brauchte einige Zeit, um richtig wach zu werden. Marlene musste schon wach gewesen sein. Es war halb zehn durch. Ich hörte das Klacken ihrer Pumps auf dem Laminatboden in der Wohnung. So ganz allmählich erhob ich mich aus dem Bett und zog meine Jeans an. Barfuß stapfte ich ins Bad und machte mich frisch. Mit nacktem Oberkörper tapste ich durch den Flur, bis ich die Küche erreichte. Marlene hatte frischen Kaffee gekocht und drehte sich nach mir um. „Ach! Guten Morgen, mein Herzblatt!", begrüßte sich mich und schenkte uns einen Becher Kaffee ein. Die Küche war der einzige Ort, wo geraucht werden durfte.

Auf dem Tresen standen eine Microanlage, der Kaffee und natürlich ein Aschenbecher. Marlene hatte ein Laptop aufgeklappt und trieb sich scheinbar im Internet herum. Dann stolzierte sie vergnügt an den Tisch in ihren Netzstrümpfen, dem braunen Rock und dem schwarzen engen Oberteil. Sie beugte sich zu mir und gab mir einen Kuss auf den Mund. Dann sagte sie: „Nur zu, tu dir keinen Zwang an!" Dabei zeigte sie auf die angefangene Schachtel Marlboro auf dem Tisch.

Ich nippte erst ein mal an dem Kaffee und sah sie an. Ein leises „Danke" verließ meine Lippen. „War es so anstrengend?", fragte sie lachend und zog eine Zigarette aus der Schachtel, zündete sie an und schob sie zwischen meine Lippen. „Schade, ich dachte, wir machen da weiter, wo wir aufgehört haben!", grinste sie und schob mir das Laptop zu. „Sag mal ...", fing ich an. „Was soll das zwischen uns überhaupt werden?", fragte ich und sah sie an.

Sie setzte sich auf den Stuhl gegenüber und sagte: „Du machst dir Gedanken über Sachen ... Warum genießt du es nicht einfach? Ach, hier ans Lappy kannst du ruhig gehen, wegen Emails und so. Vielleicht erreichst du Mark ja. Ich hatte es auch schon versucht!" Ich musste erst mal die ganzen Programme minimieren, bevor ich an das Internet kam. Sie hatte ja alles gestartet, was man nicht dringend braucht ... MSN, ICQ, Yahoo, GMX und den Mediaplayer. Allerdings fiel mir beim Schließen des Mediaplayers auf, dass sie gerade dabei war einen Film zu schauen. Der war garantiert nicht jugendfrei.

Wenn mich nicht alles täuschte, war es ein Pornofilm. Auch der Titel „Anal Auditions" verriet mir, dass es kein Heimatfilm war. Ich versuchte mein Glück mit Facebook und schrieb Mark an. Und tatsächlich konnte ich kurz mit ihm chatten, denn er war per Handy eingeloggt. Er fragte mich, ob ich noch bei ihm war und schrieb mir, dass es ihm wirklich leid täte, aber seine Freundin hatte einen Todesfall in der Familie und er würde noch bei ihr bleiben. Ein „das holen wir nach" gab es als Trost. „Und? Was schreibt er?", fragte Marlene und schenkte noch einmal Kaffee nach. „Er ist noch bei ihr. Kann noch dauern!", sagte ich und aschte noch mal ab. „Soll ich den Rest ausmachen?", fragte ich und deutete damit auf ihre Programme, die noch im Hintergrund liefen. „Wieso? Magst du keine Pornofilme?", fragte sie und tippte auf dem Touchpad, bis der Mediaplayer wieder aufsprang und in Vollbildmodus den Film abspielte.

Ich lachte. „Schon, aber Morgens?" Marlene kam um den Tisch und stellte sich neben mich. Der Film war schon ziemlich deftig. Es ging sofort zur Sache und die Darsteller hatten so große Schwänze, dass ich es ein bisschen übertrieben fand. Und doch sah ich hin. Ich konnte nicht wegsehen. Auch eine chronische Morgenlatte war nicht zu verbergen. Das war aber normal, die hätte ich auch ohne Film gehabt. „Ist das nicht ein bisschen übertrieben?", fragte ich, als eine Darstellerin sich einen riesigen Dildo in ihren Hintereingang schob. „Na ja ...", sagte Marlene. „Ich stehe da auch drauf! Und wenn ich mir das genau ansehe, lässt dich das nicht gerade kalt!"

Sie legte die Hand auf meinen Hosenschlitz und streichelte das, was ich gerade in der Hose richtig aufbäumte. Dann nahm sie die abgerauchte Zigarette aus meinen Lippen, drückte sie aus und gab mir einen Kuss. Dass es wieder ein einer wilden Knutscherei enden würde, war ja klar. Ich meine, diese fordernden Zungenküsse waren ja nicht das Problem. Aber, dass sie mich mit den intimen Berührungen sofort im voll erregten Zustand hatte, fand ich schon seltsam. Sie ließ einfach nichts aus. Zungenküsse, Knabbern am Ohrläppchen und das lecken meiner Brustwarzen …

Dass sie dann beim Öffnen meiner Jeans eine fette Latte in der Hand hatte, war nicht weiter verwunderlich. „Also? Lust auf Runde 3?", fragte sie dann noch ernsthaft. Ich sagte scherzhaft „Runde 3? Ding … Ding!", wie Apollo Creed in den Rockyfilmen. Tja und dann … Hatte sie sich auch schon über meinen Schoss gebeugt und leckte zärtlich an meiner Schwanzspitze. „Aaaahh … Marlene! Warum tust du das?", fragte ich seufzend. Doch da hatte sie schon ihre Lippen fest um meinen Schaft geschlossen und fing an mir einen zu blasen. Ich hatte derweil meine Hand auf ihrem Rücken und streichelte sie über den Rücken, den Lendenwirbelbereich, bis über ihren Po. Ich zog den Saum von ihrem Rock hoch. Wider Erwarten hatte ich keinen Slip gesehen. Sie trug nichts drunter. Auf mein Nachfragen, ob sie ständig ohne Höschen herum läuft, sagte sie nur grinsend: „Dann brauchst du nicht so viel ausziehen!" Als hätte sie erwartet, dass genau das passieren würde. Sie kniete sich vor mich und schob sich wieder meinen Dicken in den Mund. Ich beugte mich über sie und streichelte ihren Po.

Dann kam sie mit dem Becken höher und ließ michzwischen ihre Pobacken mit den Fingern. Siehatte ja einen wirklich geilen Arsch. Als mein Glied richtig schön steif war, stellte sie sich an den hohen Tresen und hob ihr rechtes Bein auf den Hocker. Sie sah zu mir nach hinten und beugte sich auf den Tisch. „Na? Willst du dir auch Appetit holen?"

Sie schob ihre Hand über den nackten Po und spielte mit dem Finger zwischen ihren Beinen. Ich kniete mich vor Marlene und umklammerte das linke Bein. Dann küsste ich ihren Oberschenkel und wanderte mit den Lippen weiter zwischen ihre Beine. Der weibliche Duft ihrer Liebesmuschel flog mir entgegen. Ich streckte meine Zunge aus und leckte sie. Einen Augenblick genoss sie es und zischte dann: „Na komm. Zeig mir, dass du mich willst!" Da war mir klar, dass sie nicht nur meine Zunge wollte. Ich richtete mich wieder auf und stellte mich hinter Marlene. Mein steifes Rohr zeigte genau auf ihren Arsch. Ich legte meinen Steifen auf ihre Pofalte und zog die Eichel durch die Falte, bis meine Penisspitze genau zwischen ihre Schamlippen rutschte. Dann gab ich etwas Druck, sodass meine Eichel in sie eindrang. Mit einem kräftigen Stoß landete ich ganz in ihr und entlockte ihr ein lautes „Aaahhh!". Dann zog ich ihn wieder aus ihrer nassen Scheide und grinste. „Was hältst du von dem Tisch?", sagte ich und zeigte auf den etwas niedrigeren Esstisch in der Küche. Marlene nahm ihr Bein vom Hocker und spazierte zum Tisch. Sie setzte sich auf die Kante und legte sich zurück. Ich kam vor den Tisch und nahm ihre Fußgelenke in die Hand. Mein Schwanz war jetzt so hart, dass ich nicht mal meine Hand brauchte, um in sie einzudringen.

Ich schob ihr meinen Liebesstab bis zum Anschlag in ihre nasse Venusmuschel. Dann fing ich an zu zustoßen. Mit recht kräftigen Stößen beglückte ich Marks Mutter und beobachtete sie, während in ihr die Lust immer größer wurde. Sie stöhnte und ließ sich richtig auf mich ein. Ich beugte mich über Marlene, um sie zu küssen, während mein praller Liebesstab tief in ihr steckte. Ich war so scharf auf die Frau, dass ich am liebsten in ihr gekommen wäre, aber es war mir nicht gegönnt, so schnell meine Eier zu entleeren. Eine wilde Knutscherei und kräftige Stöße trieben uns in einen Rausch der Lust. Ich hatteihr Oberteil hoch geschoben und mit meiner Hand an ihre Brust gepackt. Dann gab ich Gas und bumste Marlene auf dem Esszimmertisch. Sie war richtig in Fahrt und spielte an ihren Brustwarzen. Das Stöhnen, welches aus ihrem Mund kam wurde lauter und sie schlug den Kopf zur Seite. „Ja, fick mich!", sagte sie immer wieder und gab sich meinem Tempo hin.

Als sie richtig laut aufschrie, war sie richtig in rage. Sie versuchte sich von mir wegzudrehen und krabbelte vom Tisch. Mein steifer Schwanz war aus ihr geflutscht. „Hey, wo willst du hin?", fragte ich und griff nach ihr, erwischte mit meiner Hand aber nur noch ihren süßen Arsch, als sie sich auf den Stuhl neben mir kniete und mir selbigen hin hielt. „Komm und besorg es mir von hinten!", zischte sie und sah mich lüstern an. Ich verstand nicht recht und drang wieder in sie ein, um ihr den letzten Schub zu geben. „Aaaahhh", kam es aus ihrem Mund, als mein Steifer sich in ihre nasse Muschel drückte. „Ich dachte eigentlich etwas anderes…", stöhnte sie vor sich hin und ließ mich noch ein paar male zustoßen, bis ich kurz vorm Kommen war.

Sie zog ihren Arsch weg und entließ mich aus ihrer fast glühenden Liebeshöhle. Ich sie stand vor mir und grinste. Ich setzte mich auf den Stuhl und sah sie an. „Los, wichs für mich!", befahl mir Marlene und sah auf meinen Steifen. „Ich soll was?", fragte ich verunsichert. „Ich will, dass du für mich wichst!", sagte sie und lächelte. Ich nahm meinen pulsierenden Penis in die Hand und tat ihr den Gefallen. Marlene war entzückt und stellte sich bereitbeinig mit dem Rücken zu mir über meinen Schoss. „Na, was meinst du? Ob du meine Muschi von da aus triffst?", schmunzelte sie.

Es war nur ein kleines Stück, das zwischen meiner Eichel und ihrem Arsch lag, aber es war zu weit, um sie mit meinem Schuss zu treffen. „Ich wette, du würdest gerne auf meinen Arsch spritzen!", sagte sie und senkte ihren Body, bis sie mit ihren Schamlippen genau an meiner Eichel war. Dann setzte sie sich und ließ meinen Dicken noch mal in ihre nasse Muschel, die bereits glühte vor Lust. Beim Setzen, stöhnte ich auf und zischte, „Ich komme!" Marlene war zufrieden und ich ebenfalls, denn ich steckte ganz in ihr drin. Ich hatte meinen Arm um sie gelegt und sie zog meine andere Hand zwischen ihre Beine. Ich sollte ertasten, wie es sich anfühlt, wenn ich in ihr stecke. Sie schob meine Fingerspitze an ihren Kitzler und forderte mich auf, „da hab ich es am liebsten!" Mein Penis pulsierte bereits und in mir stieg das Sperma hoch. Ich tat ihr den gefallen und massierte mit der Fingerspitze ihren Kitzler, während sie ganz langsam hochkam und mich aus ihrer engen Scheide entließ, um sich wieder auf meinen Schoß zu setzen. Mit den Fingern drückte sie meinen Steifen gegen ihre nasse Muschel und ließ mich abspritzen.

Mein warmes Sperma lief über ihren Oberschenkel und ihre Hand. Sie drehte sich mit dem Kopf zu mir und küsste mich, während sie mit ihrer Hand den Rest aus meinem Schwanz wichste. Dann stand sie auf und lachte mich an. „Du bist aber auch echt ein geiler Liebhaber!", sagte sie und leckte sich das Sperma von den Fingern.Ich dachte, ich sehe nicht richtig. Eine Frau, die sich das Ejakulat von den Händen leckt, hatte ich auch noch nicht kennen gelernt. Aber so war sie halt, Marlene …

Ich hatte mich wieder an den Tisch gesetzt und mich aus meinem Online-Account auf dem Laptop ausgeloggt. Es blieb wohl dabei, dass Mark auch an dem Tag nicht nach Hause kam. Marlene war derweil ins Bad verschwunden und ich trank noch einen Kaffee. Nach einer ganzen Weile öffnete Marlene die Tür und kam mehr oder weniger angezogen in die Küche spaziert. Sie hatte nasse Haare und trug lediglich ein hauchdünnes blaues Nachthemd. Es war eher ein Negligé mit roten Rosen darauf. Der Stoff war so dünn, dass man ihre haut durch das knappe Kleidungsstück sehen konnte.

Aber Marlene dachte sich nichts dabei. Ich saß derweil immer noch in Unterhose am Tresen und rauchte eine Zigarette nach der anderen. Die Zeit lief und es war fast Mittag. „Du kannst ruhig duschen gehen!", sagte Marlene und wühlte ein paar Dinge aus dem Schrank. Ich sah Marlene an und grinste. Sie trug wirklich nur das Negligé und war darunter nackt. So stand sie barfuß in der Küche und es sah so aus, als wollte sie etwas zu essen machen. „Okay, ich dachte nur, das du vielleicht noch ins Bad wolltest?!" Marlene sah mich an mit einem zuckersüßem Blick und meinte:

„Wieso? Gefalle ich dir so etwa nicht?" Ich wurde verlegen und meinte: „Doch natürlich, aber ..." Marlene kam ein paar Schritte auf mich zu und gab mir einen Kuss auf den Mund. Dann sah sie mir in die Augen und flüsterte: „... aber ich sollte mir etwas anziehen, weil es sich so gehört? Wovor hast du Angst? Mark kommt erst morgen nach der Arbeit nach Hause und ich habe nicht vor, noch weg zu gehen. Du darfst natürlich gerne bleiben, wenn du willst!" Dann wandte sie sich wieder dem Herd zu und setzte Wasser auf. „Nun geh schon und schau mich nicht so an, als wärst du ein kleiner Junge! Es ist dir doch nicht unangenehm, wenn ich uns jetzt etwas zu essen mache?" Ich schüttelte mit dem Kopf und nahm mir ein paar Sachen aus dem Gästezimmer. Dann sagte ich beim Gang ins Bad: „Aber findest du nicht, dass ich irgendwann mal nach Hause muss?"

Marlene rief noch etwas hinter her, aber ich hatte die Badezimmertür schon geschlossen und zog mich aus. Ich hatte Mark sein Duschgel entdeckt und nahm es mit in die Dusche. Ich wollte gerade den Duschvorhang zu ziehen, da stand Marlene in der Tür und lächelte mich an. „Ich wollte nur sagen, dass du wegen mir nicht unbedingt jetzt gehen musst. Ich habe mir erlaubt, etwas zu essen zu machen. Ist nur eine Kleinigkeit. Aber dusche du mal erst. Kannst ja gleich in die Küche kommen, um zu probieren!"

Sie sah mich von oben bis unten an. „Was ist?", wollte ich wissen. Sie lächelte und schüttelte den Kopf.

„Nichts … ist nur ungewohnt einen nackten Mann, außer meinem Sohn natürlich, in der Wohnung zu haben! Also, lass mich nicht so lange warten mit dem Essen!", sagte sie und schloss die Tür. Ich hatte erst mal ausgiebig geduscht und überlegte, ob es wirklich schlau von mir war, Marlenes Gastfreundschaft so lange in Anspruch zu nehmen. Vor dem Spiegel fing ich an, mit mir selbst zu reden. Was mir denn einfallen würde, die Mutter von meinem besten Freund zu knallen und ob ich denn gar keinen Anstand hätte, warf ich mir vor, bis Marlene mich plötzlich rief und meinte, ich sollte mal schnell kommen. Ich war noch ganz nackt und rief zurück, „Ja, gleich. Hab noch nichts an!"

Doch Marlene schrie: „Schnell, sonst ist es zu spät!" Ich hatte mich wenigstens noch schnell abgetrocknet und eilte in die Küche, so wie Gott mich schuf. Na ja, Marlene hatte auch nicht viel mehr an. Doch als ich in die Küche kam, sah ich, dass ein passender Slip zum Nachthemd durch den dünnen Stoff zu sehen war. Wahrscheinlich war es ihr doch unangenehm, ganz ohne Höschen herum zu laufen. „Was ist?", fragte ich besorgt. Da hielt Marlene mir den Kochlöffel mit ihrer Arrabiatasauce hin und sagte: „Hier! Du musst probieren. Nicht dass dir das zu scharf ist!" Ich schüttelte den Kopf und ließ mir die Sauce mit Hilfe des Kochlöffels von ihr in den Mund geben. Es war nicht nur heiß, sondern auch höllisch scharf. Ich hielt mir die Hand vor den Mund und nickte. Marlene war total happy, dass ich noch nicht nach Hause gegangen war. Sie gab sich Mühe, ein bisschen Atmosphäre zu schaffen. Sie führte mich zum Tisch im Wohnzimmer und legte noch das Besteck auf. Sie hatte aufgedeckt.

Teller, Besteck, Servietten, eine lange rote brennende Kerze … kurz gesagt, es sah aus, wie ein Candlelightdinner. Dann stand sie neben mir und sah mich an. „Und?", fragte sie verunsichert. Kaum zu fassen. Ich hatte ein Candlelightdinner mit der Mutter meines besten Freundes. Ich lächelte und sagte: „Bekommst du noch Besuch?" Marlene schüttelte den Kopf. „Witzig, Stefan … wirklich witzig!" Sie trat zwischen mir und den Tisch, stellte eine kleine Schale gerieben Parmesan auf den Tisch und sah sich alles noch mal an. Es war eine irrsinnige Situation. Ich hatte eine fast nackte erwachsene Frau vor mir stehen, war selbst nackt und traute mich nicht, auch nur eine Bewegung zu machen.

Keiner von uns sagte was. Marlene blickte stur zum Fenster und ich stammelte leise: „Sorry, das war nur ein Scherz!" Ohne mich anzusehen, sagte Marlene: „Du hast Angst, mich anzufassen, oder? Bekomme ich nun eine Umarmung, oder nicht?" Sie sah weiter zum Fenster und wartete auf eine Reaktion von mir. Ganz vorsichtig trat ich an sie heran und legte meine Arme von hinten um sie. Mein bestes Stückt schmiegte sich an ihren Po und ich zog sie an mich. „Das wurde aber auch Zeit!", hauchte Marlene und schmiegte sich an mich. Ich fing an, ihren Hals zu küssen und den Nacken, wobei sie anfing den Kopf etwas zu kreisen. Meine Hände strichen über den dünnen Stoff des Negligés und es fühlte sich an, als würde ich direkt ihre haut streicheln. Leise seufzend genoss Marlene die Küsse und das Streicheln. Ich schob eine Hand im Ausschnitt unter den dünnen Stoff und streichelte mit der anderen ihre Oberschenkel.

In dem Moment baute sich natürlich auch mein bestes Stück ganz langsam auf, was Marlene sicherlich an ihrem Po spürte. Marlenes Kopf fiel in meinen Arm und ich knabberte an ihren Ohrläppchen, was sie total geil fand. Meine Hand an ihrem Oberschenkel war in ihren Slip gerutscht und mit der anderen Hand streichelte ich ihre Brust. Das trieb uns sofort die Lust in unsere Körper. Dass Reiben aneinander sorgte für den Rest der Erregung. „Ich glaube, ich sollte mir doch etwas anziehen!", sagte ich plötzlich etwas verlegen.

„Wozu?", fragte Marlene und streichelte meinen Arm mit ihren Fingernägeln, was mir eine Gänsehaut bescherte. „Ich habe die Herdplatten aus. Das Essen wird im heißen Topf mit Deckel nicht so schnell kalt!", sagte sie und setzte sich auf die Lehne des weißen Ledersessels. „Komm!", sagte sie. Die Träger ihres Negligés hingen schon nach unten, weil ich ihre Brüste so lieb gestreichelt hatte. Durch das Setzen war der Rest des dünnen Kleidungsstückes hoch geschoben und als sie mit ihren Fingern den Slip zu Seite schob, sah ich, dass sie total nass war. Ich setzte mich auf den Sessel, drehte mich zu ihr und küsste sie. Wir fingen an zu knutschen und vergaßen alles um uns herum.

Ich streichelte die Innenseiten ihrer Oberschenkel. „Was hältst du von einer kleinen Vorspeise?", fragte Marlene, als sich unsere Lippen voneinander lösten und ich ihr zwischen die Beine sah, sie spielte mit den Fingern zwischen ihren Beinen. „Los! Bediene dich ruhig!", lachte Marlene. Ich sank auf die Knie und küsste von ihrem Knie, bis hoch zu den Innenseiten ihrer Oberschenkel, bis ich anschließend ihre schon nass gespielten Schamlippen erreichte.

Sie zog die Finger weg und überließ mir das Feld. Ganz sanft leckte ich mit meiner Zunge über ihre nasse Scheide, um dann den Kitzler zu erreichen. Mein Schwanz war wieder ganz ausgefahren, aber das war ja kein Wunder. „Pfff …. Aaahh … Scheiße!", stöhnte Marlene.

„Das hättest du vielleicht doch nicht machen sollen. Das macht mich völlig geil!", beschwerte sie sich. Sie griff sich an die Brust und atmete tief durch, als ich ihren Kitzler mit der Zunge etwas provozierte. Marlene rutschte von der lehne auf den Sessel und rief: „Halt, Stefan. Bitte nicht so doll, sonst …"

Das hatte ich verstanden und stand auf. Sie griff mit den Händen nach mir und als ich neben dem Sessel stand, fing sie an, ganz vorsichtig meine Eichel in den Mund zu nehmen. Mit der anderen Hand spreizte sie ihre Schamlippen und ließ mich mit den Fingern an ihre Scheide spielen. Danach waren meine Finger schön nass und mein bestes Stück hatte sie so steif geblasen, dass man damit jemanden hätte erschlagen können. Marlene ließ von mir ab und lehnte sich zurück. Sie hob ein Bein über mich und legte sich provokant mit dem Po auf die Lehne. „Komm und nimm mich!", zischte sie. Das ließ ich mir nicht zwei Mal sagen. Ganz vorsichtig trat ich an den Sessel und drang mit der Eichel in sie ein. Marlene griff sich meinen Finger, mit dem ich an ihrer Scheide zuvor spielte und nahm ihn zwischen die Lippen. Sie lutschte darauf, als wäre es ein Schwanz. Ich hingegen drang ganz sanft mit meinem Dicken in sie ein und ließ sie spüren, dass ich sie wollte. Dann hob sie die Beine weiter an und hielt sie in den Kniekehlen fest. Ich stieß langsam aber kräftig zu.

Ich hatte gerade begonnen, etwas tempo zu geben, da drehte sich Marlene plötzlich um und hielt mir ihren Po entgegen. Ich nahm mir den auf dem Sessel knienden schönen Body und beglückte Marlene in der Doggy Position. Mit sanften, aber tiefen Stößen entlockte ich ihr ein lautes Stöhnen. So wie Marlene kniete, kam ich richtig tief in sie rein und nutzte das auch schamlos aus, was sie ziemlich schnell so erregte, dass sie kam. Sie kam langsam wieder vor und atmete ziemlich schnell. Mein bestes Stück flutschte aus ihr. Sie setzte sich und widmete sich meinem Steifen. Ganz lieb nahm sie ihn in den Mund und griff der Hand fest zu. Dann wichste sie mit der Hand, während die Spitze in ihrem Mund war.

Ich spürte es kommen. Es war nur die Eichel in ihrem Mund. Ich kam und schoss ihr in den Mund. Marlene öffnete etwas die Lippen. Sie hatte meinen Schuss geschluckt und entließ mich aus den Lippen. Mit der hand wichste sie noch weiter, ein bisschen kam noch und tropfte auf ihr Negligé und ihre Oberschenkel.

Sie hatte meinen Schwanz sogar noch sauber geleckt und grinste mich an. „Ähm … ziehst du dich an? Wir können essen!", sagte sich auf einem Mal völlig gelassen und wischte sich mit einer Serviette das restliche Sperma vom Körper. Ich ging noch mal ins Bad, machte mich frisch und zog mich an. Dann kam ich an den Tisch und fand Marlene mit einem hübschen Sommerkleid am Körper am Tisch sitzen. So genossen wir dann doch endlich unser Mittagessen, dass höllisch scharf war, aber sehr geil schmeckte. Auch nach einem Glas Wein und einigen Küssen wurde es mit der Schärfe nicht besser. Marlenes Lippen waren feuerrot und meine sicherlich auch, aber kochen konnte sie wirklich gut.

Ich hatte mich wieder an den Tisch gesetzt und mich aus meinem Online-Account auf dem Laptop ausgeloggt. Es blieb wohl dabei, dass Mark auch an dem Tag nicht nach Hause kam. Marlene war derweil ins Bad verschwunden und ich trank noch einen Kaffee. Nach einer ganzen Weile öffnete Marlene die Tür und kam mehr oder weniger angezogen in die Küche spaziert. Sie hatte nasse Haare und trug lediglich ein hauchdünnes blaues Nachthemd. Es war eher ein Negligé mit roten Rosen darauf. Der Stoff war so dünn, dass man ihre haut durch das knappe Kleidungsstück sehen konnte. Aber Marlene dachte sich nichts dabei. Ich saß derweil immer noch in Unterhose am Tresen und rauchte eine Zigarette nach der anderen. Die Zeit lief und es war fast Mittag. „Du kannst ruhig duschen gehen!", sagte Marlene und wühlte ein paar Dinge aus dem Schrank. Ich sah Marlene an und grinste. Sie trug wirklich nur das Negligé und war darunter nackt. So stand sie barfuß in der Küche und es sah so aus, als wollte sie etwas zu essen machen. „Okay, ich dachte nur, das du vielleicht noch ins Bad wolltest?!" Marlene sah mich an mit einem zuckersüßem Blick und meinte: „Wieso? Gefalle ich dir so etwa nicht?" Ich wurde verlegen und meinte: „Doch natürlich, aber …"

Marlene kam ein paar Schritte auf mich zu und gab mir einen Kuss auf den Mund. Dann sah sie mir in die Augen und flüsterte: „… aber ich sollte mir etwas anziehen, weil es sich so gehört? Wovor hast du Angst? Mark kommt erst morgen nach der Arbeit nach Hause und ich habe nicht vor, noch weg zu gehen. Du darfst natürlich gerne bleiben, wenn du willst!" Dann wandte sie sich wieder dem Herd zu und setzte Wasser auf.

„Nun geh schon und schau mich nicht so an, als wärst du ein kleiner Junge! Es ist dir doch nicht unangenehm, wenn ich uns jetzt etwas zu essen mache?" Ich schüttelte mit dem Kopf und nahm mir ein paar Sachen aus dem Gästezimmer. Dann sagte ich beim Gang ins Bad: „Aber findest du nicht, dass ich irgendwann mal nach Hause muss?" Marlene rief noch etwas hinter her, aber ich hatte die Badezimmertür schon geschlossen und zog mich aus. Ich hatte Mark sein Duschgel entdeckt und nahm es mit in die Dusche. Ich wollte gerade den Duschvorhang zu ziehen, da stand Marlene in der Tür und lächelte mich an. „Ich wollte nur sagen, dass du wegen mir nicht unbedingt jetzt gehen musst. Ich habe mir erlaubt, etwas zu essen zu machen. Ist nur eine Kleinigkeit. Aber dusche du mal erst. Kannst ja gleich in die Küche kommen, um zu probieren!" Sie sah mich von oben bis unten an. „Was ist?", wollte ich wissen. Sie lächelte und schüttelte den Kopf. „Nichts … ist nur ungewohnt einen nackten Mann, außer meinem Sohn natürlich, in der Wohnung zu haben! Also, lass mich nicht so lange warten mit dem Essen!", sagte sie und schloss die Tür.

Ich hatte erst mal ausgiebig geduscht und überlegte, ob es wirklich so schlau von mir war, Marlenes Gastfreundschaft so lange in Anspruch zu nehmen. Vor dem Spiegel fing ich an, mit mir selbst zu reden. Was mir denn einfallen würde, die Mutter von meinem besten Freund zu knallen und ob ich denn gar keinen Anstand hätte, warf ich mir vor, bis Marlene mich plötzlich rief und meinte, ich sollte mal schnell kommen. Ich war noch ganz nackt und rief zurück, „Ja, gleich. Hab noch nichts an!" Doch Marlene schrie: „Schnell, sonst ist es zu spät!"

283

Ich hatte mich wenigstens noch schnell abgetrocknet und eilte in die Küche, so wie Gott mich schuf. Na ja, Marlene hatte auch nicht viel mehr an. Doch als ich in die Küche kam, sah ich, dass ein passender Slip zum Nachthemd durch den dünnen Stoff zu sehen war. Wahrscheinlich war es ihr doch unangenehm, ganz ohne Höschen herum zu laufen. „Was ist?", fragte ich besorgt. Da hielt Marlene mir den Kochlöffel mit ihrer Arrabiatasauce hin und sagte: „Hier! Du musst probieren. Nicht dass dir das zu scharf ist!" Ich schüttelte den Kopf und ließ mir die Sauce mit Hilfe des Kochlöffels von ihr in den Mund geben. Es war nicht nur heiß, sondern auch höllisch scharf. Ich hielt mir die Hand vor den Mund und nickte. Marlene war total happy, dass ich noch nicht nach Hause gegangen war. Sie gab sich Mühe, ein bisschen Atmosphäre zu schaffen. Sie führte mich zum Tisch im Wohnzimmer und legte noch das Besteck auf.

Sie hatte aufgedeckt. Teller, Besteck, Servietten, eine lange rote brennende Kerze … kurz gesagt, es sah aus, wie ein Candlelightdinner. Dann stand sie neben mir und sah mich an. „Und?", fragte sie verunsichert. Kaum zu fassen. Ich hatte ein Candlelightdinner mit der Mutter meines besten Freundes. Ich lächelte und sagte: „Bekommst du noch Besuch?" Marlene schüttelte den Kopf. „Witzig, Stefan … wirklich witzig!" Sie trat zwischen mir und den Tisch, stellte eine kleine Schale gerieben Parmesan auf den Tisch und sah sich alles noch mal an. Es war eine irrsinnige Situation.

Ich hatte eine fast nackte erwachsene Frau vor mir stehen, war selbst nackt und traute mich nicht, auch nur eine Bewegung zu machen.

Keiner von uns sagte was. Marlene blickte stur zum Fenster und ich stammelte leise: „Sorry, das war nur ein Scherz!" Ohne mich anzusehen, sagte Marlene: „Du hast Angst, mich anzufassen, oder? Bekomme ich nun eine Umarmung, oder nicht?" Sie sah weiter zum Fenster und wartete auf eine Reaktion von mir. Ganz vorsichtig trat ich an sie heran und legte meine Arme von hinten um sie. Mein bestes Stückt schmiegte sich an ihren Po und ich zog sie an mich. „Das wurde aber auch Zeit!", hauchte Marlene und schmiegte sich an mich. Ich fing an, ihren Hals zu küssen und den Nacken, wobei sie anfing den Kopf etwas zu kreisen. Meine Hände strichen über den dünnen Stoff des Negligés und es fühlte sich an, als würde ich direkt ihre haut streicheln.

Leise seufzend genoss Marlene die Küsse und das Streicheln. Ich schob eine Hand im Ausschnitt unter den dünnen Stoff und streichelte mit der anderen ihre Oberschenkel. In dem Moment baute sich natürlich auch mein bestes Stück ganz langsam auf, was Marlene sicherlich an ihrem Po spürte. Marlenes Kopf fiel in meinen Arm und ich knabberte an ihren Ohrläppchen, was sie total geil fand. Meine Hand an ihrem Oberschenkel war in ihren Slip gerutscht und mit der anderen Hand streichelte ich ihre Brust. Das trieb uns sofort die Lust in unsere Körper. Dass Reiben aneinander sorgte für den Rest der Erregung.

„Ich glaube, ich sollte mir doch etwas anziehen!", sagte ich plötzlich etwas verlegen. „Wozu?", fragte Marlene und streichelte meinen Arm mit ihren Fingernägeln, was mir eine Gänsehaut bescherte.

„Ich habe die Herdplatten aus. Das Essen wird im heißen Topf mit Deckel nicht so schnell kalt!", sagte sie und setzte sich auf die Lehne des weißen Ledersessels. „Komm!", sagte sie. Die Träger ihres Negligés hingen schon nach unten, weil ich ihre Brüste so lieb gestreichelt hatte. Durch das Setzen war der Rest des dünnen Kleidungsstückes hoch geschoben und als sie mit ihren Fingern den Slip zu Seite schob, sah ich, dass sie total nass war. Ich setzte mich auf den Sessel, drehte mich zu ihr und küsste sie. Wir fingen an zu knutschen und vergaßen alles um uns herum. Ich streichelte die Innenseiten ihrer Oberschenkel. „Was hältst du von einer kleinen Vorspeise?", fragte Marlene, als sich unsere Lippen voneinander lösten und ich ihr zwischen die Beine sah, sie spielte mit den Fingern zwischen ihren Beinen. „Los! Bediene dich ruhig!", lachte Marlene. Ich sank auf die Knie und küsste von ihrem Knie, bis hoch zu den Innenseiten ihrer Oberschenkel, bis ich anschließend ihre schon nass gespielten Schamlippen erreichte. Sie zog die Finger weg und überließ mir das Feld. Ganz sanft leckte ich mit meiner Zunge über ihre nasse Scheide, um dann den Kitzler zu erreichen. Mein Schwanz war wieder ganz ausgefahren, aber das war ja kein Wunder. „Pfff …. Aaahh … Scheiße!", stöhnte Marlene.

„Das hättest du vielleicht doch nicht machen sollen. Das macht mich völlig geil!", beschwerte sie sich. Sie griff sich an die Brust und atmete tief durch, als ich ihren Kitzler mit der Zunge etwas provozierte. Marlene rutschte von der lehne auf den Sessel und rief: „Halt, Stefan. Bitte nicht so doll, sonst …"

Das hatte ich verstanden und stand auf. Sie griff mit den Händen nach mir und als ich neben dem Sessel stand, fing sie an, ganz vorsichtig meine Eichel in den Mund zu nehmen. Mit der anderen Hand spreizte sie ihre Schamlippen und ließ mich mit den Fingern an ihre Scheide spielen. Danach waren meine Finger schön nass und mein bestes Stück hatte sie so steif geblasen, dass man damit jemanden hätte erschlagen können. Marlene ließ von mir ab und lehnte sich zurück. Sie hob ein Bein über mich und legte sich provokant mit dem Po auf die Lehne. „Komm und nimm mich!", zischte sie. Das ließ ich mir nicht zwei Mal sagen. Ganz vorsichtig trat ich an den Sessel und drang mit der Eichel in sie ein. Marlene griff sich meinen Finger, mit dem ich an ihrer Scheide zuvor spielte und nahm ihn zwischen die Lippen. Sie lutschte darauf, als wäre es ein Schwanz. Ich hingegen drang ganz sanft mit meinem Dicken in sie ein und ließ sie spüren, dass ich sie wollte. Dann hob sie die Beine weiter an und hielt sie in den Kniekehlen fest. Ich stieß langsam aber kräftig zu. Ich hatte gerade begonnen, etwas tempo zu geben, da drehte sich Marlene plötzlich um und hielt mir ihren Po entgegen.

Ich nahm mir den auf dem Sessel knienden schönen Body und beglückte Marlene in der Doggy Position. Mit sanften, aber tiefen Stößen entlockte ich ihr ein lautes Stöhnen. So wie Marlene kniete, kam ich richtig tief in sie rein und nutzte das auch schamlos aus, was sie ziemlich schnell so ·erregte, dass sie kam. Sie kam langsam wieder vor und atmete ziemlich schnell. Mein bestes Stück flutschte aus ihr. Sie setzte sich und widmete sich meinem Steifen.

Ganz lieb nahm sie ihn in den Mund und griff der Hand fest zu. Dann wichste sie mit der Hand, während die Spitze in ihrem Mund war. Ich spürte es kommen. Es war nur die Eichel in ihrem Mund. Ich kam und schoss ihr in den Mund. Marlene öffnete etwas die Lippen. Sie hatte meinen Schuss geschluckt und entließ mich aus den Lippen. Mit der Hand wichste sie noch weiter, ein bisschen kam noch und tropfte auf ihr Negligé und ihre Oberschenkel.

Sie hatte meinen Schwanz sogar noch sauber geleckt und grinste mich an. „Ähm … ziehst du dich an? Wir können essen!", sagte sich auf einem Mal völlig gelassen und wischte sich mit einer Serviette das restliche Sperma vom Körper. Ich ging noch mal ins Bad, machte mich frisch und zog mich an. Dann kam ich an den Tisch und fand Marlene mit einem hübschen Sommerkleid am Körper am Tisch sitzen.

So genossen wir dann doch endlich unser Mittagessen, dass höllisch scharf war, aber sehr geil schmeckte. Auch nach einem Glas Wein und einigen Küssen wurde es mit der Schärfe nicht besser.

Marlenes Lippen waren feuerrot und meine sicherlich auch, aber kochen konnte sie wirklich gut.

Freuen auf die Fete

Ich hatte sturmfreie Bude. Das war meine erste ausgelassene Fete. Ich hatte ein graues knappes Kleid an und trug zum ersten Mal hohe Sandalen. Heute sagt man wohl High Heels dazu. Meine Eltern hatten mich noch ermahnt, bevor sie gingen und ließen meine beste Freundin Penny in die Wohnung. Die wollte unbedingt nachmittags schon da sein. „Vika! Bier und Wein … Kein Hartgas, okay? Außerdem habt ihr ja noch die Bowle!" Ich nickte und versicherte, dass es nicht ausarten würde. „Und lass unsere Stereoanlage ganz!", rief Papa noch, bevor die Tür ins Schloss fiel. Penny begrüßte mich mit einem Kuss auf den Mund und setzte sich auf das Sofa. „Vika … Du siehst so sexy aus in den Klamotten! Sag mal, ist das etwa?", sagte Penny. „Jepp! Eine Nylonstrumpfhose! Geil oder?" Penny sah mich neidisch an. „Wie machst du das immer mit deinen Haaren?" Meine braunen langen Haare hatten immer eine leichte Welle. Das fand sie so toll. Dabei fand ich Penny mit ihren glatten blonden Haaren total niedlich. Aber vielleicht reichte das einfach nicht, um die Jungs herum zu bekommen …

Meinen roten Nagellack fand sie total passend. Ihre Nägel waren nur mit hellem Gloss überzogen. Das was Penny an hatte, sprach allerdings für sich. Sie trug ein enges schwarzes Oberteil und einen gestreiften Rock. Lange schwarze Kniestrümpfe und schwarze Schuhe mit hohem Absatz. „Und wen willst du heute aufreißen?", fragte ich neugierig. Dann ging ich zur Anlage und warf ein paar ruhige Lieder hinein. Danach dimmte eich das Licht und setzte mich zu Penny aufs Sofa. Sie legte die Beine übereinander und sagte:

„Was denkst du von mir?" Na so, wie sie angezogen war … Dann lächelte sie. „Ich weiß ja, dass Ramon kommt!", bemerkte sie beiläufig!" Ich mahnte mit dem Finger. „Das Ehebett meiner Eltern ist tabu!", sagte ich. „Außerdem … Was willst du denn machen, wenn er dich bumsen will? Das ist dein erstes mal, oder?" Erschrocken sah Penny mich an und zeigte mir einen Vogel. „Bist du bekloppt? Meinst du ich komme ohne mich vorzubereiten auf so eine Fete?", meinte Penny. „Und du?", wollte sie wissen. Ich grinste. „Ja ja, Matthias kommt, oder?" Ich nickte darauf hin. „Tja … Pech!", sagte Penny und spreizte die Beine. „Wenn ich bumsen will, ist da keine lästige Nylonstrumpfhose im Weg!"

Die Stimmung hatte sich aufgeheizt. Mal abgesehen davon, dass ich mich wirklich schon den ganzen Tag auf Matthias freute, war ich total erregt. Ich war am Morgen schon heiß und hatte mich noch nicht einmal selbst befriedigt. Vor lauter Aufregung rannte ich den ganzen Tag schon mit der Lust auf Sex im Unterleib durch die Gegend. Ich sah zwischen Pennys Beine und grinste. „Ah … weißer Slip! Okay?" Penny sah mich an. Dann spreizte ich meine Beine und sie sah mir auf die Schenkel. „Wie soll ein Junge denn da seine Freude haben mit der Hand in deinen Schritt zu fassen?", fragte Penny. „Probiere es doch aus!", sagte ich keck. Penny sah mich lachend an. „Du solltest es bei mir probieren. Dann verstehst du vielleicht, was ich meinte!", sagte sie. Da merkte ich, dass auch sie ziemlich heiß war. „Mit Küssen oder ohne?", fragte ich nach. „Mit Zunge!", gab sie frech als Antwort und lehnte sich neben mir zurück. Sie drehte den Kopf zu mir und sah mir in die Augen.

Penny und ich hatten schon oft miteinander herum gemacht. Das war so eine Art Sexualitätsfindung. Ich liebte meine beste Freundin natürlich sehr. Manchmal hatten wir uns einfach das geholt, was wir brauchten und so entstand eine ganz besondere Freundschaft. Ich setzte zum Kuss an und schob meine Hand in ihren Slip. Da spürte ich, wie heiß sie zwischen den Beinen war. Penny hatte etwas Mühe, ihre Hand in meine Nylonstrumpfhose und dazu noch in den Slip zu schieben, aber sie schaffte es. Das machte mich total an. Sie hatte sofort nasse Finger. Unsere Lippen öffneten sich und sie suchte nach meiner Zunge. Schnell baute sich das zu einem wilden Zungenkuss aus. Aber ich hatte sie fest im Griff. Sie genoss meine Hand in ihrem Slip. Unsere Lippen lösten sich voneinander. „Sag mal … Vika? Kann es sein, dass du total erregt bist?" Ich sah beschämt auf den Boden. „Sorry!", seufzte ich. Ich versuchte abzulenken. Dann hob ich ihr eines Bein auf meine und Penny legte sich zu meiner Rechten zurück in die Seitenlehne.

Ich machte den Riemen von ihrem Schuh auf und legte das Bein hinter meinen Rücken. Dann nahm ich das andere Bein, zog auch da ihren Schuh aus und legte es über meine Beine. Ich drehte mich zu ihr und spielte mit den Fingerspitzen auf ihrem Slip. Penny sah mich fragend an. „Los, erzähl schon!", sagte ich. „Was hast du denn unternommen, um dich vorzubereiten!", wollte ich wissen. Ich schob meine Finger seitlich in ihren Slip und streichelte ganz sanft ihre Schamlippen, das kleine Vorsteherhäutchen und ihr Schambein, während sie sie Augen schloss und anfing zu erzählen …

Nun gut … Es war nach der Schule. Unter einen fadenscheinigen Vorwand lud ich einen aus der Oberstufe ein, um mir bei den Hausaufgaben zu helfen. Er war echt ein ganzer Kerl. Erst wollte er nicht, aber ich hatte in der Schule schon die geilen Klamotten an … blau-karierten Minirock, diese Schuhe hier ... weiße halterlose Strümpfe … ein bauchfreies Oberteil und meine Haare waren da noch kürzer mit einer leichten Welle. Er hieß Rolf. Rolf war so ein Jeanstyp, natürlich älter als ich. Als ich in meinem Minirock so über den Schulhof zu den Baracken stolzierte, fielen seinen Kollegen fast die Augen aus dem Gesicht.

Ich beachtete die Typen gar nicht und baute mich direkt vor Rolf auf. Dem blieb erst einmal die Spucke weg. Ich strich absichtlich mit der Handoberfläche an seiner Jeans hoch und flüsterte in sein Ohr: „Hör zu! Ich brauche Nachhilfe in Fachmathe! Hast du Zeit?" Ich schwöre, ich war mit meinen Lippen so dicht an seinem Ohr, dass ich seine Körperwärme spüren konnte. Ich sah ihm in die Augen und er räusperte sich. „Mathe also?", fragte er. Ich gab ihm einen Zettel mit Adresse, Telefonnummer und Uhrzeit. Ich nickte und drehte mich um. Dann stolzierte ich wieder weg von den Baracken, ohne mich noch mal um zudrehen. In meinem Rücken hörte ich noch seine Klassenkameraden … Alter, was war das denn … Schnapp die Süße und andere Gefälligkeiten. Ich rechnete nicht damit, dass mein Plan aufging. Ich kam absichtlich in denselben Klamotten zur gleichen Zeit nach Hause, die ich ihm auf den Zettel geschrieben hatte. Er wartete schon vor der Tür und sah mich an. „Okay! Mathe!", sagte er. Ich freute mich riesig. Ich nickte und schloss die Tür auf. Dann führte ich ihn durchs Haus in mein Zimmer.

Ich schloss die Tür und sah ihn an. Ich hatte selbst meine Schultasche noch um. Rolf schlenderte zum Fenster und sah sich mein Zimmer an. „Ernsthaft? Ein Etagenbett? Wo schläfst du? Oben oder unten?", wollte er wissen. Ich wusste wirklich nicht, wie ich es anfangen sollte. „Das weiß ich noch nicht!", grinste ich. Ich ließ die Tasche auf den Boden fallen und schlenderte zur Leiter meines Etagenbettes. Ich kaute auf meinem Finger und sah ihn unschuldig an. „Du hast gar keine Probleme in Mathe, oder?", fragte er. Keck schüttelte ich den Kopf. „Ich schlafe eigentlich oben, aber wir können auch unten, wenn du willst!", sagte ich mit Engelsstimme. „Mäuschen, du bist echt süß, aber meinst du nicht, dass du zu jung für mich bist?", fragte er. Die Stimmung drohte zu kippen. Ich musste handeln. „Du hast mich doch noch gar nicht angesehen!", sagte ich und drehte mich, so dass mein Rock etwas hoch flog. Da sah er, dass ich keinen Slip trug. „Ja, du bist wirklich sexy, aber ist das nicht zu kalt ohne Slip?", wollte er wissen. Ohne Worte fasste ich an meinen Po. „Moment mal!", sagt er. „Willst du damit sagen, dass du auf den Schulhof schon nichts drunter hattest?" Ich nickte und baute mich noch mal vor ihm auf. Dann zog ich mein Top etwas nach unten und zeigte ihm, dass ich unter dem Top auch keinen BH trug. „Ich hätte dir ja voll unter den Rock fassen können!", bemerkte er richtig. „Na ja, du hattest ja auch heute morgen schon einen Ständer!", konterte ich und trat zurück zur Leiter. „Bist du sicher, dass du das wirklich willst?", fragte er. „Wenn du keinen Bock hast, dann nicht. Aber deine Hose spricht andere Töne!" Er lachte. „Na ja, ist halt ätzend, wenn man schon mit einer Morgenlatte aufwacht und die über Tag nicht los wird!" Ich grinste.

„Das meine ich ja!", sagte ich und Rolf kam zu mir. „Vielleicht fangen wir mit küssen an?", sagte er. Dann küsste er mich. Es war schön, küssen konnte er gut, aber deshalb fiel die Wahl nicht auf ihn. Ich wusste von Gerüchten in der Sporthalle, dass er den größten Schwanz haben sollte. Davon wollte ich mich überzeugen. Beim Küssen fuhr seine Hand schnell über meinen nackten Arsch. Er strich mit seinen Fingern durch meine Pofalte und küsste mich mit Zunge.

„Warte!", sagte ich und setzte mich. Dann hob ich meinen Rock, so dass er mir zwischen die Beine gucken konnte. Ich zog die Schamlippen auseinander und sagte leise: „Ob der wohl hier rein passt? Moment ich will nur die Schuhe ausziehen!" ich zog meine Schuhe aus und setzte mich auf das untere Bett. Dann schob ich meinen Po weiter nach hinten. „Also doch unten!", sagte er lächelnd. Ich schob meine in weißen Strümpfen gehüllte Beine nach oben und legte meine Füße auf den Reißverschluss seiner Hose. „Oh?! Da ist bestimmt etwas Großes drin!", sagte ich und stand wieder auf, um mein Oberteil auszuziehen. Dann rutschte ich wieder aufs Bett und kroch nach ganz hinten. „Komm her oder hast du Angst!", sagte ich zu Rolf. „Wie du willst!", meinte er und legte sich mit den Beinen vor mir auf das Bett. Ich kniete zwischen seinen Beinen und öffnete seine Hose. Dann befreite ich sein steifes Glied und nahm es in meine Hand. „Und? Kannst du damit etwas anfangen? Oder brauchst du da auch Nachhilfe?", fragte er frech. Sein Glied war wirklich lang. „Du stehst auf blasen?", fragte ich und beugte mich zu ihm runter. Nachdem ich das beste Stück an wichste, hielt ich meinen Mund davor und grinste ihn an. Dann leckte ich an seiner Eichel.

Er stöhnte leicht auf: „Hmmm ... Du weißt genau, was du willst, oder?" Dann schob ich das lange steife Ding zischen meine Lippen und fing an ihm einen zu blasen. Ich glaube, ihm gefiel es. Als ich ihm ganz im Mund hatte, spürte ich, wie er fast in meinem Rachen war. Ein Stück weiter und ich hätte würgen müssen. Aber ich passte auf. Als ich meinen Mund von seinem Schwanz zog, lief mein eigener Speichel aus dem Mundwinkel. Er krabbelte vom Bett und ich kam hinterher. Ich packte seinen Schwanz und sah ihm in die Augen. „Was ist? Willst du mich nun?" Ich massierte seinen Schwanz weiter und er küsste mich. „Ich setzte ein Bein auf meine Leiter und wartete hoffnungsvoll. Dann widmete er sich meinen Schamlippen und küsste mich dort. Ich war so scharf. Ich wollte ihn spüren. Das ging natürlich schneller, als ich den Fuß wieder runter setzte und ihm meinen Po zudrehte. Ich setzte den anderen Fuß auf die Leiter und dann hörte ich ihn in meinem Nacken:

„Du wolltest es so ..." Ich griff hinter mich und führte seine Eichel an meine Schamlippen. Dann drang er in mich ein. Ich schrie auf. „Hab ich dir weh getan?", fragte er. „Wehe, du hörst jetzt auf!", ermahnte ich in. Dann schob er ihn in mich rein. Ich jauchzte und bekam echte Gefühle. Ein paar Stöße, dann hatte er mein Jungfernhäutchen entfernt.

Er ließ von mir und sah mich an. Bereitwillig legte ich mich unten aufs Bett und ließ ihn zwischen meine Beine kommen. Er drang noch mal in mich ein und fing an mich zu bumsen. Dann schnappte er sich meine Fußgelenke, als ich meine Beine anwinkelte und stieß sanft in mich hinein. Ich glaube, ich war sehr laut.

Letztendlich hielt er meine Beine oben zusammen und machte weiter. Er hatte mich richtig gepackt mit der Form von Sex.Letztendlich lag er auf dem unteren Bett und ich setzte mich auf ihn. Ganz langsam, denn ich konnte mich am oberen Lattenrostfesthalten. Als er ganz in mir war, beugte ich mich zu ihm runter. Dann packte er mir an den Arsch. Ich kam hoch und versuchte es anders herum. Ich ließ mich ganz auf seinen Schoss ab und stöhnte. Da spürte ich plötzlich, dass er ganz in mir war. Ich saß voll auf ihm und seine Hoden waren ganz an meinen Schamlippen. Ich ließ das obere Lattenrost los und lehnte mich nach hinten. Dann setzte ich die Füße auf. Rolf stöhnte bereits vor sich hin und ich hob mein Becken. Ich spürte, wie er in mir pochte und fasste an meine Klitoris. Die war fett angeschwollen. Ich zog meinen Po hoch und er flutschte aus mir. Dann setzte ich mich mit meinem Po auf das harte Ding und spürte wie sein heißer Schwall sich zwischen meinem Po und seinem Body verteilte … Das war geschafft und dabei war es auch noch wirklich schön …

„Du bist ein richtiges Luder!", gab mir Rolf als Kompliment, als er ging …

„Du hast was?", fragte ich Penny und zog meine Hand aus ihrem Slip.

„Mich richtig durch ficken lassen! Etwas, was du anscheinend nicht kennst!", sagte sie keck. „Von wegen!", sagte ich und beschloss ins Schlafzimmer zu wechseln. Penny stimmte zu ...